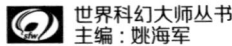
世界科幻大师丛书
主编：姚海军

THE FOREVER WAR

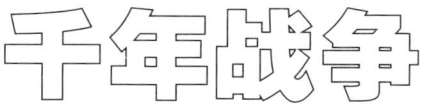

[美] 乔·霍尔德曼 著

马秀东 译

四川科学技术出版社

THE FOREVER WAR
Text Copyright: © 1974, 1975, 1997 by Joe Haldeman
Published by arrangement with St. Martin´s Press, LLC.
Simplified Chinese edition copyright : 2017 SCIENCE FICTION WORLD
All rights reserved.

图书在版编目(CIP)数据

千年战争/[美]霍尔德曼 著；马秀东 译.
-成都：四川科学技术出版社，2005.9（2016.12重印）
（世界科幻大师丛书）
ISBN 978-7-5364-5787-4

Ⅰ.千… Ⅱ.①霍… ②马… Ⅲ.科学幻想小说-美国-现代 Ⅳ.I712.45
中国版本图书馆 CIP 数据核字（2005）第 076190 号

世界科幻大师丛书
千年战争

出 品 人	钱丹凝
丛书主编	姚海军
著　者	[美]乔·霍尔德曼
译　者	马秀东
责任编辑	宋 齐　姚海军
特邀编辑	李克勤
封面绘画	赵恩哲
封面设计	李　鑫
版面设计	李　鑫
责任出版	欧晓春
出　版	四川科学技术出版社
	四川省成都市槐树街2号出版大厦　邮政编码：610012
开　本	140mm×203mm
印　张	9
字　数	200千
插　页	2
印　刷	四川南方印务有限公司
版　次	2005年9月成都第一版
印　次	2016年12月成都第二次印刷
定　价	25.00元

ISBN 978-7-5364-5787-4

■　■　版权所有·翻印必究　■　■

■ 本书如有缺页、破损、装订错误，请寄回印刷厂调换。
　 厂址：四川省眉山市彭山区彭祖大道南段135号　邮编：620860

战争科幻的代言人:乔·霍尔德曼

乔·霍尔德曼是美国科幻"黄金时代"之后最具影响力的科幻作家之一,1943年6月9日出生于美国俄克拉荷马州的俄克拉荷马城,1967年毕业于马里兰大学天文系。

1973年可以说是霍尔德曼人生的转折点,这一年,他来到了素有"写作培训班中的麻省理工"之称的爱荷华大学作家研修班,但他的初衷并非是为了学习写作——之前他已经出版过小说《战争年》(War Year)——而完完全全是为了"钱"。霍尔德曼在致爱荷华大学作家研修班的导师的信中写道:"我的家庭情况是这样的:一直以来,我和妻子仅凭我为数不多的稿酬和她的教学工资维持生计，而她现在即将离职。如果你们愿意提供给我一份助教的工作，我将很荣幸来到爱荷华；如果你们感觉为难，我们将搬到消费水平比较低的墨西哥，以我的小说收入为生。"霍尔德曼随信寄出了他的小说《战争年》，并附上了《纽约时报》对该书的积极评价。很显然，广纳贤才的爱荷华大学不会拒绝这样的人才，他们不仅给霍尔德曼安排了一份助教的工作，还破格吸纳他为硕士班学生。从此，霍尔德曼开始了半工半读的生活，那段为期两年的非常经历更是为霍尔德曼此后小说的创作打下了坚实的根基。正是在此期间，霍尔德曼创作出了为他带来巨大荣誉的《千年战争》，当然，没有多少人知道，这部小说其实只是霍尔德曼的硕士毕业论文。1975年，霍尔德曼在爱荷华大学获得文学硕士学位，之后，随着经济状况的改善，他离开了爱荷华大学。

1983年，麻省理工学院筹备开设科幻写作课程，霍尔德曼和美国最著名的科幻大师阿西莫夫一同被列为客座教授候选人。最终，麻省理工选中了霍尔德曼这位既有理工科背景又有科幻写作教学经验的科幻名家。霍尔德曼欣然接受了邀请，本来只签订了一年的合约，但没想到一干就是二十余年。时至今日，每年秋天，霍尔德曼都会去麻省待上三个月，教授科幻写作课程。

霍尔德曼几乎从未有过一份真正意义上的工作。在他的简历中，我们可以看到，霍尔德曼曾利用业余时间做过统计师助理、图书馆管理员、编程人员、吉他老师……除此之外，霍尔德曼还有着一段比较特殊的经历，那就是他曾经在1967年应征入伍，成为越南战场上的一名工程兵——因在战场上负伤，他还获得了紫心勋章。霍尔德曼声称在越南的那段灰色经历对自己小说构思的影响非常大,并直接促成了他的第一部小说《战争年》的诞生。

霍尔德曼的很多作品都与战争相关,《战争年》和《1968》(1968)直接以越战为故事背景;《千年和平》(Forever Peace)则记述了战争本身以及战争对参战人员和社会的影响;《购买时间》(Buying Time)也同样涉及战争暴力。当然,他的这类作品中最著名的还是《千年战争》。这部小说是最早的反映越南战争的科幻作品之一,为霍尔德曼赢得了包括雨果奖、星云奖、卢卡斯奖以及澳大利亚科幻成就奖等诸多重要奖项,霍尔德曼也由此被誉为"抒写战争科幻的最出色的科幻小说家之一"。

霍尔德曼曾将《千年战争》改编为舞台剧。该剧于1983年10月在芝加哥上演。该舞台剧虽然盈利不多,但在舞台剧广泛亏损的那个年代,那点儿盈利也是极为难能可贵的。1997年,某影视制作公司购买了《千年战争》的影视改编版权,并于2004年在美国科幻频道推出了小说的电视连续短剧版本。

秉承家人传统,霍尔德曼酷爱旅行,在半个多世纪中,他游历了大半个地球:美国、加拿大、墨西哥、加勒比海沿岸,中美洲、南美洲、新西兰、太平洋诸岛……四处都是他的足迹。霍尔德曼认为,出外放松能更好地进行小说的创作。除此之外,他博览群书,不论什么书籍,他都会尝试阅读;而且不管多忙,他每天都会自己制作美食。他还爱好玩纸牌游戏,并在巴哈马首都拿索夺取过扑克牌锦标赛冠军。此外,爱好绘画、吉他弹奏的霍尔德曼,还喜爱钓鱼、划独木舟、游泳和潜水。

现在,霍尔德曼仍孜孜不倦地耕耘在科幻文坛上。回顾过去三十余年的创作生涯,霍尔德曼感叹颇多,他说,1970年创作《战争年》时，他从未想过自己会活到21世纪，也没想过自己的创作生涯会跨越三十载；他说，如果能再活个三十年——他希望自己也能像威廉森一样，永远拥有无尽的灵感与激情。

THE FOREVER WAR

目 录

001 / 第一部　　列兵曼德拉
087 / 第二部　　中士曼德拉
161 / 第三部　　中尉曼德拉
183 / 第四部　　少校曼德拉
277 / 尾　声

第一部

列兵曼德拉

公元 1997 年至 2007 年

1

"今天晚上,我将向你们展示八种用默不作声的方式置敌人于死地的杀人法。"说这话的人是个中士,看上去顶多比我大五岁,因此就算他真的在战斗中杀过人——不管是用默不作声法还是别的什么花样,他杀人时的样子一定就像个乳臭未干的小孩儿。

说到杀人,我知道的办法不下八十种,可多数杀人场面都是喧闹的。我在座位上坐直了腰,尽量装出一副谦恭认真的样子。可实际上,别看眼睛睁得不小,其实我早已经昏昏欲睡了。其他人比我也好不了多少。谁都明白,在这些像是放松运动的辅助课上是不会安排什么重要内容的。

放映机发出的声响打断了我的梦境。我强打起精神,耐着性子看完了那部介绍八种默不作声杀人法的短片。片中的某些角色想必都是些高度仿真的虚拟人,要不他们怎么会真的被统统杀掉呢?

影片刚刚放完,坐在前排的一个姑娘马上举起了手。中士朝她点了点头,她随即起身面对着其他人。这姑娘还算有几分姿色,只是脖子和肩膀显得太粗壮了些——几个月的野外负重训练下来,大家谁不是这副"尊容"?

"长官,"毕业前,所有人必须称中士们为"长官","这些办法大都显得……显得有些愚蠢。"

"有何为证?"

"就拿用挖壕的铁锹击打对方的肾脏来说吧。我的意思是说,现代战争中,什么时候战士们手中会仅仅只有一把挖壕的工具,而没有枪或者刀呢?而且为什么不干脆用铁锹直接打对方的头呢?"

"他可能戴着头盔。"中士不无道理地答道。

"可是托伦星人可能根本就没有肾!"

中士耸了耸肩膀,"也许你说得对。"那时是1997年,当时人们谁也没见过托伦星人到底是个什么模样。事实上,除了些烧焦了的肉块外,还从没有人发现过比这更大些的托伦星人的其他踪迹,"但他们身体的化学结构和我们的极为相似,所以,我们完全可以假设,他们是和我们一样的结构复杂的动物。他们肯定也有薄弱之处,有易受攻击的要害器官。你们的任务就是去找出这些器官的位置所在。

"这才是最重要的。"他边说边狠狠地用手指了指屏幕,"之所以教给你们这八种杀人法,就是想让你们知道怎样去杀托伦星人。不管手里拿着的是强力激光枪还是铁锹,都要知道如何去杀死他们!"

姑娘回到座位上,依然是不得要领。

"还有问题吗?"

没人再举手。

"好吧,到此结束!"我们慌忙立正站好,中士带着一种期待的神情审视着我们。

"谢谢,长官。"响起一阵司空见惯的有气无力的声音。

"大点声!"

"谢谢,长官!"这不过是军队中用来提高士气的那些俗套子中的一种罢了。

"这还像回事儿。别忘了明天凌晨的机动演习,标准时间0330集合,标准时间0400第一编队准时出动。晚于标准时间0340的,罚抽一鞭。解散!"

我拉上外衣的拉链,起身踏着厚厚的积雪来到休息室,想喝点豆奶、抽几口大麻什么的。我每天晚上睡上五六个小时就够了,此刻是我唯一可以单独待会儿、暂时摆脱军队中那种令人窒息的气氛的时候。我看了几分钟的新闻传真,发现我们又有一艘飞船被困住了,是在奥得拜伦①战区附近。我们的飞船花了整整四年的时间才赶到那儿,目前正在攻击一支来犯的敌方舰队。这就是说,即使摆脱了敌人,立即返航,他们也得再花至少四年时间才能赶回来增援我们。可到那时,托伦星人早就占领各个星球了。

回到宿舍时,其他人早就睡下了,房间里的灯也已熄灭。自从为期两个星期的月球训练结束返回营地以来,全连人都感到疲惫不堪。我把衣服扔进衣橱,查了查床位表,发现我被安排在31号床。该死,头上正好顶着个暖风口。

我轻轻撩起隔帘,生怕吵醒了邻床的人。尽管看不清是谁,可我还是小心翼翼地钻进毯子。

"你回来晚了,曼德拉。"那人打着哈欠说道。原来是罗杰丝。

"抱歉,吵醒你了。"我压低声音说道。

"没什么。"她向我靠过来,然后伸出双臂,紧紧搂住了我。

---

① Aldebaran,此处采用音译,即毕宿五,金牛座中的一等星。

她的身子温暖又柔软。

我拍了拍她的臀部,尽量表现出一副兄长的模样,"晚安,罗杰丝。"

"晚安,亲爱的大种马。"她一边说,一边却把我搂得更紧了。

人为什么总是这样?当你按捺不住时,别人却总是提不起精神;可当别人来了精神时,你却没了劲头。不得已,我只好顺水推舟。

2

"很好,伙计们,现在把这鬼东西抬到那边去!架梁分队,抬高一些!"

午夜时分,突然吹来了一股暖流,原本纷纷扬扬的大雪顷刻间变成了冰雨。我们抬着的压塑纵梁重达五百磅,别说现在,就算它上边没结冰也够我们扛的。我们一共四个人,两人一头,用冻僵了的手紧紧扛着纵梁。罗杰丝和我在一头。

"哎哟!"我后边的那家伙惊叫一声,想必是撑不住了。虽说那玩意儿不是钢制铁造,可要是砸到脚上,也准保弄个皮开肉绽。我们都本能地松开了手,跳到一旁,雪水和泥浆溅了一身。

"见你的鬼,彼德洛夫。"罗杰丝叫道,"你怎么不去干红十字会或别的什么行当?这鬼东西没他妈那么沉。"这儿的姑娘大都还是斯斯文文的,只是罗杰丝有些与众不同,说起话来带着男人的粗犷劲儿。

"行了,他妈的还是接着干吧。架梁分队的伙计们,加油啊!"

我们小组那两个环氧树脂①分队的同伴跑了过来,手里的桶

---

① 热固树脂中的一种,特点为耐磨损、附着力强和收缩率低,常用为表面涂料和黏合剂。

一摇一晃的。"快走啊,曼德拉,我的蛋蛋都快冻掉了。"那位男士说道。

"我也是。"与他搭档的那个姑娘竟然也随声附和道。

"一、二,起!"我们又抬起了纵梁,摇摇晃晃地朝架桥工地走去。桥已经架好了四分之三,看来二排已经占了上风。我可不想埋怨谁,但是谁先架好桥谁就可以返回营房休息。我们踩着泥泞走了近四英里,大气都没敢喘一口。

我们对准位置,咣啷一声把纵梁就了位,然后用钢夹把它固定在桥墩上。还没等我们弄好,拿环氧树脂的那个姑娘就迫不及待地涂抹起环氧树脂来,她的搭档则在另一端等待纵梁被固定好。桥面分队正等候在桥下,每人都在头顶举着一块轻型高强度压塑面板,像是撑着一把雨伞。他们身上居然都一尘不染,连点水星都没有。我真纳闷他们怎么做到的,罗杰丝也是思来想去,不得其解。

我们刚要回去准备运送另一根纵梁时,现场指挥官(他名叫道格斯特恩,可我们私下都称他"行了先生")吹响了哨子,粗声粗气地喊道:"行了,姑娘小伙儿们,休息十分钟。有烟就尽管抽吧。"他把手伸进口袋,打开遥控开关,为我们的保温服加热。

罗杰丝和我坐在纵梁的一头,我取出了烟盒。虽说当时身上还有不少大麻烟,可在夜间训练任务完成以前是不允许抽那玩意儿的。这样,我就只剩下一截三英寸的雪茄了。我点上烟,狠狠地吸了一口。罗杰丝也凑热闹抽了一口,不过是想套套近乎罢了,随后她做了个鬼脸,又把烟递给了我。

"应征时你还在上学吗?"她问道。

"嗯。那时我刚拿到物理学学位,本打算再弄个教师资格证书。"

第一部 列兵曼德拉

她微微地点了点头,"我读的是生物。"

"多久?"我顺手把攥着的一团污泥扔了出去,"读了几年?"

"六年,还拿到了技术学士学位。"她的靴子在地上划过,蹚起一堆泥巴,把身前一小片乳白色的冰水搅成了烂泥状,"究竟为什么会发生眼前这一切?"

我耸耸肩,无言以对。但我想答案绝非联合国探测部队说的那样——是为了集结地球上年轻力壮、智力超群的精英,保卫人类免遭托伦星人的涂炭。全是屁话。不过是场大型试验而已,不过是想看看能否诱使托伦星人和我们进行地面决战。

"行了先生"的哨子又响了起来,照例是提前了两分钟。但我和罗杰丝还得继续在原地坐着,以协助环氧树脂分队和桥面分队处理完他们的工作。天冷极了,保温服的供热系统也已经关闭,可是我们必须照章办事,坐在那儿一动不动。

在冰天雪地里进行训练,实在是没有必要。这不过是军队中典型的缺乏理智的做法。没错,我们要去的地方是很冷,但却从不结冰,也不下雪。根据定义来说,坍缩星的门户星球的气温应该常年保持在绝对零度以上几度,变化幅度不超过一至二度——因为坍缩星不会发光。

十二年前,那时我才十岁,人们就发现了坍缩星跃迁现象。要是将一个物体以足够的速度掷向坍缩星,该物体就会迅即从银河系的另一个地方冒出来。没费太长时间,人们就推导出了公式,可以计算出该物体将在何处出现:该物体会依照作用力的方向,沿着一条"线"运行,仿佛这条路线上没有坍缩星阻拦似的直接抵达另一坍缩星的引力场……其在两颗坍缩星之间的运行时间几乎为零。

这项工作让物理学家们费尽了心力。他们不得不重新界定同时性[1]的含义，不得不对广义相对论重新进行验算和修正。但政治家们却十分开心，因为如此一来，他们现在可以用比以前把一两个人送上月球短得多的时间和更少的花费，将整船的殖民者送到北落师门[2]。在他们看来，去北落师门的人越多越好。让人们到那儿从事一番光荣的冒险，总比留他们在地球上犯上作乱、惹是生非强。

运送殖民者的飞船身后数百万英里的地方总跟着一部自动探测器。我们对"门户星"可以说是了如指掌，它们不过是些围绕坍缩星旋转的行星残骸罢了。尾随飞船的探测器的任务是，万一我们的飞船以准光速与这些行星残骸相撞，就立即回来报告。

这种灾难以往还从未发生过，但有一天，一部探测器单独返回了。我们立即对它的数据进行了分析，发现运送殖民者的飞船受到跟踪，并被摧毁了。事情发生在奥德拜伦附近，也就是在托伦星座[3]的范围内。因为"奥德拜伦"这个词太拗口，后来人们干脆把敌人称作"托伦星人"。

打那以后，每当殖民船出发时，总有警卫飞船护送。后来，殖民团得了个"UNEF"的缩写名称，意思是"联合国探测部队"。但探测是虚，入侵才是实。

不久，联合国大会上某位自诩高明之士提议，应立即派出地面部队前往保卫较近的坍缩星的门户星。该提议促成了1996年《精英征兵法》的通过，并最终组成了战争史上前所未有的精英

---

[1]事物的同时性是指一个事物某种状态的存在与另一个事物某种状态的存在不分先后。

[2]即"南鱼座α星"，全天第十八亮星，距离地球约25光年。

[3]Taurus，即金牛座，此处采用音译，为"托伦星人"这个名词的出现作好铺垫。

劲旅。

就这样,我们男女各五十人才汇集到此地,个个智商都在一百五十以上,而且身强力壮、力大无比,顽强地行进在密苏里中部的冰天雪地中,苦练架桥技术,以便在那些有液氦湖泊的星球上完成作战任务——在那些星球上,唯一的液体就是液态氦。

3

大约一个月以后,我们起程进行最后阶段的训练,地点定在查伦星①。

运兵飞船破烂得像是用牛车改造而成的,满载时可搭乘两百名殖民者以及一些动植物。尽管我们才百十号人,可飞船上还是塞得满满当当的,空余的地方堆满了备用的核反应燃料和器材装备。

整个航程历时三个星期,前半程加速度飞行,后半程逐渐减速。飞过冥王星轨道时,我们的最高飞行速度曾达到光速的二十分之一。

三个星期的超负荷训练实在是让人难以承受。那可不是去野餐。我们每天进行三次训练,训练时必须尽量保持身体平衡。虽说大家都小心翼翼的,可还是有人骨折或脱臼。大家不得不系上安全带以防不测。在飞船上想睡个安稳觉简直是奢望,眼一闭就是噩梦联翩,不是给人掐住了脖子,就是被什么东西碾碎了。还得随时注意翻转身子,避免血液淤积或是生褥

---

①查伦星是冥王星唯一的卫星,大小仅有冥王星的一半,两星相距19300公里。

疮。有个姑娘累过了头,一闭眼就梦见自己的一根肋骨被挤了出来,悬浮在空中。

在这之前,我曾多次上过太空,所以,当我们最终停止减速、进入自由落体状态时,我顿时感到一阵轻松。可其他人除了参加过月球训练以外,还从未来过外太空,突然的失重使他们感到阵阵晕眩,完全丧失了平衡和定向能力。我们只好悬浮着穿过各个舱室,用海绵和吸收器收集清理在空中飘来飘去的呕吐物。那大都是些高蛋白、略带牛排风味的特制压缩食品。

脱离轨道、开始降落时,我们得以从很好的角度观察整个查伦星。地表上光秃秃的,昏暗灰白的表面上除零零星星的小山丘外,旷野连天。我们在离基地约两百米处着陆。紧跟着,一辆密封车从基地驶出,和我们乘坐的飞船实现了对接,因此我们不必换太空服就直接进入了基地。全连人丁零当啷、吵吵嚷嚷地走进了基地的主楼,那是座用浅灰色塑料材料建造的、毫无特色的方形建筑。

楼内墙壁的色彩也同它的外表一样单调乏味,没有生气。大家进屋后纷纷围坐在桌边,叽叽咕咕聊个不停。杰夫身旁还有一个空位。

"杰夫,感觉好点了吗?"

他看上去脸色还是有些苍白。

"如果上帝想让人们在自由落体后还能活着落地的话,就该给他们配上副铁打的喉咙。"他边说边重重地叹了口气,"是好点了,真想来支烟啊!"

"是啊!"

"你看上去还挺适应。你在学校里学过是吗?"

"没错,我读的专业是高级真空定位焊接,我还在地球太空轨道上待过三个星期。"我准备休息一下,一面习惯性地伸手去掏烟盒。掏了也不知多少回了,哪还有烟啊。这儿的后勤供应部门压根儿也没想过要提供尼古丁和大麻这类东西。

"训练就够让人受的了,"杰夫抱怨道,"还他妈的连烟都抽不上。"

"立正!"听到口令,我们一窝蜂似的连忙起立,三三两两地站在一起。门开了,进来一位少校。我多少感到有些紧张,他毕竟是我所见过的军衔最高的军官。他笔挺的制服上装饰着一排排绶带,其中紫色的那条说明他曾在作战中负过伤,没准儿就是在越南那场战争中——不过没等我出生,美国就已输掉了那场战争,而少校看上去也没那么大年龄。

"坐,都坐吧。"他边说边做了个下压手势,然后背起双手,扫视着全连的士兵,脸上掠过一丝微笑,"欢迎各位来到查伦星,你们的运气不错,碰上个好天气着陆。现在是这里的夏季,室外气温是绝对8.15度,希望在接下来的二百年里也不要有什么变化。"队伍中响起一阵勉强的笑声,谁都能听得出,大伙儿不过是逢场作戏、捧捧场而已。

"希望你们能尽快适应我们迈阿密基地的气候,尽情享受在这里的生活。我们现在所处的基地位于朝阳面的中心地带,而你们的训练大都将在背阴面进行,那儿的气温低得多,常年保持在绝对2.08度。

"你们不妨把在地球和月球接受过的训练看成是小打小闹,那不过是为你们在查伦星上的生存训练热热身罢了。在这儿,你们将接受全面、系统的训练——从使用工具和武器,到实战演习。你们很快就会发现,在超低温条件下,装备和工具不能正常工作是家常便饭,武器失灵也是常有的事,大家训练时要格外小心。"

第一部 列兵曼德拉

他翻了翻手里的文件夹,又接着说道:"你们现在男女士兵分别有四十九和四十八人。在地球上进行训练时损失了两人,另有一人因精神失常被遣返。你们以往的训练计划和内容我已粗略翻过,直说吧,这么多人能撑到现在,我还真有点不敢相信。

"你们必须知道,即使只有一半人,也就是说,只有五十人能坚持到训练结束,我也就心满意足了。不能结业就意味着死亡。任何人,也包括我,要想活着返回地球,就必须完成至少一次战斗任务。

"训练将持续一个月,然后你们将从这儿启程前往半光年外的一颗门户星——门户星1号,那是门户星当中最大的一个——一直待到其他部队去换防。顺利的话,接替你们的部队将在一个月内赶到。

"离开那儿后,你们将被部署在一颗具有战略意义的坍缩星上,在那儿建立军事基地,与敌人作战——当然是在受到蓄意挑衅时。若无战事,就要坚守基地,等候进一步命令。

"训练的最后两个星期里,你们将着重演练在背阴面建立模拟军事基地。那时候,你们将与迈阿密基地完全隔绝,没有通信和医疗保障,更没有补给。两星期训练结束前,遥控飞行器将向你们发起攻击,检验你们的实战能力和防御设施。那可不是儿戏,是真刀真枪的实战。"

他们在我们身上花了那么多钱,难道就是想让我们在训练中统统玩儿完吗?

"查伦星上的常驻人员都是久经沙场的老兵了,别看他们都四五十岁了,可绝不会落在你们后头。他们中的两个人将随你们一起行动,和你们一同前往门户星。他们是舍尔曼·斯托特上尉,你们的连长;还有奥克戴威尔·科尔特斯中士,他担任军士长。听明白了吗,先生们?"

话音未落,坐在前排的两个人就腾地站了起来,转身面向我们。斯托特上尉比少校身材略矮,可两个人的长相却如出一辙:表情冷峻,面部皮肤平滑,略带微笑,宽大的下颌上蓄着一厘米长的胡子,看上去都不过三十岁,屁股上挂着一把威力巨大的老式子弹枪模样的武器。

科尔特斯中士的长相可就完全是另一码事了:面目狰狞可怖,头皮刮得锃亮,而且有点畸形,扁平的一侧显然是动过手术,切除过部分头骨。他面色乌黑,脸上布满了深深的皱纹和粗糙的伤疤,左耳不知去向,富于表情的眼睛就好像机器上的按钮,一脸的络腮胡恰似一条瘦骨嶙峋的毛虫盘绕在嘴边。对所有人来说,他那孩童般的微笑还算得上和蔼,但我还是觉得他是我所见过的最丑陋的造物了。抛开头不论,单看那下肢就足以令人胆寒的了——粗壮得像是健身广告里的男模的腿。斯托特和科尔特斯的制服上都没有绶带。科尔特斯的左腋窝下斜挂着一支小型激光枪,经过多年的使用,枪柄已经磨得光亮如镜。

"听着,在把你们托付给这两位宽仁厚道的绅士前,我还想再次提醒你们,"少校又开口道,"两个月以前,这儿还连个人影也没有,只有些1991年远征时遗留下的装备。现在这个基地是四十五个弟兄拼着性命,花了整整一个月才建造起来的。超过半数的弟兄还为此丧了命。这是人类所居住过的最危险的星球,但你们要去的地方比这儿更可怕。两位新长官的任务就是在未来的一个月里让你们学会生存。一定要服从命令,照他们的样子做。他们在这儿待过的时间比你们将要度过的时间还要长。我的话没错吧,上尉?"

少校训完话离开房间时,上尉站起身来。

第一部 列兵曼德拉

"起立!"随着一声炸雷似的口令,我们腾地一下站了起来。

"我只说一遍,你们都给我听好了,"上尉吼道,"我们已处于战时状态,就是说,对任何不服从命令的行为和违纪现象只有一种惩罚。"他边说边抽出手枪,手握着枪管,像是拎着根警棍,"这是支口径点四五的M1911自动手枪,虽说老了点,可还顶用。对抗命违纪行为,我和科尔特斯中士有权格杀勿论。最好别以为这是开玩笑,我们可是从来不食言的。"他嘭的一声把枪插进枪套,发出的声响划破了室内死一般的寂静。

"科尔特斯中士和我杀过的人比你们所有人杀的加在一起还多。我们都参加过越战,而且十几年前就加入了联合国部队。这次我们有幸担任你们的连长和军士长,不光由于我们军资久远,还因为这是1987年以来的首次军事行动。

"当军士长给你们布置任务时,请记住我说过的话。该你了,军士长。"他边说边大步流星地走出房间。在刚才的整个训话过程中,上尉的表情如同雕像,纹丝不变。

军士长动作迟缓得就像一架靠无数轴承拉动的笨重机器,待房门关上时,他才缓缓地转过身来朝我们说道:"别紧张,都坐吧。"语气和缓得令人惊讶。他顺势坐在面前的一张桌子上,桌子咯吱作响,好歹没散架。

"虽说上尉的嘴不饶人,我这模样有点特别,但我们绝无恶意。我们将保持非常密切的合作,所以,你们最好适应我脑袋一侧的怪样。"

他抬手摸了摸头上的扁平处,接着说道:"要说脑筋,我可是不缺,虽说这脑瓜差点儿在战场中给毁了。我们这些老兵也是按照《精英征兵法》的标准进行筛选,最终获准加入联合国探测部队的。我眼下还不能断定你们是不是个个都机灵,能吃苦。

请记住,上尉和我不仅具备这些品质,而且经验丰富。"

他装模作样地溜了一眼手中的花名册,"听着,上尉已经说了,训练和演习中抗命违纪只有一种惩罚——处死。可这事儿一般不用我们费神儿,查伦星上的恶劣条件已经能为我们代劳了。

"回到营地,情况就不同了。你们可以尽情放纵,我们是不会干预的。不管是打情骂俏,还是昼夜寻欢,你们都可以随心所欲。可一旦整装出动,你们都得给我瞪起眼来,有时候一个人不留神,大家会全跟着玩儿完。

"好了,你们首先要配发合适的作战服,军械师正在营房里等着呢。出发!"

4

"我想关于作战服的功能,你们在地球上已经学习过不少了。"军械师说道。他身材矮小,已经有些谢顶了,军服上也没佩戴任何军衔标志。科尔特斯中士说他是个中尉,所以我们要以"长官"相称。

"但我要强调两点,作为你们地球上教官的训练内容的补充。现在由你们的军士长亲身示范。可以吗,科尔特斯?"

科尔特斯利落地脱下外套,走到前面的高台上,那儿摆着一套按人体尺寸制成的作战服,它嘭的一声自动打开了。他倒退进入作战服,把双臂伸入僵硬的袖筒里。咔嗒一声,作战服自动关闭了。作战服是明亮的绿色,头盔上大写的"科尔特斯"几个字为白色。

"实施伪装。"科尔特斯的口令未落音,绿色的作战服瞬间变成白色,又转为深灰色,"这种伪装功能在查伦星和你们要去的其他门户星上是非常有用处的。"科尔特斯接着说道,那声音就像发自一口深井,"它还可以有其他迷彩组合。"话音未落,作战服上立即呈现出绿色和棕色斑点相间的组合,"丛林迷彩。"作战服又瞬间变成了浅褐色,"沙漠迷彩。"接着又是深棕色、黑色,

"夜间和太空迷彩。"

"棒极了,军士长。经过你的一番调试后,作战服的伪装功能更加完善了。控制器在腰部左侧,操作不是十分灵活,可一旦选好迷彩组合还是很容易将图案锁定。

"听着,你们在地球上并没有接受过实装训练,原因是我们不希望你们在和平环境中过多地依赖这玩意儿。这种作战服是人类有史以来最致命的武器,使用不小心甚至可能伤到自己。军士长,请转过身去。

"瞧这儿,"军械师拍了拍位于两肩之间的一块方方正正的隆起部位说道,"这儿是散热器。要知道,不管外界是何种气温条件,这种战斗服都可以使你们的体温保持正常,它是用最好的保温绝缘材料制成的,机械性能极佳。散热器工作时会急剧升温,与背阴面的超低温形成悬殊的温差。

"想死的话,只要找一块气凝冰,往上一靠就行。这种大冰块到处都是。你背上的散热器会让冰块立即升华。气体猛烈膨胀……大约百分之一秒内,你们的脖子下方就会炸开,相当于炸开了一颗手榴弹。你会眨眼玩完,什么都感觉不到。

"在过去的两个月中,已经有十一人因操作不当而丧命。他们仅仅是在建造营房时就丧了命。

"我想你们都清楚,这种作战服的古怪性能可以轻而易举地杀死你们自己或者你们的战友。

"谁想过来和军士长握握手?"军械师顿了顿,然后走上前去握住了科尔特斯的手套,"摆弄这种手套,他可是行家里手。除非你们也是,否则一定要格外当心。哪怕是擦破一丁点儿皮也会叫你们立即玩儿完。记住'半对数效应':两磅的压力产生五磅的力,三磅产生十磅,四磅是二十五磅,五磅是四十七磅。你们大多数人握紧拳头时可以产生超过一百磅的压力。从理论上说,使用这种爆发力,你们能把一根巨大的钢梁劈成两半。实际上,你们同时也有可能因为不慎弄坏了手套而立即丧命,尤其是在查伦星上,那将引起一场急速减压和瞬间冷冻之间的竞赛。对你们来说输赢结果无关紧要,因为不管哪方获胜,你们都必死无疑。

"作战服腿部的力量的放大比虽然没那么高,但也具有很大的危险性。除非你已经真正熟练掌握作战服的使用,否则决不能跑或者跳。你们可能会绊倒,那就意味着你们可能因此而丧命。

"查伦星的引力是地球引力的四分之三,所以情况还不是太糟。但在体积非常小的星球上,比如在月球上,你们奔跑中的随意一跳,都可以使你们腾空约二十分钟而不掉下来,并且你们会由于惯性而一直向前冲。这样的话,你们就可能以每秒八十米的速度撞在前面的山上。在小行星上,可千万别想着跳得足够高,最终脱离星球的引力,而由此开始一场银河之旅,那可不是闹着玩的——那会是一场漫漫长旅。

"明天上午,我将教会你们如何在这鬼东西里生存;现在,我会一个个叫你们来试装。就这些了,军士长。"

科尔特斯走到门边,打开活塞,把空气放进气压过渡舱。这时,一排红外线灯启动起来,以防舱内的空气凝固。当里外的气压相等后,他关闭了活塞,打开舱门走了进去,并随手关上了门。一个气泵开始抽出舱内的气体,约一分钟后,他走出舱,并关上了外面那扇门。

这些密封舱和我们在月球上用的那种差不多。

"列兵奥玛尔·艾尔萨先来,其他人回自己的铺位待命,到时候我会用扬声器通知你们。"军械师说道。

"是按字母顺序叫吗?"

"是的,每人有十分钟的试衣时间,要是谁名字的首字母是Z的话,那可以先去睡会儿。"

问话的是罗杰丝,对她来说,那才是正中下怀。

5

天上的太阳就像个白色的光点,但还是比我原先想象的要亮得多。在这儿,我们离太阳足足有八十个天文单位远,所以它的亮度仅仅只有从地球上看到的亮度的六千四百分之一,它现在发出的光亮充其量相当于一盏能源充足的街灯所发出的光。

"和你们将要去的任何一颗门户星相比,这里的光线已经够充足了。"斯托特上尉的声音突然在大伙儿的耳畔炸开,"千万要当心!"

我们在用压塑板铺的小路上成纵队单列站好,这条小路连接着营房和供应仓库。我们将每天上午在这儿进行徒步训练。这儿除了环境奇特外,训练的感觉和地球上也没什么两样。尽管光线很微弱,可由于没有景物遮挡,地平线那端的景色仍然是一览无遗。四下望去,一公里内全是连绵的绝壁,突兀的黑影像是刀削斧砍出的,令人生畏。大地仿佛铺了一层黑曜石,上面散布着或白或泛蓝的冰块。

作战服穿上很舒服,可活动起来却让人感到自己既是木偶,同时又是木偶的操纵者。你利用脉冲移动双腿,战斗服对其进行识别,并放大,帮你完成动作。

"今天我们只在营地附近活动,谁也不许超出这个范围。"上尉身上没有带那支点四五手枪——要么就是为图个吉利把它藏在作战服里的什么地方了——和我们一样,他只带了把激光枪,而且还上了保险栓。

我们彼此之间保持至少两米的间隔,紧紧跟在上尉身后,离开压塑板铺成的小路,走到砾石上。大家都格外小心地迂回行进了大约一个小时,最后在营地的边缘处停了下来。

"大家听好了,我现在要到那块蓝色的冰面上去。"那可是个大家伙,在二十米外,"要想保住小命的话,都给我看好了,瞧我是怎么干的。"

他迈着坚定的步伐走了过去,"首先,我要加热一块岩石。把你们的滤光器调低些。"我按下腋窝下的按钮,作战服的滤光器就自动就了位。上尉用激光枪指向一块篮球大小的岩石,对其实施了一阵短促的点射。只见一道炫目的爆炸闪光划破夜空,映照出他那巨大的身影。顷刻,岩石变成了一堆升腾着烟雾的碎渣。

"这些碎碴很快就会冷却。"他停下来随手捡起一块,"这块的温度在二十到二十五度之间。看着!"他把那块余温尚存的石碴用力抛到那蓝色的冰面上。小石碴蹦来跳去,一下又被弹到一边。他又扔出一块,结果还是一样。

"你们应该知道,你们并没有完全隔热。这些石碴的温度大约和你们靴底的温度相当。如果你们站在这样一块冰面上,也会发生同样的事情。只有当这些石碴像死人一样没有丝毫热气时,这种情况才不会发生。

"出现这种情况是因为石碴和冰体之间产生了一个光滑的接触面——一层液氦。如果你的脚底没有一定的摩擦力,你将无法站立在冰块上面。

"实装训练大约一个月后,你们会学习到比较多的东西,所以那时即使是摔倒,你们也能生存,可现在你们还不能。看着!"

他纵身跳上了冰块,但脚底一滑,既而他向上一跃,稳稳地站在了一旁的地上。

"一定要避免散热器与气凝冰块接触。和外界的冰相比,散热器的温度就像个炼钢炉,稍有不慎,就会引起爆炸。"

看过上尉的示范之后,我们又行进了约一个小时,然后返回了营地。进入密封舱后,我们还得原地活动,以便使作战服升至室温。这时候,有人走上前来,碰了碰我的头盔。

"威廉?"她的护面板上方印着"默考尔"。

"你好,默考尔。有什么事吗?"

"我只想知道你今天晚上有伴了吗?"

这茬儿我倒给忘了。在这儿,睡觉不用按床位表的安排,大家可以各取所好。"当然,我是说,哦……没……还没有……我还没问过其他人,当然,要是你乐意的话……"

"谢谢啦,威廉,回头见。"

我一边目送着她走开,一边琢磨,要问谁能让这鬼作战服看上去也显得性感,此人非默考尔莫属。

科尔特斯认为我们已经暖和够了,于是命令我们去更衣室。我们把配套的各种装备放归原处,挂到了充电板上(实际上,每套作战服上都有一块钚电池,足可维持几年,但平时我们只允许用普通燃料电池)。一阵手忙脚乱之后,大家全都接好插头,开始更衣。九十七个男女赤条条的,一丝不挂,活像刚从绿色蛋壳里蹦出来的光腚小鸡。舱内没有一丝热气,空气、地板,尤其是作战服,全是冷冰冰的。我们一窝蜂似的奔向各自的更衣室。

我麻利地穿上束腰外衣、裤子和鞋,可还是冻得抖个不停。我拿起水杯,排队去领热豆浆。所有人都搓手跺脚,上蹿下跳地保持体温。

"这鬼天气……冻死人了……你觉着怎么样,曼……曼德拉?"说话的是默考尔。

"我……都……麻木了,都懒得……思考了。"我停止了跳动,用手使劲搓着身子,另一只手拿着水杯,"和密苏里不相上下。"

"唔,希望……他们给这鬼地方……加加温。"这些娇小的女人比其他人更受不了这鬼天气。默考尔在全连算得上是最矮的了,身高不过五英尺,短腿细腰,活像个玩具娃娃。

"空调已经……打开了,一会儿……就会好的。"

"真希望……我也有你这么个……大块头。"

谢天谢地,幸亏她没有。

6

第三天练习爆破挖坑的时候,第一次出现了伤亡事件。

在经年冰封的冻土层上挖壕根本用不上普通的镐或锹,就算整天发射枪榴弹,充其量也只能弄个小窝。而士兵们所配备的武器威力巨大、功能齐全,所以通常做法是先用激光枪打出炮眼,待炮眼冷却后放入炸药和定时引爆器——这时最好用碎石把炮眼封紧夯实。当然,能用的碎石很少,除非附近已有开过的炮眼。

最难办的是怎样撤离爆破区。为保证安全,我们要么隐蔽在坚固的掩体之后,要么撤离到一百米之外,从放药到起爆按规定只有三分钟,人们根本没有足够的时间撤离。在查伦星上,哪有什么安全保障可言。

事故发生时,我们正在挖一个真正意义上的深坑——是那种可以修筑地下掩体的大坑。我们先炸开一个坑口,随着深度的不断增加,我们不得不跳到坑底,继续下挖,直至达到设计好的深度。在坑底,我们把起爆时间定为五分钟,时间显然还是远远不够的。我们一方面要小心翼翼地行动,一方面又要抓紧时间撤出坑外。

多数人都已经炸开了两个炮眼,只有我和其他三个人没有完成。我想,波瓦诺维琪出事时只有我们几个人注意到了。当时,我们离她约莫两百米远。我把随身的图像放大器调到最大功率,看着她身子一闪,就消失在一个深坑里。之后,我只能通过耳机听见她和科尔特斯之间的对话。

"我已经下到坑底了,中士。"在这种行动中,正常的无线电通信都被切断,只有科尔特斯可以和参加训练的人进行单独通话。

"明白了,移动到坑底部的中央,清理周围的碎石。别着急,拔去安全销前一定要保持镇静。"

"放心吧,中士。"我们听到她清理石块时发出的声音,还有她的军靴发出的碰撞声。一连几分钟也没听见她说一句话。

"已经清理到底了。"她有些上气不接下气地说道。

"是冰还是石块?"

"是石块,中士。是些带绿色的石头。"

"把激光枪功率调低些,功率一点二,分散度四。"

"这不行,中士。这样的话,我哪辈子才能干完?"

"那些石块里有水晶体,加热过快,会使石块崩裂。要是那样,姑娘,我们只有撤离,而你则会被炸个稀烂。"

"听你的,功率一点二,分散度四。"坑的内部顿时闪烁出阵阵红光,那是激光枪发出的光亮。

"挖到半米深时,把分散度调到二。"

"明白。"她整整干了十七分钟。可以想象她操作激光枪的手已经快撑不住了。

"现在休息几分钟,坑底凝固后,把炸药装上引信放在坑底。然后,轻轻地走出来,明白吗?你有足够的时间。"

"明白,中士。走出去。"她听上去非常紧张。当然,有几个人天天围着超光速粒子炸弹走来走去呢?我们听见她一个劲儿地喘着粗气。

"就在这儿吧。"耳机中传来一个很微弱的物体滑动的声音,炸弹在坑底就了位。

"小心点,别紧张。你还有五分钟。"

"明白,还有五分钟。"我们开始听见她缓慢而沉稳的脚步声。但当她开始爬出坑沿时,我们听得出,她的脚步乱了起来,甚至有些狂乱。只剩下四分钟了。

"见鬼!"接着是一阵丁零当啷的碰撞声,"见鬼!见鬼!"

"怎么啦,列兵?"

"见鬼!"一阵寂静,"见鬼!"

"列兵,你不想被炸飞吧。快说,出了什么事?"

"我……我给卡住了,让滑下来的石头卡住了。见鬼,我动不了啦。快救我,我动不了啦。我——我——"

"住嘴!有多深?"

"我的腿抽不出来啦,见鬼!救命——"

"赶快用手挖,你每只胳膊都能举起一吨的重量。"还有三分钟。

她不再叫喊,而是开始用俄语喃喃自语起来。我猜想那是一种非常单调的俄国祈祷辞。她在急促地喘着气,我听见了石块塌落的声音。

"我脱身了。"还有两分钟。

"快跑。"传来了科尔特斯单调僵硬的声音。

还剩九十秒时,她终于爬了上来。"快跑,姑娘……跑。"她才刚刚跑出五六步,就一头栽倒在地,惯性使她顺势滑出去好几米;她立即站起身来,接着跑,不几步,又是一个跟头,接着又站起来……

看上去她跑得飞快,但当科尔特斯发出命令时,她才跑出三十几米。"波瓦诺维琪,快卧倒,别乱动。"还剩十秒钟,但她好像根本没有听见,或者是她想多跑几步。她拼命地奔跑着,慌乱地迈着大步,最后一步刚刚抬起来,只见一道闪电,随即一声巨响,一个巨大的石块正好击中她脖子的下方,把她的头连根削掉。只见她那无头的身体在大地上猛烈翻滚,身后留下一道弯弯曲曲的血迹,鲜血迅速凝固在大地上,形成了一道覆盖着粉状晶体物的粗线条。在收集石块掩埋她的遗体时,大家都小心翼翼地避开那条鲜血凝成的线条。

那天晚上,科尔特斯没有给我们训话,甚至没来点名。士兵之间都显得格外的彬彬有礼,但大家并不忌讳谈论当天发生的事情。

我和罗杰丝一起过的夜——这儿所有人在夜间都有好友相伴。她哭了整整一夜。她哭得那么伤心,使我也悲从中来,不禁放声痛哭。

7

"第一射击分队,开始行动。"我们十二个人排成歪歪扭扭的一行,向前方的一个模拟地堡移动。到那儿的距离约有一公里,途中布满了特意设置的障碍。由于冰已经被清除,我们移动得很快。尽管我们实装训练已经十天了,可除了前进速度明显加快了以外,经验仍然很缺乏。

我带着一支枪榴弹发射器,内装演习用枪榴弹。大家都配备了演习用的激光枪,远远望去,光点闪烁。这只是一次模拟演习,模拟地堡和守卫在那儿的机器人造价昂贵,不能一次就毁掉。

"第二分队,跟上。各分队长,行使指挥权。"

走了一半距离时,我们靠近了一堆岩石。分队长玛丽下达了命令:"停止前进,注意掩护。"我们纷纷隐蔽在岩石后面,等待第二分队前来和我们会合。

附近传来了二分队的小声叽咕声。由于他们十二个人的作战服全都换成了黑色,因此虽说离得很近,可还是看不清他们。他们从我们身边开始向左侧迂回,迅速消失在黑暗之中。

"射击!"枪榴弹拖着耀眼的光圈,呼啸着奔向前方依稀可见的地堡。演习用枪榴弹的射程极限是五百米，可我还是想碰碰运气。我用瞄准器套住地堡，以四十五度角，一口气发射了三枚枪榴弹。

还没等我的枪榴弹落地，对方就开始猛烈还击了。他们的激光枪威力并不比我们的大，但要是直接命中目标，就会使我们的图像放大器失灵，从而失去目标。对方看来是漫无目的地盲目射击，他们的火力范围离我们隐蔽的石堆很远。

地堡前三十米处三道刺眼的闪光几乎同时亮起。

"怎么搞的，曼德拉？我原以为你会使唤那玩意儿。"

"少废话，玛丽，射程太远了，要是靠近点，我管保弹无虚发。"

"那……那是当然。"我也没再吱声。玛丽也是头回担当分队长这么重的责任，再者，原先她也没这么尖刻。

按规定，枪榴弹手同时担任分队长助理，所以，我可以通过玛丽的步话机听到她和第二分队的通话。

"玛丽，弗里曼呼叫。有伤亡吗？"

"玛丽收到，没有伤亡。敌人的火力好像集中在你们那边。"

"是的，我们已损失三人。我们现在在你们前方的一个凹地里，距离为八十到一百米。如果你们准备好了，我们可以提供掩护。"

"好的，开始行动。"通话结束了。"第一分队，跟我来。"玛丽从岩石后面走了出来，同时打开了分队长粉红色信号标志灯，我也打开了标志灯，走出掩体，和她并肩前行。其他队员迅速呈扇形散开，以楔形队形推进。我们都没有射击，因为有第二分队吸引对方火力，为我们提供掩护。

我只能听见玛丽的喘息声和自己军靴发出的吱嘎吱嘎的声

响。周围一片漆黑,什么都看不清。我调整了一下图像放大器的测程,虽说这样会使图像稍显模糊,但可以增加亮度。第二分队肯定被对方的火力压制住,无招架之功了,他们只能用激光枪有气无力地进行还击,看来枪榴弹发射器也损失掉了。

"玛丽,我是曼德拉,我请求吸引敌方火力,支援第二分队。"

"先寻找隐蔽处,然后实施火力增援。这样可以吗,列兵?"训练才几天,她已经升为下士了。

我们向右侧迂回,隐蔽在一块巨石后面。这时,我们分队的多数人都已在附近找到了掩体,只有几个人不得不紧紧趴在地面上。

"弗里曼,玛丽呼叫。"

"玛丽,我是史密斯,弗里曼已经出局,还有萨摩尔。我们只有五个人了。请求支援。"

"罗杰,史密斯……"信号"咔嗒"一声中断了。

"第一分队,开火,第二分队情况危急。"

我从岩石上端露出头来,测距仪显示地堡的距离为三百五十米,还是太远。我稍稍抬高枪榴弹发射器,瞄准敌方地堡,连射三发,然后又瞄低几度,又是三发。前三发打偏了二十米,后三发弹弹命中,在地堡跟前开了花。我保持同样的瞄准角度,一口气发射了十五发,直到弹匣里的枪榴弹全部打光。

我本该退到岩石后面重新装弹,可好奇心驱使我没那样做,而是想看看最后那十五发是否命中目标。我一边观察着弹点,一边去摸新弹匣。

还没等我回过神来,对方发射的激光束就击中了我的图像放大器。一道强烈的红光有如利剑,直刺我的双眼。一瞬间,图像放大器就失灵了,我顿时成了瞎子,只觉着眼内绿光闪闪,天旋地转。

　　因为我已经理论上"阵亡"了,所以我的步话机也随之自动关闭,而且我必须待在原地直到模拟战结束。除了能感受到皮肤的阵阵灼痛和耳内的轰鸣外,周围的一切都不得而知。时间好像凝固了。最后,有人用头盔碰我的头盔。

　　"你没事吧,曼德拉?"是玛丽的声音。

　　"抱歉,打不死也得把我闷死。"

　　"站起来,抓住我的手。"我照办了,然后我们拖着沉重的步伐返回营地。短短的路程走了足足一个小时。一路上她也没再说什么,气氛沉闷得令双方都感到尴尬。回到营地,我们一同进入了密封舱。体温恢复正常后,她开始帮我脱下作战服。我想,一顿臭骂是躲不过了。但当作战服哗的一声打开时,她却紧紧地搂住了我的脖子,用温柔湿润的嘴唇深情地吻了我。

　　"打得准极了,曼德拉。"

　　"真的?"

　　"你难道没看见吗? 当然,你怎么会呢……你被击中前发射的最后十五发枪榴弹中有四发直接命中。对方认输了,我们未遇任何抵抗便占领了地堡。"

　　"太棒了。"我用手挠了挠脸,搓下了一片片干裂的皮肤碎屑。她咯咯地笑了起来。

　　"瞧你那模样,活像个……"

　　"全体注意,立即到集结点集合。"扬声器里传来了上尉的声音。一般说来,集合管保没什么好事。

　　她把束腰外衣和鞋递给我,说道:"咱们走吧。"集结大厅在走廊的另一头,门口有一排按钮,是在点名时作报到登记用的。我按了一下写有我名字的那个按扭。一共有四个名字用黑色胶带覆盖着。太好了,只有四个——也就是说,在今天的演习中,我们没有任何人员死亡。

上尉已端坐在前面的高台上,一会儿工夫,大厅里就挤满了人。一声和谐的钟响说明全体都已到齐。

斯托特上尉坐在那儿纹丝未动,"你们今天干得真不赖呀,没人丧命。我原本以为会有的。从这方面讲,你们远远超过了我的期望,可说到别的方面,你们却干得很糟。

"很高兴你们能照料好自己,因为你们的身价早已不下百万美元,而且你们还很年轻。

"但是,在一个与极其愚蠢的机器人对阵的演习中,你们竟然有三十七人被击中,淘汰出局,既然'死人'用不着吃饭,那只好委屈你们了。在今后三天里,凡在战斗中被击中者除每人配给两升水和少量维生素外,一律禁食。"

我们早就学乖了,听了这话,人群中连一点抱怨声也没有。但确实有人面露愠色,特别是那些眉毛烧焦、眼眶烙糊的人。

"曼德拉。"

"在,长官!"

"你像是被烧得最厉害的一个。你的图像放大器是设定在正常位置吗?"

妈的,操蛋。"没有,长官,比正常高两挡。"

"明白了。谁是你们的队长?"

"玛丽,长官。"

"玛丽队长,是你命令他将图像放大器的亮度增加的吗?"

"长官,我……我记不清了。"

"记不清了?那好吧,就让我帮你长长记性,你也算一个,禁食三天。满意了?"

"遵命,长官。"

"那好,你们今天晚上就来顿最后的晚餐吧,明天嘛,就甭想了。还有问题吗?"听口气他像是在开玩笑,"行了,解散。"

我弄了一大堆肥肉,一门心思想着肉里所含的卡路里,然后拿着餐盘坐在玛丽身旁。

"简直是堂·吉诃德式的恶作剧。真该好好谢谢那老小子。"

"没什么,正好借这机会减减肥。"真看不出她哪儿还有多余的肥膘。

"谁不明白好的演习是什么样的。"我说道,她微微一笑,还是埋头吃饭,"晚上有伴儿了吗?"

"我好像已经约过杰夫了……"

"那你可得抓紧点,我刚才还看见他缠着麦吉玛呢。"这倒没错,见了麦吉玛那样的漂亮妞儿谁能不动心呢。

"我不知道。也许我们该悠着点儿,节省点体力。都连着三天没歇口气了。"

"别推辞了,"我用手指轻轻抚摸着她的手背,"从密苏里那次以来,我还没捞着碰你一碰呢。我也许能让你尝个新招。"

"我想你有那本事,"她把头往我身上一靠,诡秘地说道,"那就看你的了。"

8

在迈阿密基地训练才刚刚两周,就有十一个人丧了命。要是算上达尔奎斯特的话,应该是十二个——在查伦星上丢了双腿和一只手的人和死了又有什么两样。

福斯特死于塌方;弗里曼更惨,因为作战服故障,还没等我们把他弄出来就冻成冰棍了。其他几个人我不怎么熟悉,但也都死得很惨。他们的下场与其说使我们更加谨慎,倒不如说令我们变得胆战心惊。

我们终于来到了背阴面。是一艘运输飞船把我们二十人一组分别运送来的。我们在一堆建筑材料旁着陆——这堆建筑材料被小心翼翼地浸泡在一个装满液氦II[①]的池中。

我们用抓钩从池内向外拉那些建筑材料。蹚着氦液下池去干活是很危险的。池里横七竖八地堆放着各种建材,池底地形也十分复杂。万一下去后踩到一块冰上,后果不堪设想。

我建议先用激光枪把池内的氦液蒸发掉,但一连十分钟的激光烘烤也没见氦液面有明显下降。它根本不蒸发。液氦II是

[①]液态氦在温度下降至2.18K时,性质会发生突变,黏度很小,成为一种超流体。这种超流体就是液氦II。

一种超流体,要想使其蒸发,必须在整个液面上均衡加热,而不是仅仅在几个点上。

我们不允许使用灯光照明,以防被敌方发现。要是能把图像放大器设定在三挡或四挡的话,便可以借助外面的星光。但放大倍数越高,就越看不清细节。在第四挡上,整个外界就会变成一幅混沌的单色画。稍稍离开一点,就连别人头盔上的名字也看不清——除非他近在咫尺。

周围的景象单调乏味,到处散布着不大不小的陨石坑(毫无例外地盛满了液氦II),远处朦胧的山影若隐若现。凹凸的地面上是连绵不断的网状冰层,一踩上去,脚就会陷下去半英寸,同时还发出刺耳的响声,令人毛骨悚然。

用了大半天才把建材全部拖上岸。我们轮班睡觉,可以站着、坐着,或者趴着睡,但这几种姿势我都不成。所以,我恨不能马上把地堡建好并使其维持正常的气压。

我们没法把地堡完全建在地下,那样的话,地堡里马上也会灌满液氦II。因此,首先要做的是用三层高压真空塑料板搭起一个隔热平台。

我担任代理班长,手下共有十人。大家一齐动手,开始把塑料板抬到工地去。板子并不算沉,两人一块很轻松,可手下中有个人脚下一滑,摔了个仰面朝天。

"真见鬼,辛吉尔,小心脚底下。"我们有两个人就是这样死的。

"抱歉,班长,我走乱了步,两条腿绊到了一块儿。"

"别说了,当心就是了。"他站起来,和搭档一起把板子摆好,又回去取另一块。

我时刻盯着辛吉尔。没过几分钟,他的脚步就有些蹒跚了。当然,穿着这么一身超现代的盔甲,谁要是能大步流星,那才邪门呢。

"辛吉尔!放下板子后到我这儿来一下。"

"是!"他吃力地干完了活,朝我走来。

"让我看看你的数据显示。"我打开他胸部的一块护板,他的医疗监护器露了出来。他的体温高出两度,血压和心率也有上升,但都没超过红色警戒线。

"不舒服吗?"

"见鬼去吧,曼德拉,没事,不过有点累罢了。摔倒后一直有点儿头晕。"

我立即和医疗队取得联系,"琼斯医生,曼德拉呼叫。能过来一下吗?"

"马上就到。你在哪儿?"我用力向琼斯挥手,他立即从池边朝我走来。

"怎么回事?"我让琼斯看了看各种数据显示。他仔细检查了监护器上的数据,说道:"依我看,曼德拉,他只是体温有点高。"

"见鬼,这谁都知道。"辛吉尔气恼地说道。

"也许该找个人来检查一下他的作战服。我们这儿有两个人接受过作战服维修的专门训练,他们是这儿的'军械师'。"我提议。

我接通了桑切斯的频道,请他立即带着工具来一下。

"稍后就到,班长,现在正抬着板子呢。"

"把板子放下,马上过来。"我突然产生了一种不安的感觉。趁桑切斯还没来,琼斯和我继续检查着辛吉尔的作战服。

"啊,"琼斯医生叫道,"瞧这儿!"我绕到辛吉尔背后,看了看琼斯指着的地方,发现散热器上的两个散热装置已经扭曲变形了。

"哪儿的毛病?"辛吉尔问道。

"摔倒时碰着散热器了,对吗?"

"没错,班长,是那么回事。它现在工作不正常。"

"不正常?我想它已经完全失灵了。"琼斯说道。

桑切斯带着检测工具来了。我们向他简要介绍了情况。他看了一眼散热器,随后插上了几个插销,他工具包里的液晶显示器上立即显示出许多数据。我弄不明白他在测量什么,但可以看到那个十位数显示器上的数据都在"0"到"8"的范围内。

我突然听到一声"咔嗒"声,是桑切斯接通了我的私人频道:"班长,这人不行了。"

"什么?那鬼东西你就修不了吗?"

"也许……也许能,但必须把它拆开。这我可做不到。"

"嘿!桑切斯?"公用频道里响起了辛吉尔的声音,"到底怎么了?"他上气不接下气地问道。

"调整好呼吸,伙计,我们正在想办法。"

"他撑不到我们建好地堡并且加压。而在作战服外面无法修复散热器。"

"你们不是有备用作战服吗?"

"一共两套,型号谁都能穿。但到哪儿去换呢……"

"太好了,赶快去加热一套。"我又接通了公用频道,"听着,辛吉尔,我们必须把你从作战服里弄出来。桑切斯那儿有一套备用作战服,我们准备给你更换一下作战服,但首先必须在你周围建一道保护屏。明白了吗?"

"明白。"

"听着,我们必须先把你密封在一个盒子里,然后把盒子和生命维持系统连接,这样你就可以正常呼吸了。"

"听上去没那么……那么简单。"

"听着,作战服马上到。"

"我没事了,朋友,就是想歇会儿……"

我一把抓住他的胳膊,扶着他向工地走去。他走起来摇摇晃晃的。医生连忙抓住他的另一只胳膊。在我们的搀扶下,他才没有摔倒。

"霍尔下士,曼德拉下士呼叫。"霍尔负责操作生命维持系统。

"别缠着我了,曼德拉,我忙得不可开交。"

"待会儿你会更忙的。"我简要地向她介绍了情况。在她率领手下人开始准备生命维持装备(LSU)时,我叫手下人抬来了六块压塑板,这样我们就可以在辛吉尔和备用作战服周围搭建起一个大大的密封盒——一口一米见方、六米长的"大棺材"。

我们把备用作战服放倒在一块压塑板上——这块压塑板将用作"棺材"的底部。

"好了,辛吉尔,开始吧!"

没有反应。

"辛吉尔,开始吧!"

还是没有反应。"辛吉尔!"他站在那儿一动不动。琼斯医生连忙查看了一下他的监护器上的数据,"他已经失去知觉了,曼德拉。"

我的大脑急速转动起来。盒子里还能再进去一个人。"帮我一把。"我抓住辛吉尔的肩膀,军医抬起他的双脚,我们小心翼翼地把辛吉尔平放在备用作战服的脚底位置。

然后我自己躺到了备用作战服的前头,"好了,立即封闭密封盒。"

"听我说,曼德拉,不管谁进去,也轮不到你,让我来。"

"去你的吧,琼斯,没你的事儿,他是我的人。"话虽这么说,可当时我也是想让人们见识见识我威廉·曼德拉的英雄气概。

他们拿来压塑板,封闭了盒子。板子上有两个气孔,一个用来输入生命维持系统的氧气,另一个用以排除废气。板子就位之后,他们开始用激光把板子焊牢。在地球上,我们用胶合剂就行了,可这儿,唯一的液体是氦液,它的功能倒是不少,唯独没有黏着性。

约十分钟后,我们与外界完全隔绝了。我只感到生命维持系统工作时发出的嗡嗡声。我打开了作战服上的照明灯——这是来到背阴面后我第一次打开照明灯——强烈的光线使我睁不开眼睛,眼前好似有片片紫色的光环在胡乱飞舞。

"曼德拉,我是霍尔。先别忙着脱作战服,再等几分钟,我们正在设法注入热风,但效果不理想。"过了好一阵子,我眼前紫色的光环才渐渐消失。

"里边确实很冷,可我想我能挺得住。"我开始打开我的作战服,虽说没能完全打开,但我还是没费多大劲就钻了出来。作战服的外层冰凉冰凉的,我钻出来时,手指和臀部的皮肤都给粘掉了。

作战服上的照明灯一熄灭,周围立即就暗了下来,所以最初我得用脚去够辛吉尔。当我刚刚打开他的作战服时,一股难闻的热乎乎的臭气立刻扑面而来。在暗淡的灯光下,辛吉尔的脸呈现暗红色,污迹斑斑。他呼吸短促,心跳剧烈。

我首先解开了他的便溺管——这可不是件养人的差事——

第一部　列兵曼德拉

然后又解开了生物传感器。下边的事就更难办了,我得把他的胳膊从作战服袖子里弄出来。

若是给自己脱袖子,这事再容易不过了,只需调整好角度,这里动动,那里抽抽,胳膊就出来了。但要是在作战服外边帮别人这样做就完全是另一回事了。我得先扭动辛吉尔的胳膊,然后伸手进去调整作战服和胳膊的角度,这可是件费时耗力的事。

第一只胳膊弄出来之后,事情就简单得多了。我只需慢慢往前爬,然后用脚踩住辛吉尔作战服的肩膀,接着继续拉拽他那只已经出来的胳膊。只见辛吉尔像出壳的牡蛎一样从作战服里钻了出来。

我打开备用作战服,费了好大的周折,才把辛吉尔的腿放了进去,然后接通生物传感器和前面的便溺管,后面的那一根别人就帮不了他的忙了,他得自己动手。

我把他的手留在了袖子外面。并不是人人都能穿上这种作战服,它必须量体裁衣。

他的眼皮微微动了一下,"曼……德拉,这是在哪儿?"

我语调缓慢地跟他解释了几句,他好像听懂了大部分的话。"现在我要把你包起来,然后我再穿上作战服,让外面的人打开盒子,把你拖出去。懂了吗?"

他点了点头。这真是一个好笑的场景,穿着作战服时,无论是点头还是耸肩,都丝毫不能表达什么意思。

我穿上了作战服,接通了所有装备,把步话机调到了公用频道,"琼斯医生,我想他没什么事了,快把我们弄出去。"

"马上就办。"是霍尔的声音。生命维持系统的嗡嗡声被一阵机械的轰鸣声取代了,接着又是一阵剧烈的震颤。他们在抽空盒内的气体,以防爆炸。

盒子一角的接缝处开始变红,接着又变成了白色,突然,一道强烈的红光在离我头部不足一英尺的地方射了进来,我本能地缩回身子。焊枪的火光沿着盒子的接缝缓缓移动,切开了盒子一侧的四角。盒子的侧盖慢慢地打开了,四周的压塑板都烧化了。

"等压塑板凝固了再动手,曼德拉。"

"桑切斯,我还没傻到那份上。"

"看这儿。"有人扔进来一根缆绳。这倒是个好主意,用不着我自己单枪匹马地干了。我用绳子套住了辛吉尔的胳膊,在他的颈部打了个结,然后我先费劲地爬了出来。我想帮其他人一起拉,但这看来有些多余,因为绳旁早就站好了十几个人。

辛吉尔安全地出来了,军医检查他监护器上的数据的时候,他居然坐了起来。大家纷纷走上前来,向我表示祝贺。突然,霍尔手指着远方,惊叫一声:"快看!"

只见一艘黑色的飞船正迅速地向我们飞来。我有些愤愤不平。不是说最后几天才发起攻击吗?怎么现在就来了。这时候,飞船已经飞临我们的上空。

9

我们全都本能地扑倒在地,但那艘飞船并没有发起进攻,而是点燃了制动火箭,不断降低高度,在空中盘旋一圈后,放下起落架,徐徐降落在工地旁。

大家都战战兢兢地呆站在那儿,猜测会发生什么事情,这时,两个身穿作战服的人从飞船上走了下来。

公用频道中传来了一个熟悉的沙哑声音:"你们全都看见有飞船过来了,但没有一个人用激光枪进行攻击。虽说即便是攻击了也无济于事,但起码能显示一下你们的斗志和战斗精神。在真正发起攻击前,你们最多还有一个星期的时间,既然军士长和我要留下来同你们待在一起,那我要求你们表现出更强的求生欲望。玛丽!"

"到,长官。"

"派一支十二个人的分遣队马上卸货。我带来了一百个机器人靶标,好让你们在有人真正前来实施攻击前有机会真刀真枪地练练枪法。

"现在就动起来。在飞船返回迈阿密之前,留给你们的只有三十分钟时间。"

我计算了一下,我们实际上用了四十分钟才完成任务。

上尉和军士长在与不在对我们来说并没有什么两样。我们仍旧是自己组织行动,他们不过是进行现场监督而已。

地板安装完毕后,我们仅用一天时间就建成了地堡。它看上去是一个长方形的灰色建筑,造型呆板。外墙上除了一道真空锁和四扇窗户外,光秃秃的,毫无特色。地堡的顶部安装着一门可全方位旋转的高能激光炮。操作员——我们不能称他为"炮手"——坐在激光炮后边的一把椅子里,两手各握一只发射开关。发射时,必须两个开关同时启动。一旦开关启动,激光炮就会自动瞄准和锁定空中任何的移动目标,开始实施连续攻击。早期预警和自动瞄准是在地堡旁的一个高达一千米的雷达帮助下完成的。

只有这样安排,才能弥补当外来飞船迅速逼近,而人的反应又相对迟缓的差距。让激光炮处于完全自动状态是不现实的,因为飞临的飞船也可能是友方的。

火控计算机能选择并跟踪十二个同时出现的空中目标(并可以自动选择其中最大的目标实施攻击)。而且用不了半秒钟,计算机就可以将全部十二个目标准确定位。

为抵御敌方火力,整个地堡及其设施都加盖了高能防护层。只有顶部的操作手和激光炮发射开关露在外边。一个人在上面保护地堡里的八十人,军队的如意算盘打得是再精明不过了。

地堡完工以后,我们中一半的人将始终待在里面——我们总感到自己随时可能成为敌人的目标——轮流操纵激光炮,另一半人外出进行演习。

离基地四公里的地方有一个巨大的封冻的液氦"湖泊",我们演习的一个重要内容就是练习在那随时可能冰裂的湖面上行走。

在冰面上移动并不难,当然,站立行走是不可能的,只能匍匐滑动。

如果有人在湖边帮忙推你一把,那么启动并不困难,要不你就得脚蹬手抓使自己开始移动起来。一旦开始移动,你就得持续前进直至滑出冰面。滑行时,你必须不断地利用手和脚调整前进的方向。滑行的速度不能太快,这样就比较容易保持合适的姿势,并能确保在突然停止时不致使头盔受到过分震动。

我们又重复了在迈阿密基地时已经进行过的全部训练科目:使用武器、实施爆破、演练队形等等。我们还每天不定时地向地堡发射十到十五个机器人靶标,以便让激光炮操作员练习在目标指示灯闪亮时迅速做出反应。

和别人一样,我也进行了四个小时这种训练。开始时我还多少有些紧张,但经历了第一次"模拟攻击"之后,我才发现一切都易如反掌。灯一亮,我立即打开射击开关,激光炮马上进入自动射击状态,瞄准锁定目标。靶标在远处刚露头,一道道强烈的激光束就带着迷人的色彩,直扑目标。顿时,烧熔了的金属在前方四处飞舞。除此之外,别的也不怎么让人感到兴奋。

因此,大家对未来的"毕业演习"也不再感到担忧了,认为它不过如此而已。

野外演习进行到第十三天时,迈阿密基地向我们发起攻击。两枚导弹从两个相反方向同时发射,以每秒四十公里的速度划破夜空,风驰电掣般地向地堡直扑过来。在第一枚导弹距地堡还很远时,激光炮就轻而易举地将其化为了灰烬;但第二枚被摧毁时,它离地堡仅有咫尺之遥。

第二枚导弹被摧毁时,无数炽热的弹片雨点般地射向地堡,十一枚弹片直接命中。后来清理现场时,我们才发现损失惨重。

地堡中最先出事的是麦吉玛,她是个非常讨人喜欢的姑娘。两块弹片直接击中了她的头部和背部,她当场没了气。由于地堡内部气压急剧下降,生命维持系统开始高速运转起来。当时,弗雷德曼恰好站在高压通风口前面,强大的气流猛地把他冲到了对面的墙上,他立即昏了过去。还没等人来得及给他穿上作战服,他就因减压过快,一命呜呼了。

其他人挣扎着,顶着猛烈的气流穿上了作战服,但加西亚的作战服早已千疮百孔、无济于事了。

我们回到地堡时,生命维持系统已经关闭了,维修人员正开始对墙上的弹孔进行焊接维修。有个人正在清理已经烧得无法辨认的麦吉玛的尸体。我听得见他的阵阵抽泣和不断的作呕声。加西亚和弗雷德曼的尸体已经抬出去掩埋了。上尉从玛丽手里接过了维修工具,科尔特斯中士把那个正在抽泣的人领到地堡的角落,然后又回来独自清理麦吉玛的遗体。他没有命令任何人帮忙,别人也都呆呆地站在一旁。

10

为了进行最后的毕业演习,我们全体登上了"地球希望号"飞船——来查伦星时我们搭乘的就是这艘飞船——以比来时稍高一挡的速度前往门户星1号。

航行似乎没完没了,没有尽头。一连六个月的航行,令人厌倦至极,但途中不像来查伦星时那样让人难以忍受。斯托特上尉命令我们日复一日地口述训练内容。此外,我们还得每天进行船上训练,直练得大家都疲惫不堪。

门户星1号就像是查伦星的背阴面。事实上,比那儿还糟得多。驻守基地比起迈阿密基地来要小得多了——只比我们自己建造的地堡略大一点。我们计划逗留一个星期,帮助扩建那儿的设施。基地里的人见到我们高兴极了,特别是其中的两个女兵,看上去她们早已经在那儿待得没了棱角。

我们一窝蜂似的挤进了小餐厅,门户星1号上的司令官威廉姆逊准将开始给我们训话。他带来了一些令人沮丧的消息。

"大家都站好了,别都挤在餐桌旁,这儿有的是地方。

"对于你们在查伦星上进行的训练,我已经略有所闻。我不想说那都是徒劳的。我要说的是,你们要去的地方情况将完全不一样,那儿温度要高得多。"

他略一停顿,好让我们理解他的话。

"御夫座阿尔法坍缩星是我们所探测到的第一个坍缩星,它围绕御夫座厄普西隆星旋转,公转周期为二十七年。敌人有一处基地,但该基地并没有建立在阿尔法坍缩星的门户星上,而是建立在围绕厄普西隆星旋转的另外一颗行星上。我们对这颗行星知之甚少,只知道它每七百四十五天环绕厄普西隆星旋转一周,体积约为地球的四分之三,反射率为零点八。也就是说,它有可能被云层所覆盖。我们不敢肯定那儿究竟有多热,但根据它与厄普西隆星的距离判断,那儿比地球要热得多。当然,我们也无法知道你们抵达之后将在背阴还是朝阳面,或者是在赤道还是在极地进行工作或是作战。那儿的空气极有可能无法呼吸,不过无论是怎样一种情况,你们都必须穿着作战服。

"好了,情况你们都清楚了。还有什么问题吗?"

"长官——"斯特恩拖着长腔说道,"目的地我们是清楚了,可有谁能告诉我们去那儿的任务是什么吗?"

威廉姆逊耸了耸肩膀,"那就要看你们的上尉和军士长是怎么想的了,还得看'地球希望号'船长的意见,并参照'地球希望号'上的计算机数据。你们既有可能陷入一场旷日持久的血腥战争,也有可能去清点现成的战利品。没准儿托伦星人会向我们求和呢。"科尔特斯哼了一声,"要是那样的话,你们就是我们的后盾,是我们讨价还价的筹码。"他看着科尔特斯说,"但现在谁也说不准。"

那天晚上我们尽情作乐,大家玩得都很开心。基地里能供我们全体休息的地方只有餐厅。人们在里面随意地挂了些床单,以确保必要的隐私。

第二天早晨——实际上,后来我们在门户星1号上的每天早晨都是如此——我们摇摇晃晃地爬下床来,穿好作战服,开始基地扩建工程的施工任务。这颗门户星最终将被建成宇宙战争的战术和后勤指挥部,数以千计的作战人员将驻扎在这里,六艘与"地球希望号"同级的星际巡洋舰负责保护基地的安全。

和查伦星背阴面比起来,这里的活儿根本不值一提。这里的光线充足,我们每工作八个小时就可以回宿舍休息十六个小时,也用不着担心无人驾驶飞艇前来攻击我们,对我们进行结业考试。

当我们返回"地球希望号"飞船时,多数人都对这个地方恋恋不舍(尽管有几个最具姿色的女兵宣称她们终于可以喘口气了)。在与托伦星人真刀真枪地作战前,门户星1号是我们最后一个既轻松又安全的地方了。正如威廉姆逊准将第一天说的那样,谁也无法预料前景将会是什么样子。

我们绝大多数人对坍缩星跃迁都显得心怀畏惧,尽管人们不厌其烦地告诉我们,说我们甚至感觉不到跃迁,只不过是一直保持自由落体状态而已。

我不是很确信。作为物理专业的学生,我已经学习过广义相对论和引力理论方面的一般课程,那时,与之直接相关的资料非常匮乏——坍缩星是在我上小学时才被发现的——然而有关它的数学模型已经发展到非常详尽的地步。

坍缩星是一个标准的球体,半径约三公里。它始终保持着引力塌缩的状态,这就是说,它的表面被吸向中心,速度之快,几乎与光速相等。相对论证明了它的存在——至少使我们产生了它存在的错觉。对学习广义相对论的人来说,是现实还是错觉,一切都要以观察者为准。

无论怎么看,从理论上讲,当我们飞船的一端恰好位于坍缩星的表面上时,另一端就会在一公里之外(根据我们的参照系推算)。在正常的宇宙条件下,这将会产生惊涛骇浪般的巨大拉力,把飞船撕裂,那样的话,我们就会成为碎片,散落在这个理论上存在的物体表面上,或永远地四处飘游,或在亿万分之一秒内被吸向星核。这当然要看你以何为参照物了。

物理学家是对的。我们冲出门户星1号,在对运行轨道进行了必要的调整之后,就开始了自由落体,时间约为一个小时。

突然响起了警铃声,我们立即在缓冲椅里坐好,飞船开始以2G的加速度减速。我们终于进入了敌人的领地。

11

我们以2G的加速度连续减速到第十天时，战斗打响了。我们提心吊胆地躺在躺椅上。此时，我们感觉到飞船微微地颤动了两下，那是导弹发射产生的后坐力。大约八小时后，扬声器突然响了起来："全体注意，我是上尉。"那是飞行员昆萨纳的声音。他实际上只是个中尉，但在飞船上，允许他自称为上尉，因为在飞船上他是最高指挥官，甚至在斯托特上尉之上，"货舱里的工作人员也请注意。

"我们刚才向敌人发射了两枚当量为五百亿吨级的超光速粒子导弹，敌人的飞船和他们发射的导弹已被摧毁。

"敌人在过去的一百七十九个小时——飞船时间——里一直在试图追上我们。战斗开始时，敌飞船的速度比光速的一半略高，这是相对于御夫座阿尔法坍缩星而言，与'地球希望号'相距仅三十个天文单位。与我们相对而言，它的航速是零点四七倍光速。导弹是在飞船时间0719时发射的，并在飞船时间1540时摧毁敌船，两枚超光速粒子导弹均在距目标一千公里的范围内自动引爆。

"我们预计将不会有敌人的飞船再次来袭。在五个小时以内,我们与御夫座阿尔法坍缩星的相对速度将会保持为零。然后,我们就开始返航,航程约二十七天。"舱内响起一片唉声叹气的声音。他说的并不是什么新闻,但再听一遍,我们并不介意。

因此,飞船以2G的加速度继续飞行了一个月。这时,我们首次看到了我们即将发起攻击的行星。是的,先生,他们是来自外空的侵略者。

这颗行星闪烁着刺眼的白色光芒,离我们有两个天文单位的距离。当我们离这颗行星还有五十个天文单位时,上尉就测定出了敌人阵地的位置。我们的飞船以一个弧形的轨道,以行星本身为掩护,逼近敌人基地。这并不是因为我们想进行偷袭——恰恰相反,敌人已经对我们进行了三次进攻,但都没有得逞——而是意在使我们的飞船处于更好的防御位置,起码在我们着陆前是这样。

这颗行星的自转速度很缓慢——每十天半才自转一周——因此供我们飞船停留的同步静止轨道得与此行星相距十五万公里。这会让飞船上的人感到非常安全,因为在飞船和敌人基地之间隔着六千英里的石块和九万英里的空间。但这也意味着我们这些登陆作战的人员在与飞船上的作战指挥计算机联系时将有整整一秒钟的时间差。对我们来说,这是极为不利的。这瞬间的差距,就足以令人丧命。

给我们的命令十分笼统,只是说让我们攻击并且占领敌人的基地,同时尽可能不破坏敌人的装备,而且至少抓一个俘虏。在任何情况下,我们都不能被俘,不过这并不是我们自己能决定的。一旦谁有被俘的危险,作战指挥计算机就会发出指令,引爆其作战服动力装置里储存的微量钚元素,顷刻间,遇险者就会化为灰烬。

第一部 列兵曼德拉

我们分乘六艘先锋艇,以6G的加速度离开"地球希望号"飞船。每艘搭载十二人。每艘先锋艇自选轨道,分别前往离敌人基地一百零八公里的集结地集结。同时,我们还发射了十四艘遥控飞艇,用以干扰敌人的防空系统。

着陆时,我们几乎没有遇到什么麻烦,只是有一艘先锋艇受到轻微损伤,艇壳一侧的部分烧蚀材料被熔毁。但这并没有影响飞艇的作战功能,返航穿过大气层时,只要适当减速就能确保安全。

我们迂回前进,最先赶到了集结地。在那里我们碰到的唯一麻烦是,集结地实际上在水下四公里处。

我把这一情况立即传递给了在九万英里上空的飞船上的计算机,然后按事先制订好的计划实施着陆,就像是在陆地上降落一样:关闭火箭发动机,降低高度,刹车减速,触水,弹起,又触水,再次弹起,最后沉入水中。

要是我们改变一下着陆地点,在陆地上降落可能更好。虽说我们的飞艇并不怕水,但飞艇的外壳不足以承受四公里深的水体所形成的巨大压力。科尔特斯中士和我们同在一艘先锋艇上。

"中士,赶快让飞船上的计算机帮我们一把呀,要不我们就会——"

"住口,曼德拉。相信上帝吧!"不知为什么,"上帝"一经从科尔特斯的嘴里说出来,就显得不那么崇高了。

这时突然响起了两声什么东西充气时发出的声音,我感到背部的压力增强了,这意味着飞船正在上浮。"是漂浮袋吗?"科尔特斯根本没有理睬这个问题,也许他自己也一无所知。

正是漂浮袋。我们的先锋艇上浮到离水面十至十五米的地方停了下来。透过舷窗,我们可以看见上边的水面波光粼粼,恰似一面手工打制的明镜。我感到很好奇,如果我是一条鱼,头顶始终有一个房顶,会是种什么感觉。

我看到另一艘先锋艇降落了。在它入水的一瞬间,巨浪腾空而起,浪花四溅,犹如浮云。它沉没后不久,三角机翼下的两个巨大的漂浮袋就砰的一声充满了气。不一会儿,它也上浮到和我们一样的高度,然后停了下来。

"我是斯托特上尉。听我的命令,离你们现在的位置约二十八公里处有一片海滩,敌人就在那个方向。你们将乘坐先锋艇立即前往海滩,然后从那儿开始向托伦星人的阵地发起进攻。"这种做法是一种改进,这样一来,我们就只需步行八十公里了。

我们开动发动机,上升到水面,放掉了漂浮袋里的气。然后成分散队形,朝海滩缓缓飞去。没过几分钟,我们就到达了那里。在机体着陆的同时,我听见充气泵发出声音——开始工作了,以便使舱内的气压和外边的一样。飞艇还没停稳,我座椅旁的紧急出口就打开了,我顺势跳到地上。必须在十秒钟内找到掩体——我连跑带跳,穿过遍地卵石,迅速来到一片生长着稀稀拉拉、呈蓝绿色的灌木林边上。我急忙钻进长满荆棘的灌木丛里,回头目送着我们的飞艇撤离。只见它们先上升到约一百米的高度,然后突然加足马力,带着震耳欲聋的巨响,呼啸着向四面八方飞去。还有几架先锋艇又缓缓地滑行,回到了水中。

这绝不是一个令人感到舒适宽慰的地方,但与我们训练时假定要去的那些寒冷的星球相比,这儿更容易生存。天空中闪烁着银光,和海面上冉冉升起的雾霭融为一体,让人分不出哪儿是天空,哪儿是海洋。浪花轻轻拍击着岸边的黑色砾石,和风细浪是那么和缓优雅,而在地球上是见不到这番情景的,因为这颗星球的引力只有地球的四分之三。就是在五十米开外,也能清楚地听见被浪花卷起的数以百万计的卵石发出的清脆的摩擦声。

尽管这里的气压和地球相比要低得多,而且这里的气温为七十九摄氏度,但还不至于使海洋沸腾。水陆相接的地方不断升起一缕缕水蒸气。我在想,要是没有作战服的保护,人类该怎样在这样的环境下生存呢?他们将首先死于高温还是缺氧(这里的气压仅为地球正常气压的八分之一)?是不是有什么致命的微生物将首先置人类于死地呢?

"我是科尔特斯。全体向我靠拢,在我这儿集合。"科尔特斯站在海滩上。就在我的左侧,一只胳膊在头顶上挥舞着。我穿过灌木丛朝他走去。这些灌木脆生生、干巴巴的,在这充满水汽的环境里真有些不可思议。一旦战斗开始,它们无法成为有效的掩体。

"我们将向北偏东的方向前进。一排为尖兵,二、三排随后左右跟进,前后保持二十米的间隔;七排是指挥排,居中行动,和二、三排间隔二十米;五排、六排担任后卫,呈半圆形展开,警戒两翼。都听明白了吗?"这还用说,我们闭着眼睛也能摆出这个"箭头"阵来,"好了,开始行动。"

我属于七排,即所谓的指挥排。斯托特上尉把我编在七排,不是让我去发号施令,而是因为我在物理方面的造诣。

在"箭头"阵这种战术安排中,指挥排是最安全的所在,前后分别有六个排的护卫。被编在七排的人大都出于某种战术原因,他们至少得比其他排的人多活些时候。科尔特斯负责指挥,查威茨负责维修作战服。还有威尔逊军医(他是唯一一个具有硕士学位的军医),以及无线电工程师塞德波利斯,他负责和待在轨道的上尉联络工作。

其他被编在七排的人,不是因为受过某种特殊训练,就是因为他们的能力不适合直接的战术任务。面对着我们完全一无所知的敌人,谁也说不清什么才是最重要的。我待在七排是因为我的物理在全连是最好的。罗杰丝懂生物学,泰特尔通化学,霍尔每次参加莱茵超感知觉测试都成绩优异,博尔斯精通语言,能流利地道地讲二十一种语言。彼德洛夫编在七排却是因为测试表明他骨子里对外星人一丝一毫的痛恨细胞都没有。德比·霍利思特——就是"幸运儿"霍利思特——赚钱有道,而且莱茵超感知觉测试结果表明他的潜质极高。

12

出发之初,我们用"丛林"迷彩组合对作战服进行了伪装,但在这片贫瘠的热带地区,"丛林"实在是名不副实。我们像是一群穿着艳丽花哨的小丑,列队穿行在树木中。科尔特斯又让我们把伪装色转为黑色,但也同样糟糕,因为御夫座厄普西隆星发出的光芒从高空均匀地泻在地面上——而地面上除了我们,再无其他东西的踪影。最后,我们决定采用暗褐色的沙漠伪装色。

在我们离开海岸向北行军的时候,路过的原野慢慢地发生着变化。一株株带刺的灌木——我想人们可以将其称为树——虽然数量不多,可枝茎高大,柔韧性极强,根部净是错综缠绕的深绿色藤条,伸展成直径约十米的锥形,每棵树的顶部都有一朵质地精美的淡绿色的花,和人头一般大小。

在离大海约五公里的地方,开始出现草的踪迹。草好像是尊重树的"领地所有权"似的,在每一株锥形藤树的周围都空出一片裸露的开阔地。在这些开阔地的边缘上,青草小心翼翼地向外扩展,越来越浓密,越来越高大,在有些地方甚至可以达到人的肩膀的高度。在这样的地方,两树之间的距离一般较大。草的颜色比树及藤蔓更绿。我们又将作战服的伪装色改成浅绿色,在查伦星能见度最好时,我们曾用过这种伪装色。我们尽量贴着草丛生长最稠密的地方行军,这样我们就不易被察觉。

我们每天行进二十多公里,在连续几个月承受2G的压力之后,我们第一次感到脚底这么轻快。我们一直未曾见到什么活物,直到第二天,我们见到的唯一的生命形式就是一种黑色的虫子,手指般大小,有数不清的细腿,就像是一把刷子上的毛。罗杰丝说显然附近有大一些的动物,否则"树"便没有理由带刺了,所以我们加倍警惕,准备迎接来自托伦星人和尚未谋面的"大动物"的麻烦。

玛丽的二排走在最前列,稀奇古怪的事都给她留着呢,因为她那一排最可能首先遇到麻烦。

"中士,我是玛丽。"我们都听到了,"前面有情况。"

"卧倒!"

"我们已经卧倒,我想它们没有发现我们。"

"一排,占领前方的右翼,匍匐前进。四排,占领左翼,到达指定位置后立即向我报告。六排担任后卫,五排和三排随指挥排行动。"

有二十几个人相互低声说着话从草丛里走出来,加入了我们的行列。

"好的。你们怎么样,一排?……好,很好。二排你们那边有多少个?"

"我们看到八个。"这是玛丽的声音。

"好,听到我的命令,立即开火,击毙它们。"

"中士……可它们只是些动物。"

"玛丽,你怎么知道它们就不会是托伦星人呢?开枪打死它们。"

"但我们需要……"

第一部　列兵曼德拉

"我们需要一个俘虏,但我们不需要护送它四十公里,一直到它的老窝——那样一来,还得一边作战一边盯着它。明白了?"

"是,中士。"

"好,七排,你们这些智囊和预言家,跟我到前面观察;五排和三排过来担任警戒。"

我们在高达一米的草丛里匍匐前进,来到二排隐蔽的位置,他们已经展开,排成射击队形。

"我没发现任何东西。"科尔特斯说。

"前方左侧,深绿色的。"

它们的颜色只比草的颜色稍深一点,但当你辨别出第一个后,其他的就容易辨别了。它们在前方三十米处缓慢地行进着。

"开火!"顷刻间,十二道深红色的光束射了出去,周围的草瞬间就枯萎、消失了。那些动物还没来得及四散逃命就四肢抽搐,死于非命。

"停止射击!停止射击!"科尔特斯站了起来,"我们需要抓个活的。二排跟我来。"他大步朝着燃烧着的尸体走去,激光枪指着前方。

我感到胃在翻腾,我意识到受训时看过的那些恐怖的录像带,还有训练演习中发生的那些伤亡事故,也远不能让我为眼前发生的血淋淋的现实做好准备……我突然意识到我也可以用手中的激光枪随便指向一个生命,使其顷刻间被烧焦,成为一块半生半熟的肉。我不是当兵的材料,也从来没想过参军,恐怕永远也不会有这个念头。

"好,七排,到这前边来。"当我们朝着那堆烧焦了的尸体走去时,发现其中一个微微颤动了一下。科尔特斯满不在乎地一挥手,激光枪里射出的光束瞬间就击中了它,将它拦腰劈开。像它的同类一样,那可怜的东西没来得及出声就一命呜呼。

它们不像人类那样高,但腰比人的粗。它们浑身是绿得几乎发黑的皮毛,在被激光束烧灼的地方,皮毛变成了白色。它们看上去有三条腿和一只胳膊,长满粗毛的头上唯一的装饰是一张嘴,湿漉漉的黑色口腔里密布着扁平的黑牙。它们丑陋狰狞的相貌令人生厌,但它们最糟糕的地方不是它们与人类的不同之处,而是相同之处——每当我们用激光枪切开一个体腔,就有些发亮的、乳白色的并且带有血管的球状物和缠绕在一起的器官涌出。它们的血液是深红色的。

"罗杰丝,看看它们是不是托伦星人。"

罗杰丝在一具流出肠子的尸体旁边跪下,打开一个扁平的塑料盒,里面满是亮晶晶的解剖器具。她挑出一把手术刀,"用这种方法或许我们能查清楚。"威尔逊医生的视线越过她的肩膀,看着她熟练地切开覆盖数个器官的膜。

"看这儿。"她用两个手指夹起一片坚韧的黑色东西。

"这是什么?"

"是草,中士。"她把那东西扔掉,"它们是动物,他妈的只是些动物。"

"我不明白,"威尔逊医生说,"就凭它们靠四肢行走,或许是三肢,而且吃草……"

"那好吧,让我们检查一下它们的大脑。"她找到一具头部被击中的尸体,把伤口表面烧焦的部位清理干净,"看这儿。"

几乎全是坚硬的骨头,她拉扯着另一具尸体头上的毛发。"它用什么做感应器官呢?没有眼,没有耳朵,没有……"她站了起来,"它们的头上只有一张嘴和直径十厘米的头骨,别的什么也没有。"

"我也觉得不可思议。"医生说,"这什么也不能证明——大脑不一定非得看起来像糊状的核桃,而且不必在头里面。或许那头骨并不是骨头,或许那就是大脑,某种晶体网络……"

"对,但它们胃的位置没错——"

"行啦,行啦。"科尔特斯说,"这确实够有意思的,但我们需要知道的是这东西有没有危险,这样我们就可以继续前进,我们还没有——"

"它们不危险,"罗杰丝说,"它们不会——"

"医生,医生!"后面射击队列里有人挥着手喊道。医生忙跑到那儿,我们也都跟过去了。

"怎么了?"医生边跑边将手伸到身后打开了医药箱。

"是霍尔,她昏过去了。"

医生打开了霍尔的医疗监护器的盖。他一看,说道:"她死了。"

"死了?"科尔特斯说,"到底是……"

"稍等一下。"医生往监护器上接了个仪器,开始转动安装在急救箱上的控制盘,"所有人的生理数据都能储存十二个小时。我现在就查一下她的数据读数,这样应当能够查明……"

"看到了吗?"

"是在四分半钟之前……就是在你们刚才开火的时候……上帝啊!"

"那……"

"脑溢血。不……"他看着控制盘,"没有……没有任何预兆,没有任何异常指示,血压过高,脉搏偏快,但在目前的环境下这些反应是正常的……没有任何……迹象……"

他伸手揭开她的作战服,她那富于东方人魅力的五官扭曲成狰狞的面目,上下牙床裸露在外面。黏液自闭上的眼皮下流出,两只耳朵仍在不住地滴着血。看到这些,威尔逊医生又合上了她的作战服。

"我从未见过这种情况,像是一枚炸弹在她的脑袋里炸开了一样。"

"哦,真他妈见鬼!"罗杰丝说,"她的脑袋受了刺激,是不是?"

"没错。"科尔特斯略带思索地回答道,"好了,大家听好。排长们,检查你们的排里是否有人失踪或受伤。七排有没有?"

"我……我头疼得要炸开啦,中士。"鲁科尔叫道。

另有四人也感到头疼,其中一人肯定自己的脑袋也受了刺激,其他人则说不太清楚。"科尔特斯,我认为很显然,"威尔逊医生说,"我们应当对这些怪兽……敬而远之,尤其不要再伤害它们,因为我们所有人都可能遭到霍尔那样的不测。"

"当然,该死,我不需要任何人来告诉我这个,我们最好马上行动。刚才我向上尉汇报了发生的情况,他同意我们在宿营过夜之前尽可能远离这个地方。大家立即恢复原来的队形,继续按原方向前进。五排担任前卫,二排断后,其他各排位置不变。"

"霍尔怎么办?"鲁科尔问道。

"飞船上会有人来照料她。"

我们走了大约半公里的时候,天上划过一道闪电,传来滚滚雷声。霍尔所在的地方升起一小块发亮的蘑菇云,在灰色的天空下汽化并消失。

13

我们停下来过"夜"。可事实上,太阳还得过七十个小时才会落山。我们把宿营地选在离攻击那些不速之客的地方有约十公里远的一块高地上。我不断提醒自己——不速之客并不是我们刚才攻击的怪兽,而是我们自己。

我们把两个排部署在周围担任警戒,其他人则在警戒圈内休息。大家都感到精疲力竭。每人获准睡四小时,并轮流担任两个小时的警戒任务。

玛丽走过来靠着我坐下,我接通她的频率,和她聊了起来。

"哦,威廉,"耳机里传来了她嘶哑的声音,"天啊,太可怕了。"

"一切都过去了——"

"我亲手杀死了一个,一开火我就击中了它的,它的……"

我把手放在她的膝盖上,刚一接触,作战服硬邦邦的外壳就发出由于碰撞而产生的咔嗒咔嗒的声音,我条件反射似的把手抽了回来,同时产生了机器与机器之间在拥抱、在做爱的幻觉。

"别责备自己了,要是有错的话,大家都有份儿。当然,科尔特斯应该承担主要责任。"

"你们这些小兵崽子别嚼舌头了,赶快睡觉,两小时后你们一起上岗。"是中士的声音。

"是,中士。"她的声音里充满了悲伤和疲倦,让我无法忍受。如果我能直接抚摸着她的身体该多好,那样的话,我就可以像接地的导线一样,把她的悲伤和疲倦转移掉,可我们都被封在作战服这个冷冰冰的世界里。

"晚安,威廉。"

"晚安。"穿着作战服根本不可能产生性欲,因为周身都插着各种导管和镀银的氯化物传感器。但我时而想起和玛丽共度的良宵,时而又感到在这场你死我活的较量中,死亡随时可能降临,我们应该不失时机,重温男欢女爱的欢娱……多么美妙的想法。我昏沉沉地睡去,睡梦中看见自己就像一台机器,一台模仿人类行为的机器,丁零当啷地游荡在世上。人们对我以礼相待,对我那笨拙的举动只是窃窃私笑。一个小人在我的头里一边操纵着控制杆和离合器,一边盯着仪表盘……

"曼德拉——醒醒,见鬼,该你上岗了!"

我摇摇晃晃地走到哨位上,担任警戒。警戒什么呢?只有天晓得。我感到疲倦至极,困得眼睛都睁不开。最后,我不得不服用了一片兴奋药,但我知道,我迟早得为此付出代价。

我在哨位上静静地坐了一个多小时,不时地观察着前后左右的情况。周围的景色一成不变,甚至连一丝微风也没有,大地上的绿草纹丝不动。

突然,前方的草丛中走出一头三条腿的怪物,它径直来到我的面前。我举起激光枪,但没有击发。

"有情况!"

"有情况!"

"主啊——就在我面前——"

"别开火,冷静点,别开火!"

"有情况!"

"有情况!"

我左右一看,发现警戒线上所有岗哨前都站着一个又聋又哑的怪兽。

可能是刚才服过兴奋药物的缘故,我对这些怪兽的举动更为敏感了。我顿时起了一头的鸡皮疙瘩,只感到头颅里好像出现了一个形象模糊、似有非有的东西,那感觉就像是有个人对你说了些什么,你没有听清,却又想做出反应,但让他再重复一遍的机会已经一去不复返了。

这些怪兽蹲坐在两条后腿上,仅有的一条前肢支撑着前倾的身体。它们看上去就像是身高体壮但肢体退化的绿色大熊。我满脑子里想的都是它们可能拥有的巨大威力,这想法带来的恐惧如夜惊一般缠绕着我,丝丝缕缕,不尽不绝,无法摆脱。它们是想和我交流,还是想毁了我?天晓得。

"听我的命令,警戒线上的人,立即撤退,动作要慢一点,不要惊慌失措,以免惊动了它们……有人感到头痛或其他不适吗?"

"中士,霍利思特报告。

"它们似乎想说些什么……我几乎可以肯定……不,我猜……我猜想,它们认为我们,认为我们很……很滑稽。它们并不害怕。"

"你是说你面前的那一个——"

"不,它们看上去全都有这样的感觉,好像是不约而同,想法如出一辙。别问我是怎么知道的,但我确实有这种感觉。"

"或许它们觉得很好玩,我是说,它们觉得它们对霍尔做的事很有趣。"

"可能是吧,我也觉得它们并不危险,只是对我们感到好奇罢了。"

"中士,博尔斯报告。"

"讲吧。"

"托伦星人到这个星球已经一年多了,他们可能已经学会和这些……和这些巨大的怪兽沟通。这些怪兽可能正在对我们进行侦察,然后把情报转给——"

"要是像你说的那样,它们就不会轻易地暴露自己了。"霍利思特说道,"它们显然有能力隐蔽起来,神出鬼没地跟踪我们,同时又不被我们发觉。"

科尔特斯回答:"不论它们是不是在监视我们,都已经给我们造成了损失。不过我不认为对它们采取行动是明智之举。我知道你们想把它们赶尽杀绝,为霍尔报仇,我何尝不是这样想呢?但我们还是谨慎行事为妙。"

我实在不想看到它们死去的那个模样,我只是想永远不再看见它们。我面对着眼前那个巨熊般的怪兽,慢慢地向宿营地的中央退去。那怪兽看上去并没有要跟着我的意思。或许它知道我们已经处于它们的包围之中。它用上肢的独臂拔起周围的草,放进嘴里,大口大口地嚼着。

"各排长注意,把手下的人叫醒,清点人数。有人受伤的话,立即向我报告。告诉本排的人,我们一分钟后出发。"我不明白科尔特斯的意图是什么,但那些怪兽的确是尾随我们而来的。奇怪的是,它们并没有呈包围态势跟着我们,而是相隔一段距离,跟在我们队伍的后面,有二三十个。它们还不断地相互替

第一部 列兵曼德拉

换,随时都有一些离队,同时又有新的补充进来。很显然,它们从来不会感到疲劳。

经批准,我们每人服了一片兴奋剂,否则我们连一小时的路也走不了。当第一片药的效力即将耗尽时,再服上一片当然是再好不过了,但是,当时的形势不允许我们这样做。我们距敌人基地还有三十公里,至少也得十五个小时才能赶到。虽说多服一片药可以驱除困倦,使我们可以连续一百个小时保持精力充沛,但服过第二片药后,判断力和知觉就会产生偏差和混乱,而且会像滚雪球似的急剧加重,直至出现怪异的幻觉。一旦出现这种情况,像决定是否吃早餐这样的皮毛小事,也会让人一连几个小时心神不宁、坐立不安。

在药力的刺激下,全连精力充沛地行进了六个小时,到了第七个小时,行军速度一下子就慢了下来,等过了九个小时,走了十九公里的时候,大家都筋疲力尽,像泄了气的皮球,一下子瘫倒在地。

我们一直没能走出那些怪兽的视野。在霍利思特看来,这些怪兽一直在不断地"发布"着信息。科尔特斯决定停下来休息七个小时,休息期间,每个排轮流在周围设置的警戒线上站岗。能被编在七排真是太幸运了,我们排站最后一班岗,这样我就能不受干扰地美美地睡上六个小时。

刚一躺下,在还没睡着的片刻间,我突然想到,下一次再闭眼的时候,可能就是我这辈子的最后一次了。产生这种念头,或许是因为兴奋药的药性还没过,或许是因为过去这一天当中发生在我眼前那一幕幕可怖的影像在作祟。转念一想,到了这份儿上,发生什么事都无所谓了。

14

我们与托伦星人第一次接触时正值我站岗。

我醒来去和琼斯医生换岗时,那些怪兽还在那里,它们又恢复到原来的阵形,每个哨位前都有一个。在我面前的那个家伙的体形似乎比正常的稍大些,但别的方面却和它的同类完全一样。它坐的地方的草已经全被吃光了,因而它不时地在左右找草,然后再回来,端坐在我面前,那模样就像是在直愣愣地盯着我,其实它连眼睛都没有。

我们就这样"对视"了大约十五分钟,这时耳机里传来科尔特斯粗声粗气的声音:

"全体注意!快醒醒,隐蔽起来!"

我本能地做出反应,迅速卧倒,顺势滚入一丛高草中。

"上空有敌人的飞船。"他话语简洁地说道。

严格地说,飞船并不在我们正上方,而是在我们上空偏东的空域里飞行。它航速很慢,时速约为一百公里,看起来像个包裹在脏肥皂泡里的笤帚。和眼前这些怪兽相比,驾驶飞船的那个家伙和人类更为相似一些。我把图像转换器的功率调大,想看个究竟。

它四肢齐全,长着两条胳膊、两条腿,但腰却很细,用两只手就能包住;细腰下面是一个巨大的马蹄形的骨盆,几乎有一米宽,下面吊着两条长长的皮包着骨头的腿,看不到任何膝关节。细腰上面又膨出身躯,胸膛和骨盆一样大。它的胳膊看上去和人的十分相似,只是有些过长而且似乎肌肉萎缩;它的手上长着过多的指头;没有肩膀,没有脖子,头长得像噩梦里常见到的鬼怪的头颅一样,从巨大的胸里膨胀出来,像肿大的甲状腺;两只眼睛看起来像一簇簇的鱼卵;该长鼻子的地方长着一撮毛;本应是喉结的地方开着一个口,那似乎就是它的嘴。显然,那肥皂泡里的环境肯定非常宜人。因为它几乎什么也没穿,只有一层皱巴巴的皮,像长时间浸泡在热水里的皮肤一样,略带些橘黄色。"他"没有外部的生殖器官,也没有任何类似乳腺的东西,所以我们姑且称之为"他"。

显然,他要么没有发现我们,要么就是把我们误认为是那群怪兽的同类。他没再回头看过我们,而是朝着与我们行进相同的方向——北偏东零点零五弧度,继续飞行。

"现在大家可以接着睡觉了,如果看了那东西还能睡着的话。我们在标准时间0435时出发。"还有四十分钟。

由于这颗星球上空覆盖着一层无法透视的云层,所以我们根本无法从太空中辨别敌人基地的样子和大小。我们只粗略地知道它的位置,就像我们知道我们的先锋艇预定的着陆位置一样,其他情况知之甚少。而敌人的基地也很可能会在水下或地下。

我们的无人驾驶飞艇中有些是用来进行侦察的,有些则用来迷惑敌人。在一次佯攻中,有一架到了离敌人基地很近的地方,拍了照片。在我们前进到距敌人基地五公里处时,斯托特上尉给科尔特斯传来一张该地区的示意图。我们停止前进，科尔特斯把各排排长召集到七排，一同商议分析当前的形势。两只怪兽也迈开大步，靠了过来，我们没有理会它们。

"各位，上尉将我们的进攻目标的一些照片传来了。我现在画一张草图，各排长照抄一份。"排长们从腿部的口袋里拿出了便笺簿和笔，科林斯则展开一张很大的纸。

"现在，我们从这个方向过来。"他在纸的底部画了一个箭头，"我们首先要攻击的是这排棚屋。这儿可能是营房或是燃料库，鬼知道是什么东西……我们首先要摧毁这些建筑，然而整个基地都在平原上，我们不可能隐蔽接近，实施突袭。"

玛丽问道："我们为什么不能跳过这些棚屋？"

"对，我们可以那么做，将这个地方团团包围，然后把敌人彻底打败——进而拿下这些建筑。

"拿下之后……我只能说一切都要伺机行事。根据空中侦察结果，我们现在只能确定其中少数几个建筑的具体功能，这对我们是很不利的。我们可能花了很多时间，费尽九牛二虎之力，到头来只摧毁了个敌人的酒吧，却忽视了重要的中央计算机控制室——只因为控制室看起来像个垃圾房之类的东西。"

"曼德拉报告。"我说道，"有没有太空港之类的设施？我觉得我们应当首先……"

"我一会儿就要说到这一点，别插嘴。整个营地周围有一排这样的房子，因此我们必须找到一个突破口。这些房子距我们最近，所以，在我们发起进攻前最好不要暴露我们的位置。

"整个地区没有一样东西看起来像武器，但这并不能说明什么，那些小棚屋可能每间就藏有一门十亿瓦特的激光炮。

"看这儿，距这些房子约五百米的营地中央，有一个大的花形的建筑,"科尔特斯画了一个大的对称图形,看上去像一朵长着七片花瓣的花,"这个鬼东西究竟是什么,我和你们一样也只能猜猜而已。但是因为只有一栋这种形状的建筑,我们在进攻时要尽可能地保护它,也就是说,只有发觉它将给我们带来巨大危险时,才能把它彻底毁掉。

"现在,至于你提到的太空港,曼德拉——一个也没有,什么也没有!

"敌军的那艘被'地球希望号'阻击的星际巡洋舰可能还滞留在轨道上,所以他们要是有什么侦察飞船或导弹之类的东西,那么不是全都离开了这里,就是全部隐藏起来了。

"显然,我们无法估计他们的兵力,没有任何直接的办法可以做到这一点。侦察照片显示,基地的地面上没有一个托伦星人,但这并不能说明什么,因为我们对这个地方一无所知。但间接地……我们或许可以数一数那些笤帚一样的飞行器,估计他们的兵力。

"一共有五十一个小屋,每间屋子外面最多停有一架笤帚形飞行器,其中四间小屋外面没有停放任何东西,但在基地的其他地方我们看到了三架。这说明也许共有五十一个托伦星人,但拍照时有一个不在基地。"

"基廷报告:或许是五十一个军官。"

"也许是!还有可能某间屋子里就藏有五万步兵,天晓得。也许只有十个人,每人负责五艘笤帚艇,想用哪艘就用哪艘。

"有一点对我们是有利的,就是通信。他们明显使用的是调频为百万赫兹的电磁波。"

"无线电!"

"没错。刚才是谁说的?讲话时要报身份!可以判断,他们很可能无法侦听到我们相互通信时使用的同步中微子信号。而且，在进攻之前，'地球希望号'会发射一枚放射污染相当严重的裂变导弹，在基地上空的大气层上部引爆，这会使得他们的视界范围在一段时间内受到约束，而且他们周围的房间将会充满静电噪声。"

"为什么不……塔特报告……为什么不把炸弹直接投到基地里呢？这可以省我们许多事——"

"这个问题根本不值得一答，列兵。可以这么做，但你最好还是祈祷他们别这么干。这样做对飞船来说当然是再安全不过了，但会对地面人员造成极大的伤害。除非我们已经撤离到安全区域，否则绝不可以直接投掷炸弹。

"为了防止这种情况发生，我们必须干得干净利索。我们必须使基地完全瘫痪，同时必须尽可能安全地撤离，可能的话，还要捉一个俘虏。"

"玛丽报告！您是说至少一个吗？"

"我说过的话从不重复。只要一个！玛丽，现在撤掉你的排长职务，叫查维斯接替。"

"是，中士。"玛丽的声音里明显有一丝解脱感。

科尔特斯继续解释着地图，同时下达各种命令：还有另外一座建筑，它的功能十分明显——在它的顶部有一个巨大的可旋转的碟式天线，一旦它进入我们的枪榴弹射程，就立刻摧毁它。

进攻计划很松散——我们开始进攻的信号就是裂变导弹爆炸时产生的火光。在接到信号的同时，我们的无人驾驶飞艇会集结在敌人基地的上空，如此一来，我们就可以查明敌人的防空系统的位置。我们的任务是使这些防空系统失效而不是完全摧毁它们。

第一部 列兵曼德拉

在裂变导弹爆炸和无人驾驶飞艇佯攻之后,我们将迅速用枪榴弹摧毁一排共七间的小屋,然后大家从这个豁口冲进基地。至于冲进基地后会发生什么事,只有靠上帝的仁慈了。

最有利的是,我们能先攻打基地的一端,而后打到另一端,摧毁一些目标,干掉所有的托伦星人,只留下一个活口。显然,这种情况是我们的一厢情愿,因为只有在托伦星人不进行猛烈抵抗的情况下,我们的目标才能实现。

另一方面,如果从一开始托伦星人就明显占了上风,科尔特斯就会下令我们分散行动,各人凭自己的指南针撤退。我们必须尽量散开,向各个方向撤退,活下来的人到基地东边四十公里的山谷里会合,等待"地球希望号"飞船进一步削弱基地的防御能力,然后便开始反攻。

"最后一件事,"科尔特斯厉声说道,"也许你们有些人和玛丽存在同样的想法,也许你们有人会这样想,认为我们应当悠着点,不要弄成浴血死战。对我们来说,战争打到这份上,怜悯已经成了一种奢侈品,是一种我们负担不起的懦弱。对于我们的敌人,我们只知道他们已经杀了我们七百九十八个人,他们袭击我们的飞船时从不手软,毫无怜悯可言,而且在今天这第一次地面行动中,也不要愚蠢地指望他们会有什么怜悯和慈悲。

"他们要为你们那些在训练中死去的战友负责,要为霍尔和今天要死去的人负责,我绝不能谅解那些对敌人怜悯的人。你们现在都已各自领了命令,还有,你们也许还该知道的是,你们每人都会接受'催眠后暗示'[①],战斗开始前,我用一句口令便可以使它发生作用。这会使你们的任务完成得轻松一些。"

[①]催眠师在催眠状态中暗示被催眠的人,要他在清醒之后的某个时间或看到某个讯号时,去做某件事情。

"中士……"

"闭嘴。时间不多了,各自回自己的排,把任务向你们的人布置一下,我们五分钟后开始行动。"

各排长回到自己的人那里去了,只剩下科尔特斯和我们其他十个人,还有三只大怪熊在一旁无所事事地游逛。

15

最后五公里路程我们行进得十分小心,尽量选野草生长得茂密高大的地方走,但偶尔也不得不穿过几块空地。当我们距离敌人基地还有五百米时,科尔特斯派三排前去侦察,其他排就地潜伏下来等待。

这时从耳机传来科尔特斯的声音:"看上去和我们预料的情况差不多。成纵队匍匐前进,和三排会合时,跟着你们的排长向左翼和右翼展开。"

我们按他说的做了,八十三个人呈一字形卧倒,匍匐前进,大约与进攻的方向垂直。我们隐蔽得非常好,只有十几只大怪熊在我们左右闲荡,咀嚼着草。

基地里面没有一丝生命迹象,所有的建筑都没有窗户,外墙都是闪亮的白色。作为我们第一批进攻目标的那些房子是一些毫无特色的建筑物,就像一个个埋入地里一半深浅的大鸡蛋,相互间隔约有六十米。科尔特斯命令各排士兵分别负责一个。

我们被分成三个战斗分队:一分队由二排、四排和六排组成,二分队由一排、三排和五排组成,三分队由七排组成,负责指挥。

"现在只剩不到一分钟了,使用滤光器!我命令'开火'时,各人就立即干掉自己的目标,如果打不中就只有上帝能保佑你了。"

这时,突然传来一声巨响,像是一个巨人打了一个嗝,只见建筑物上升起一串由五六个五彩缤纷的气泡组成的气泡串。它们越升越高,很快就飞得几乎看不见了,然后它们经过我们的头顶向南飞去。地面突然变得明亮起来,这么久以来,我还是第一次见到自己的身影,长长的影子正指向北方。导弹提前爆炸了,不过我想这也没什么,因为这已足以使敌人的通信系统乱成一锅粥。

"飞艇!"一艘无人驾驶飞艇呼啸着在头顶上飞过,这时空中有一个气泡遇上了它,接触的一刹那,那飞艇便被炸成了粉末;另一艘飞艇从对面飞来,也落得个同样的下场。

"开火!"随着科尔特斯一声令下,七道耀眼的光束直接向敌人的基地射去。爆炸产生的冲击波足以把任何没有特殊防护装备的人送上西天。灰色的烟尘雾霭、土块碎石如狂风暴雨般铺天盖地地落下。

"听:

'苏格兰人,曾与华莱士一起浴血疆场;

苏格兰人,曾紧随布鲁斯的足迹,

你们或躺倒在那壮烈的血泊,

或昂首奔向胜利的辉煌!'"

我几乎没有听清科尔特斯的话,因为我在试图追索我脑海中的一些记忆。我知道这是催眠后的作用,甚至还记得这潜意识是我在密苏里受训时他们为我植入的。在强烈的记忆作用下,一幅幅地狱般的景象浮现在我的眼前,令我的心剧烈地颤抖:托伦星人拖着怪兮兮的躯体(现在看来,当时的想象与现在所见真是相去甚远),登上一艘殖民者的飞船,吞食着婴儿,孩子的母亲们在一旁惶恐不堪,声嘶力竭;然后,这些可怖的托伦星人将妇女们奸淫致死(当时竟然认为他们会对人类产生冲动,这想法甚是可笑);他们将男人按在地上,生食他们的肉(好像他们能够吸收异类蛋白质似的)……以及一百多个其他可怖的画面,如同发生在几分钟之前的场景,尽管夸张得有些过分,而且不合逻辑,但我却记忆犹新。当我的显意识在竭力摒弃这些愚蠢的画面时,一方面,内心深处的那种真实的动机和道德感在蠢蠢欲动;而另一方面,却在渴望吮吸敌人的鲜血,并坚信人类最神圣的职责就是把那些可怕的怪物赶尽杀绝。

我知道所有这一切都是彻头彻尾的谎言,我痛恨那些给我脑子灌入这些乌七八糟潜意识的人,但我却仍能听到我的牙齿咬得吱吱作响,感到我的面颊上凝住了一种抽搐似的微笑,嗜血如渴……一只大怪熊走到我面前来,看上去好像已晕头转向了。我抬起激光枪,这时却已有人赶在了我前面,那怪物的脑袋顷刻间炸成一团夹杂着碎片和血的云雾。

鲁西近乎哀号地呻吟道:"肮脏……龌龊的婊子。"激光闪烁,交叉穿梭,所有的大熊倒在地面上。

"当心!见鬼!"科尔特斯吼道,"瞄准那些鬼东西——它们可不是玩具!"

"一分队,行动!到那边弹坑里掩护三分队。"

这时,有个人在一会儿哭,一会儿又笑个不停。"你他妈见什么鬼了,彼德洛夫?"我奇怪科尔特斯为什么骂起人来。我转过身去,发现彼德洛夫躺在我身后左边一个浅坑里,两手疯一样地挖着,一会儿哭,一会儿又咯咯地笑起来。

"妈的。"科尔特斯说,"二分队,越过弹坑十米,成横队卧倒。三分队,进入弹坑与一分队会合。"

我跌跌撞撞地爬起身来,迈了十二大步便跑过那一百多米的空地。弹坑大得足以隐蔽一艘侦察飞艇,直径约十米。我跳到坑的另一面,落到一个叫奇恩的伙计身边,我落地时他看都没看我一眼,一直在忙着侦察基地里是否有生命的迹象。

"一分队,前进十米,在二分队前面卧倒。"话刚说完,我们就听见前面的建筑发出呼的一声,一串串气泡喷了出来,朝我们的战线冲过来。我们大多数人都发现了,并及时卧倒隐蔽起来,只有奇恩还起身朝前跑,一头撞上了一个气泡。

他的头盔被擦掉了顶,那气泡发出轻轻的砰的一声便消失了。他倒退了一步,便一头倒在弹坑边上,留下一道血迹和脑浆的弧线,气息全无,四肢伸展着滑至弹坑底部——那气泡已经将他的头发、头骨和大脑统统"吞食"了进去。

"全体停止射击。各排排长,报告伤亡情况。我们死了三个人,但如果你们低下身子,就不会死人了。再发现那些气泡飞过来时,立即全体卧倒。一分队,继续前进。"

他们安全地到达了指定位置。"好,三分队,迅速到二分队那儿……停止前进!快趴下!"所有的人已经紧紧地趴在地上了,气泡静静地在我们头上离地两米高的地方划了一道弧线冲过去,消失在远方,只有一个撞上了一棵树,树干立刻就变成了一根牙签。

"二分队,越过一分队十米。三分队,接替二分队的位置。二分队的枪榴弹手,测一下那该死的花形建筑是不是已经进入射程。"

两发枪榴弹在离那座建筑三四十米的地方炸开了,那建筑好像受到了惊吓似的,立刻喷出一连串的气泡,还是在离地面两米左右的高度从我们头顶飞过。我们躬着身继续前进。

忽然,那建筑裂开一道缝,渐渐地,有一扇门越开越大,托伦星人成群地拥了出来。

"枪榴弹手,停止射击。二分队,用激光枪向他们左右两翼开火,别让他们散开。一、三分队,从中间冲过去。"

一个托伦星人试图穿过激光束,结果一命呜呼,其他的立刻不敢轻举妄动了。

穿着作战服,很难一边跑一边低着身子,得一左一右大幅度地摆臂和迈步,像滑冰起步时的样子,否则就会飘起来。一分队有个伙计不小心弹得太高,便遇上了和奇恩一样的坏运气。

我感觉好像被封闭了起来,就像是落入了陷阱,左右两侧是激光束形成的火力网,头顶上是低矮的死亡"天花板",一触即亡。尽管如此,我仍感到兴奋,一种近乎病态的兴奋,终于有机会干掉那些"蚕食婴儿"的恶棍了,虽然我知道这些都是谎言。

除了一连串近乎无效的气泡,他们没有进行任何还击,也没有退回到建筑内,只是乱哄哄地挤在一起,大约有一百个,眼睁睁地看着我们朝他们逼近。几发枪榴弹就可以把他们完全"报销",但我想科尔特斯肯定是在考虑如何活捉俘虏。

"好,听见我说'开始'时,就立即包抄他们的两翼。二分队停火……二排和四排从右边包抄过去,六排和七排从左边,二分队负责正面,将他们包围在里面。"

"开始!"我们向左边出动。激光枪一停火,托伦星人立刻四散逃去,正好撞上了我们的包抄分队。

"一分队,卧倒! 瞄准后再射击——如果打不中可能会伤到我们自己人。看在上帝的份上,给我留个活的!"

那场面十分可怖，一群怪物迎面向我们扑来，他们在大步奔跑，气泡皆自动地躲避着他们。他们看上去和我们以前所见过的那些驾驶笞寻式飞船的怪家伙如出一辙：全身赤裸，包裹在一个几乎透明的球里。右路包抄分队开火了，人群后面有人倒下了。

突然，一束激光从另一边穿过了托伦星人群，没击中目标。接着一声惨叫，我循声望去，看到一个人——我想是佩里——在地上痛苦地翻滚着，右手捂着冒着烟的左臂，肘关节以下的部分早已无影无踪，血从他的手臂间喷了出来。他的作战服已是一片狼藉，灰、黄、绿、黑、白、褐各种伪装色闪成一片。我不知道看了多长时间，这时已有卫生兵跑过来开始急救。我再抬头望时，托伦星人已经几乎踩到我了。

我的第一枪漫无边际，射得过高，却击穿了领头的托伦星人的保护泡的上端，保护泡消失了，那怪物一个跟头栽倒在地，抽搐起来。他的嘴里似乎是喷出了泡沫，先是白色，然后变成了红的。最后，他一阵抽搐，变得僵硬，身体向后扭去，几乎成了马蹄形；一声长长的尖叫，像刺耳的哨声。这时，他的同伙们已经将他的尸体踏于脚下。我真恨我自己为什么竟笑了起来。

敌我力量是五比一，而真正的屠杀者却是我们。他们毫不犹豫地冲上来，踩着越积越高的同伴的尸体、残肢冲向我们。我们的脚下已满是温滑、鲜红的托伦星人的血——上帝之子都有血红蛋白，像那些大怪熊。在我毫无经验的眼里，他们的内脏与人类的内脏极为相似。在将他们剁成血淋淋的肉酱时，我们的头盔里回荡着歇斯底里的笑声，几乎淹没了科尔特斯的喊声：

"停火——我说停火！见鬼！去抓住几个杂种，他们不会伤害你们的。"

第一部 列兵曼德拉

我停止了射击,终于,其他人也停了火。这时,又一个托伦星人跳过我面前的一堆冒烟的尸体,我俯下身,试图抱住他的两条棒槌一样的腿。

那感觉像是在拥抱一个巨大的滑溜溜的气球。当我费尽力气想把他拉倒时,他却从我的双臂中蹦出来跑了。

最后,我们不得不六个人一起动手才算按住了他。这时,他的其他同伴已经冲过了我们的防线,向一排巨大的柱形罐跑去,科尔特斯曾经说过那很可能是些贮藏罐。每个大罐底部都打开了一扇小门。

"我们抓到俘虏了,"科尔特斯喊道,"其余的全都给我杀掉!"

他们已经跑到五十米开外,而且还在拼命奔跑,很难瞄准,激光束在他们左、右、上、下闪动。其中一个被一劈为二,倒地身亡,其他的,大概有十个,几乎跑到门口了,这时,枪榴弹手开火了。

不论多么接近目标,只要没有伤及他们的保护泡,爆炸的冲击波只会把他们送上天,而他们依然是安然无恙。

"那些建筑!向那些鬼建筑射击!"

枪榴弹手们抬高枪口,但射出的枪榴弹似乎只划破了那座建筑物的白色外墙,只有一枚碰巧落在一扇门里,爆炸瞬间将那座巨大的建筑劈成两半,一团机械伴随着一团巨大的灰色火焰升入空中。其他的火力立刻集中到了各扇门上,只有偶尔几发散乱地射向托伦星人。这些托伦星人还没来得及冲进去,便被炸得血肉横飞。他们似乎非常急于进入建筑中。

这时,我们用激光枪向托伦星人射击,而他们却在四处乱冲。我们要尽可能地接近他们,同时又要保证自己处于枪榴弹爆炸范围之外,这样一来,我们总是因目标太远而无法精确瞄准。

但我们还是设法一个一个地消灭了托伦星人,并且先后摧毁了他们那一排七间小屋当中的四间。当只剩下两个敌人时,一枚枪榴弹的冲击波把其中一个高高掀起,抛到离一扇门只有几米远的地方。他随即站起来一头冲进屋去。几枚枪榴弹几乎同时向他射去,但不是落在他的身后,就是落在他的旁边,丝毫没有伤及他。炸弹在四周连连爆炸,震耳欲聋,然而这声音忽然被一声巨大的叹息声淹没了,就像一个巨人在吸气。只见在刚才那个托伦星人逃往的那个建筑物的上方,出现了一团厚厚的圆柱形的烟云,看上去像固体,直得像尺子画出的一样,正慢慢地升入高空。圆柱烟云的下面有一个托伦星人,只见他已顷刻间变成了碎片四散飞去。霎时间,一阵阵猛烈的冲击波向我们袭来,我被冲得飞了出去,狠狠地摔在一堆托伦星人的尸体上。

我爬起身来,惊恐地发现我的作战服上沾满了鲜血,当我意识到不是我自己的血时,才算松了一口气,但感到这血十分污秽。

"抓住那个婊子养的!抓住他!"混乱之中,我们俘虏的那个托伦星人挣脱了束缚,向草地跑去。几乎有一个排的人在后面紧紧地追赶他,但越追离他越远。这时,其他分队的人跑过来,截住了他。我也跑了过去看热闹。

有四个人摞在他上面,边上站了一圈大约五十个人在看着他们扭打。

"散开,见鬼!他们可能有一千人等着将我们一网打尽呢。"

我们嘟哝着散开了。实际上我们都已心照不宣地认为,这个星球上已经没有活着的托伦星人了。

第一部 列兵曼德拉

科尔特斯朝着俘虏走了过去,我退了出来。忽然,四个人同时摔倒在俘虏身上……我从很远的地方也能看到这个俘虏嘴中像是冒出些泡沫来,他的保护气泡啪地炸开了,他自杀了。

"见鬼!"科尔特斯正好在那里,"别理他了。"那四个人爬了起来,科尔特斯用他的激光枪将那怪物劈成了十几段抖动的肉块,总算感觉有些欣慰,"没关系,我们再抓一个。全体集合!按箭头阵形,准备进攻那座花形建筑。"

我们攻进了花形建筑,很明显,它的弹药用尽了(它还在发出打嗝的声音,但已没有气泡喷出来了),而且里面空空如也。我们紧扣着扳机,搜索了楼道、走廊——像孩子们在玩战争游戏,但楼内空无一人。

天线室、长走廊和周围的四十四个小屋原封未动,我们好像只是"攻克"了几十座空空如也的建筑,而且大多数不知用于何种用途,但同时我们却未能完成最主要的任务,即活捉一个托伦星人供我们的外星人专家研究之用。好在这次还能给他们提供一些残肢碎体,总算还有点收获,好歹不虚此行。

我们彻底搜查了基地的所有角落之后,一艘先锋艇载着真正的研究人员——科学家们来到了。科尔特斯说道:"好了,全体转换状态!"强制催眠便解除了。

开始,大家都感觉很压抑。很多人,像鲁西和玛丽,一想到强制催眠状态解除后那些放大了一百倍的血淋淋的屠杀场面,就几乎要发疯了。科尔特斯命令每人服用一片镇定药;心绪过分激动、难以自制的人吃两片。我吃了两片,尽管没有人让我这样做。

这是一场谋杀,是可鄙的屠杀。托伦星人似乎没有肉搏战的概念,我们只需把他们赶到一起,然后便能轻而易举地将其屠杀殆尽，然而，这却是人类与另一种智慧生物的第一次会见，算上那些怪熊，这也许算是第二次吧。如果我们能坐下来，试着交流一下，那情景会如何呢？但他们的下场却都是一样的。

那以后，我花了很长时间反复地对自己说：那个兴高采烈地屠杀那些惊恐万状、四散奔逃的生灵的人并不是我。早在20世纪时，人们就已经公认"我不过是在执行命令"这句辞令不能成为非人性行为的托词和借口……可是，当命令是来自于你内心深处那无法自制的潜意识时，又有何办法呢？

最糟糕的是，我觉得也许自己的行为并不是那么没有人性。几代人之前，我们的祖先们不也用同样的手段对付过自己的同类吗？而那时，他们根本用不着什么强制催眠这类麻醉手段。

我厌恶人类，厌恶军队，一想到还要再这样生活一个世纪，我就感到无比恐惧……不过，或许还可以继续洗脑呢。

有一个托伦星人幸存者驾着一艘飞艇逃走了，逃得干净利索。

我猜他逃回了家，无论他的家在何方。他将回去报告数十个拿着手持式武器的人类对他那一百多个手无寸铁、四散奔逃的同伴干了些什么。

我猜想，下一次人类再与托伦星人进行地面战时，我们的对手将毫不逊色。我猜对了。

第二部

中士曼德拉

公元2007年至2024年

1

我真的吓坏了。

斯托特少校在会议室兼餐厅、健身房的小指挥舱里面踱来踱去。我们刚刚完成了最后一次坍缩星跃迁,从"特德38号"坍缩星跃迁到"尤德4号"坍缩星,现在正在以10G的加速度减速——与"尤德4号"坍缩星的相对速率是零点九倍光速,还算正常。但我们发现,我们正在被跟踪。

"曼德拉,我希望你的人放松一会儿,只管相信飞船的计算机好了。就是再过两个星期,托伦星人的飞船也对我们构不成威胁。"

以往在众人面前,少校总是非常认真地称呼我"曼德拉中士",但在这种特殊的简报会上,每个人不是中士就是下士——都是头儿。

"是,长官。"

"你要注意了解全班人的身体条件和心理状况——不管男女。假如你发现有人士气不振,你会怎样处理?"

"长官,您是说我们班吗?"

"当然。"

"我们已经讨论过这事了,长官。"

"讨论结果呢?"

"请原谅我的不敬,长官。我认为当前最大的问题是:我们大家困在飞船里已长达十四——"

"怪事!我们每一个人都经受了对抗生活在狭小空间的压力训练。军人就应该享受这种集体生活。"他实际上是想说:军官们一定得禁欲,绝不能因这事而影响斗志。

如果他认为军官们都该洁身自好,那他就该坐下来和哈莫尼中尉好好谈谈,跟她相好的人可不少;如果他指的是作战指挥官,那就只有他自己以及科尔特斯。而且他只说对了一半:科尔特斯和卡麦的关系可非同一般。

"玛丽下士,"少校叫她时总是称呼军衔,以提醒她为什么不如我们这些人晋升得快,但他叫她时声音显得特别温和,"你们班也谈过这个问题吗?"

"我们谈过,长官。"

少校也可以不那么威严地注视别人,这会儿他就很温和地盯着玛丽。

她说:"我觉得倒不是我们准备得不充分,只是大家整天重复同样的事情,都有点沉不住气了。"

"你是说他们渴望战斗?"少校的话音里倒是不曾有半点讥讽的意思。

"长官,他们想离开飞船。"

"他们会离开的,不过,到时候他们也许会巴不得再回到这里来。"他说这话时,脸上掠过一丝不易觉察的微笑。

就这样,谈话进行了好长时间。没人敢直截了当地说士兵们都有些害怕:害怕托伦星人的飞船与我们越来越近,害怕登上作战星球。斯托特少校对那些承认害怕的士兵从来都惩罚得十分严厉。

自从在那颗围绕厄普西隆星旋转的无名行星上与托伦星人进行了面对面作战以后,我认识了突击队里的大部分成员。只有卢瑟丽和海罗维斯基是刚来的。在那次袭击中,我们突击队损失了十九人:一个被截肢,四人阵亡,十四人患精神病。为此又招募了二十名替补队员。

时间过得真快,转眼我已服役十年——只是感觉上似乎只过了不到两年光景。当然,这一切都是时间延滞效应的缘故。常年往返于各星球之间,时间也都快停滞不前了。此次进攻后,如果我还能活下来,如果兵役制度不改,二十五岁的我就该退役了,还可享受全额津贴。

斯托特正在作总结,这时有人敲门,只敲了一下。"进来。"少校说。

我认识的一位少尉很随便地、面无表情地走进来,递给少校一张纸条,一句话也没说。少校看纸条时,这位少尉懒洋洋地站在那儿,还带有一点傲慢的神情。严格地讲,斯托特已失去了往日的威严。大家都有些讨厌他了。

斯托特把纸条递还给少尉,一面上下打量着对方,

"通知各班,规避机动演习将在标准时间2010展开,离现在还有五十八分钟。"说这话时他也没看手表,"所有人员在标准时间2000前必须穿上抗荷服。开始行动。"

大家无精打采地站起来,心里都在骂他"混蛋"。

斯托特大步走出房间,少尉在后面跟着,满脸傻笑。

我把电话接到班长助理那里:"喂,塔特吗?我是曼德拉。"

"是我。有什么事吗?"电话里传来塔特的声音。

"告诉大家在标准时间2000前穿上抗荷服,要进行规避机动演习。"

"什么啊,不是几天后才进行吗?"

"可能是有新情况,也可能是司令官一时心血来潮。"

"司令官真能胡说八道。你在休息室吗?"

"对。"

"你过来时给我带杯咖啡,好吗?再来点糖。"

这时大家都去咖啡机处取咖啡,我排在玛丽下士后面。

"你对司令官的命令怎么看,玛丽?"

"他可能是想让我们再次试试抗荷服。"

"在实弹进攻以前试试。"

"可能是这样。"她拿起一只杯子,吹了吹,看样子有点担忧。

"也许托伦星人已出手了,正等着我们呢。我不明白,我们干吗不先出击?上次在行星上可是我们先下的手。"

"那次可不一样。那时我们有七艘巡洋舰,能从各个角度封住进口。现在我们可没法这样做了,他们也办不到。"

"可能是吧,他们的飞船比我们的多。"

"我可说不准。"我倒满了两杯咖啡,加了糖,并将一杯的盖子盖好,小心地拿着,和玛丽一起来到桌旁。

"也许辛格了解情况。"她说。

"对,也许他知道,我得通过罗杰丝和科尔特斯才能和辛格联系上。不过,如果我这会儿打扰科尔特斯的话,他准会狠狠地训我一顿。"

"我可以直接去找辛格。我们……"她笑笑,露出两个小酒窝,"我们关系很好。"

咖啡滚烫,我慢慢地呷了一口,漫不经心地说:"这些天你就一直泡在他那儿?"

"你不同意?"她看上去跟没事儿一样。

"我哪儿敢!不过他可是个军官,是海军军官啊!"

"他非常喜欢我,甚至到了依恋的程度。"她一边摆弄着戒指,一边说,"实话对我说,你和哈莫尼小姐关系怎样了?"

"不是一回事。"

"对,的确不是一回事,你只是也想找个当官的。皮威特呢,她怎么样?"

"她还不错。"我这样说,似乎挽回了面子。

"辛格少尉可真有绅士风度,人家就一点儿也不妒忌。"

"我也不妒忌。"我说,"要是辛格敢欺负你,告诉我,让我打烂他的屁股。"

她越过杯子,望着我,"要是哈莫尼小姐敢欺负你,告诉我,我也会打烂她的屁股。"

"一言为定。"我们还庄重地握了握手。

2

　　一直等到了标准时间1950时,我招呼班里的人说:"走,穿抗荷服去。"

　　这种抗荷服有点像太空服,至少里面的设置有点相似。但它没有太空服里的那种供给袋,而是从头盔上伸进一根软管,再从脚底往外伸出两根软管。每套抗荷服还有一个便溺袋。

　　当我头盔里的信号灯显示大家都已穿戴好后,我按了下电钮,液体便充满了整个房间。当然我什么也看不见,但我能想象到那淡蓝色的液体——甘醇,还混合了些别的什么东西——在我们头上泛起泡沫。冰凉的抗荷服紧绷在身上,我感觉到体内压力在不断增加,以适应体外液体的压力。刚才打的那一针就是使身体细胞在体内压力和体外液体压力之间免受损害,然而我似乎还是感觉到体内的细胞正一个个被挤扁。当测压计显示"2"时,我感到肿胀,同时又感受到强大的压力。到标准时间2005时,测压计的显示是2.7,并开始稳定下来,这样一来,在2010时演习开始时,就不会有什么感觉了,测压计指针只是稍稍上下摆动。

　　我们现在得出结论:虽然飞船计算机会自动巡航,自动开火,可最好还是有活着的人在旁边守着。

另外,如果飞船受损,压力下降,人就会像摔在地上的西瓜一样成为碎片。要是体内压力下降,人也会在瞬间被挤死。

而且,使压力恢复正常得用十来分钟;待整理好,再穿好作战服又得两三分钟,所以你不可能很快脱下抗荷服并投入战斗。

在标准时间2038时,演习结束,绿灯亮了,我按了下电钮,使压力下降。

玛丽和我在穿衣服。

"那是怎么回事?"我指了指一条紫色的装饰带,这条带子本该待在胸部右侧下方的,而现在却不安分地跑到臀部去了。

"这是第二次了,"她说,"第一次跑到后背去了——我想这抗荷服我穿着不合身。"

"也许是你现在太苗条了。"

"你这家伙真聪明。"自从离开门户星1号后,我们一直严格控制卡路里的摄入量。我们最好穿那种完全合身,就像是自己的第二层皮肤那样的抗荷服。

这时墙壁上的扬声器响了:"全体人员请注意,请注意,陆军军士及以上人员、海军军士长及以上人员马上去会议室报到。"

命令广播了两遍,我趁机躺下休息了几分钟,这时玛丽正让军医和机械师查看她身体擦伤的部位,对此我并无醋意。

司令官开始通报情况:"需要通报的情况不多,但都是坏消息。

"六天前,一直跟踪我们的托伦星人飞船发射了一枚遥控导弹,其初始加速度为80G左右,近来它的加速度已达到148G。"大家都屏住呼吸,静静地听着。

"昨天,其加速度又达到了203G,也许用不着我提醒大家也知道,这是我们上次与托伦星人接触时他们发射导弹的加速度的两倍。

"根据计算机测算,敌导弹可能会从四个弹道向我们袭来。我们已同时发射四枚导弹分别截击敌导弹,其中一枚已在距此地一千万公里处击中目标。

"对爆炸冲击波的分析表明,这次敌导弹的杀伤力和以前的相似,因此,至少他们的推进器研究与爆炸力研究并不同步,这一点倒是让我们多少感到鼓舞。

"这一现象对理论研究者很重要。"他指了指尼格莱斯克,"告诉我,上次在行星上与托伦星人首次交火到现在有多长时间了?"

"这要取决于您采用哪种参照体系,司令官先生。"尼格莱斯克恭敬地说,"对我来讲,大约有八个月了。"

"不错,不过按时间延滞效应来讲,你少说了大约九年。从技术角度讲,这段时间内,我们的研究没什么大的进展。而敌人已超前于我们!

"随着战争的继续,这一点将更加明显。当然,托伦星人不懂相对论,因此敌我双方均有优势。

"然而,目前是我们遇到困难。随着托伦星人的飞船离我们越来越近,困难将愈加严重。他们在射击效果上会优于我们。

"我们现在要做的就是要巧妙地避开他们。在距敌人五亿公里时,大家都要穿好抗荷服。要相信我们的计算机,它能准确地调整方向和速度。

"说实话,只要他们比我们多一枚导弹,就能置我们于死地。上次发射导弹后他们就一直没再发射,也许他们是在节省火力,也许他们只有那一枚导弹,如果是那样的话,我们就算是胜利了。

"不管怎样,要求所有人员在接到命令后的十分钟内,穿好抗荷服。在距敌人十亿公里处,做好准备;五亿公里处,穿好抗荷服,舱内注满液体,加压。不能再等了。

"我就说这些。少校还有事吗?"

"谢谢,我随后开会时再说,司令官先生。"少校说道。

"解散。"这次没人骂"混蛋"。除了斯托特,我们都立正站在那儿。等他走了以后,又有人喊了声"解散",我们才离开。

我回到班里,向大家布置了任务后,就去了会议室,我想搞点新情况。

大家只是在那儿瞎猜,根本没什么准信儿,于是我带着罗杰丝回到舱铺。玛丽又不知去哪儿了,准是又溜到辛格那儿去——讨好他,并从他那里套点儿新情况。

3

第二天早晨,少校召集我们开会,他几乎把司令官的话又重复了一遍。训话时,他语音单调,断断续续。他强调说,如果敌人的作战能力有了新的提高,对付他们就不会像上次那样容易了。其实这事我们早就知道。

说来也怪,上次与托伦星人进行地面战斗时,我们占据了绝对优势。本来我们以为,他们在宇宙中那样善战,那么在陆战中也会勇猛无比,可结果大大出乎我们意料。他们迷迷糊糊,还没弄清怎么回事,就被消灭了。

军械师和我正帮着我们班的士兵们对作战服进行修整时,舰桥突然截获到发自十亿公里外的托伦星飞船的无线电波——这提醒着我们必须赶快回舱做准备。

在进入那个"茧"之前,我们还要打发掉五个小时的时间。我与拉比下了一盘象棋,结果输掉了。罗杰丝则领着大伙儿做准备活动,因为一会儿大家就得穿上抗荷服,然后至少得在那儿躺四个小时,在压力的作用下被挤个半死。

在此之前所经历的行动中,时间最长的一次也不及这次行动时间的一半长。在托伦星飞船与我们相距五亿公里之前十分钟,班长们各就各位,并检查所有人是否穿好抗荷服。我们的命运就完全依靠后勤保障计算机了。

我们穿着抗荷服躺在那儿,在压力的作用下,我们感到被挤压得几乎快要窒息。这时,我突然冒出一个怪念头,这个念头就像超导体中的电荷一般在脑海中转来转去。按照军事理论,对战争的指挥要依靠两种理论,即后勤论和战术论。"后勤"负责除作战外的所有事情,而"战术"则涉及具体战斗。我们现在正打仗,可我们没有战术计算机指挥进攻和防御,只有一台巨大、高效的后勤保障计算机。

我的大脑里有个声音争论说,给计算机取什么名字都无所谓,它只不过是个能记录大量信息,并进行逻辑思维的机器。作为一般用途,它可用于股票市场的运作或是污水净化控制,但如果给它编入作战指挥程序,那它就成了战术计算机。

大脑另一侧又有个声音固执地说,如果这样推理的话,人不过是长有毛发、骨头和多筋、多肉的生物体,只要训练得法,就可把僧侣训练成战士。

那么,你、我,咱们大家究竟是什么?

大脑另一侧又回答,是热爱和平的真空焊接专家,是物理教师。我们被抓来,输进某种程序,于是成了杀人机器。你、我都杀了人,并乐此不疲。可他们干吗又弄来了后勤保障计算机来控制人的思想……

我正在胡思乱想,绿灯亮了。我立即按了电钮减压。我还没来得及意识到我们还活着,就取得了战斗的胜利。

然而我只对了一半。

4

我们站在大厅里,伸了下懒腰,这时博尔斯踉踉跄跄从外边走进来,脸色发灰。我赶忙上前扶住他。

"怎么了,博尔斯?"

"尼格莱斯克班的人都死了。"

"什么?"

他既没点头也没摇头,只是死死地盯着墙壁。

"还有四排的全体人员:基廷、托马斯、查尔、弗吕霍夫……共二十四人,全被气压挤死。"

我不知说什么好。"至少,他们……"我没说下去。实际上我是想说:至少他们死时,没什么痛苦的感觉。然而谁又知道他们究竟有没有感觉。

"注意,全体人员注意,所有军士以上人员五分钟后在会议室集合。"扬声器噼里啪啦地响了几秒钟,不久便传来司令官略显疲惫的声音:

"我是司令官。我们在标准时间0254时与敌方飞船相遇并将其摧毁。敌人向我们发射了一枚导弹,我方发射了七枚遥控导弹予以拦截,敌船在距'纪念号'五百公里处被摧毁。我船大

第二部　中士曼德拉

部分电子设备完好,只是伤亡也很惨重……"他停顿了很长时间,"明天在标准时间0800时举行悼念仪式。我的话讲完了。"

话筒又响了:"全体医护人员马上去急救舱报到。全体维修人员马上投入工作,帕斯托中尉马上去急救舱报到。"

玛丽、罗杰丝、查因和我穿好衣服,默不作声地来到集结区。

会上,他们又解释了所发生的事情。其实,这些事我们已经知道了。

在冷飕飕、黑乎乎的"尤德4号"坍缩星附近有一颗很大的碎石块一般的星球,我们从它的一侧进入同步轨道。在另一侧,托伦星人用定时发射的巡航侦察导弹发现了我们。有了上次在无名行星上的经验,我们知道怎么对付他们:用激光就能摧毁敌人的导弹。

根据进攻计划,突击队由从四个排抽调的人员组成,从我所在的排里抽调了查因的一个班,又从二排的阿尔萨达特那儿抽调了一个班。查因被提拔为军士长,全面负责。又另给我们排增加了十三个人。

我们都挤在会议室里,科尔特斯推门进来走到指挥台处。

"各位,安静了!"一年前,也可以说是十几年前,在查伦星第一次见到科尔特斯时,这人确实其貌不扬:浑身是奇形怪状的伤疤,秃顶,留有几根灰白的胡子;皮肤像皮革一样,粗糙,但还有些韧性;整天紧绷着脸,待人十分苛刻,凶猛、阴险。他曾分别在联合国被解散和重建前两次参加过地球上的战斗,戎马生涯数十年。

"计算机将显示进攻敌人基地的计划。"他用手比画着。我们转身观看对面屏幕上出现的带有经、纬线的球形图案,屏幕上的图案慢慢转动着。在图案的一角有"纪念号"的模型图。

"请看——""纪念号"射出一束束灯光，慢慢地交织成复杂的无规则图形，映射在球形图案上，"像上次一样，红光为搜索光束，每排一束，其余二十束白光为干扰光束。"

进攻计划相当简单，我们将在星球一侧——敌人基地附近着陆，然后呈扇形从各个方向逼近敌方基地。出其不意，步调一致地同时发起进攻。我们的飞船将按计算机指令原地待命。

"这是我们得到的最详细的侦察照片。"这时屏幕上的球形图案消失了，随之出现的是手绘的空中俯瞰图，"由于上一次接触已使我们了解了些情况，我们对敌军基地的一些地形特征已不再陌生。"

科尔特斯说着，用一个箭头指向某些建筑物，"注意花形建筑，这是第一个目标，记住，敌人的巡航侦察导弹就是从这儿发射的。在地面进攻前，我们首先要将其摧毁。

"还要注意，这些线表示敌导弹仓库和飞艇的位置。除俘虏外，绝不能让一个托伦星人活着离开这儿。

"按照计划，在你们登陆前，先锋艇先将这些目标摧毁，每艇配有二十枚导弹。袭击时要密切配合，同时向敌基地发射二百五十枚导弹。

"每艘艇还配有大功率激光炮，只是目前我们还不知道能否使用激光炮长时间地轰击目标，从而使其燃烧，到时看看再说吧。"

他抚摸着胡子，诡异地笑了笑，"如果突袭不奏效——这是很可能的，我们就得步行去那儿，用枪榴弹发射器和激光枪来完成这一任务。首先要摧毁花形建筑。

"这将是一场速战速决的恶战。发射导弹后，必须在三十秒内登陆。"

他双手紧握着指挥台的护栏,几乎以耳语般的声音说道:"我要你们绝对地、无条件地服从命令,我发誓,谁不听指挥,我就会像烧毁机器人那样将他烧成灰。

"我们还得抓个俘虏,一旦从俘虏那儿得到些口供,我们也许就不必徒步去袭击敌人。"

司令官曾断言,利用"纪念号"上配备的武器,我们就能彻底摧毁敌人的基地,但这事现在还不敢说准能成功。

"如果我们能一举捣毁花形建筑和敌人的飞艇,女士们、先生们,那我们就可以去打猎了。一旦能活捉个托伦星人,我就发信号让飞船来接我们撤退,那时,再让司令官决定是否将敌基地彻底摧毁。"

他从身后墙壁上拉下一张地形图,"这就是敌人的基地。"他象征性地画出其军事设施的大体位置。地形图大致情况如下:

该地没有磁场,但我们的惯性指南针会一直指向"北方"。根据情况来看,很明显,托伦星人也使用同样的方位体系。

"一排、四排将从东北方向前进五百米。赫茨下士!"

"到!"

"四排的重型火箭发射器将由你使用。从先锋艇出来后,注意敌人的飞艇,如敌人的飞艇还在那儿,立刻将其摧毁。赫茨完成任务后,一排、四排的单数班前进一百米,双数班实施火力掩护。然后双数班再继续前进,单数班掩护。赫茨,花形建筑进入射程后,立即将其摧毁。"他指了指地势图上的两个香肠式标记,"这些建筑是生活区,没有我的命令不准向其射击。

"二排、三排的任务也大致如此。谁还有重型火箭发射器?"

"我有。"康特下士答道。

"你负责破坏敌人的通信设施,以防他们增派援兵,尽管在这星球上他们不可能有其他兵力。

"一旦摧毁花形建筑,一排、四排马上在东侧的香肠式建筑会合,二、三排在西侧会合。注意保持距离,进入最佳射程后,注意隐蔽,等我的命令。有问题吗?"

"中尉,"我问道,"看起来这儿的防御工事和无名行星上的防御工事差不多,只是那里是沼泽地,而这儿……"

"这儿地面石头多,中士。这个问题现在还不好说,只有进攻后我们才知道这儿的情况。

"很有可能最大的危险不是来自托伦星人,而是来自这星球本身。我们在查伦星和门户星1号上已进行过数百次的行动,对那些地方的情况了如指掌。但对这儿的情况,我们一无所知。一旦误入氮气地带,或者散热器与冰冷的岩石相碰会有什么后果,我想大家应该都很清楚。对此,我们要多加防范。"

我不禁想起了离开门户星1号时,三个突击队中有四十一个人在训练中丧生。那次事故是在正常情况下发生的。事故原因就是散热器发生爆炸,而这种事故有时是无法避免的。

"各排排长务必将各自的任务向手下人交代清楚。今晚进行大检查,如没有大的问题,全体将处于待命状态。"

"先生,进攻几时开始?"卡麦问道。

要是别人这样问话,科尔特斯准会把他撕碎。"要是知道的话,我早就告诉你了。"但说这话时,科尔特斯一点儿也没生气,"我想,得在几天之后。这要取决于后勤保障计算机。其余人还有问题吗?"

没人说话。

"解散。"

5

这几天,大家一直坐立不安。我正在休息室和阿尔萨达特下棋,突然传来了命令。

"全体人员请注意,'星际行动'将于一小时后开始。所有陆战队成员及急救队员立刻前往先锋艇报到。全体人员请注意,'星际行动'马上就要开始。"

我的胃翻腾得厉害,我在椅子上坐都坐不住,于是强咽下两口胆汁。自从上次集合以来,每当广播里噼里啪啦传来命令时,我总会惶恐不安。倒也不单单是害怕投入战斗,而是对整个行动没有把握。这次行动可能毫无危险,也可能是集体自杀,或是介于两者之间。我和阿尔萨达特跑向走廊,赶快召集班里的人去先锋艇报到。

我从一道门上的锁眼里往里瞅了一下,玛丽正在穿作战服。她拉上拉链之前,我刚好瞥见了她白皙的皮肤。在穿作战服的时候,我突然冒出一个想法:也许这是最后一次在她活着的时候看到她白皙的皮肤了。对我来说,她是这船上最重要的人,也是这世界上唯一重要的人。也许我不该这样想,可当时我的确是这样想的。

我回到自己的房间把便溺带系好,但由于浑身是汗,皮肤太滑,生物统计表怎么也戴不上。我只好伸手拿过短上衣把汗擦干,以便能让生物统计表的氯化银电极附着在皮肤上。当我把一切都穿戴好,拿上武器走出房门时,一排的人正三三两两地从我房前走过。我接通了玛丽的步话机。

"亲爱的,准备好了吗?"

"威廉?还没准备好呢。他们干吗不早下通知?这命令突然一来,我还真有点紧张。"

"我知道你挺紧张的,不过这样更好,要是早知道,咱们得紧张好几天。"

"准备行动。"科尔特斯通过步话机对我们命令道。这时大家已穿好作战服,在先锋艇旁列队站好,都抬头看着他。"罗杰丝、曼德拉,还有玛丽下士,将你们的步话机频道和我的保持一致。"

我赶快照办,这时又传来科尔特斯的声音:"我和你们排一起行动。但是,不要指望我会给你们什么帮助,我还有三个排要照顾呢。罗杰丝负责指挥战斗,其他人注意,万一罗杰丝失去指挥能力,由曼德拉代替,万一曼德拉也不行了,再由玛丽接着指挥。明白了吗?"

我们都通过步话机回答:"明白!"真他妈的,为什么不早点告诉我们?

"各排排长注意,现在我下达命令,你们再将命令传达给各排人员:进攻在标准时间1131时开始,也就是说,在1131时,我们将发射所有炮弹。九分二十秒后我们就会离开轨道。大家马上行动。"

我浑身抖个不止,于是吃了点镇静药,否则我的手会抖动得

第二部 中士曼德拉

打碎什么东西。药起作用后,我活动了一下手脚,走向先锋艇。

"纪念号"看起来真大,大约有两公里长。而先锋艇长一百米,是由发光的黑色金属制造,呈流线型。

罗杰丝在集结区后面检查所有人员是否已准备就绪,玛丽、考特斯和我先上了艇。我自言自语,告诫自己一定要放松。

几分钟后,一切都准备完毕,整装待发。当机库往外排出气体时,通过舱壁,可听到一种高频率,但又慢慢减弱的哨声。感到一阵轻微振动后,我从舷窗看到跑道在慢慢向后滑去,这时我们冲出"纪念号",升到了太空中。

当先锋艇以事先设定好的规避动作,歪歪扭扭地猛地降落在地面上时,对我们来说,真是断骨裂肉般的痛苦,而考特斯却觉得着陆十分平稳、漂亮。

还没等着陆,敌人就发现了我们,并用激光枪向我们开火。当我们看到激光射束时,只觉得静电使我们头发都竖起来了。

"使用滤光器,准备登陆。"科尔特斯声音呆板,听得出来,他在极力地克制着,不想流露出心中的急切。他就是喜欢这赌博似的行动。

向敌人发射火箭弹时,我们觉得一阵阵震颤。我看到一道道电光划过地平线,即使我们戴着滤光器,爆炸产生的炫目的火光还是把眼睛刺伤了。

我打开衣服后背表明我班长身份的粉红色标志灯,准备好出舱。镇静药似乎挺有效,这会儿,我感到不那么恐惧了,只是非常想抽支烟。

敌人的基地中碎石遍地。尽管我们曾在飞船上发射了一些导弹,可花形建筑却依然安然无恙,并一直往外喷着气泡。

先锋艇的机体向一侧微微倾斜,我准备好登陆。落地时,我手先着地,搞得浑身是土。

片刻过后,我用步话机与班里的人联系:"一班报数。"

"一。"塔特。

"二。"尤卡瓦。

"三。"肖克莱。

"四。"霍夫施塔特。

"五。"拉比。

"六。"马尔罗尼。

罗杰丝说:"曼德拉,你班的人马上列队,先行进攻。"

"一班,以我为准,列队!"大家都列队站好。

"肖克莱,你离尤卡瓦太近,保持十米间距。"

进攻前十秒钟,我盘算着双方谁将获胜,但确实很难说。敌人的一艘飞船被炸毁了,但花形建筑却依然往外喷气泡。

气泡和我原来想象的不同。起初,我以为那不过只是一种景象。可现在气泡却源源不断地从地面向我们涌来。在无名行星上时,我们也碰到过这种麻烦,不过还是能避开它们。科尔特斯用步话机大声命令我们注意这该死的气泡,它们正慢慢向我们涌来。

我估计这一战术有可能是这里的敌人自己想出的,但更有可能的是,他们与无名行星上的那个幸存者有过接触。他们也是想总结经验,用这种办法与我们展开近战。

赫茨和别的重型火箭发射器操作员向花形建筑猛烈轰击,但没奏效。气泡还是不断地向我们涌来,但就像在无名行星上一样,激光枪一阵横扫就能将其击退。

伤亡情况比较严重,但到目前为止还没有一个人当逃兵。

我们班是否有人想逃?

步话机里又传来科尔特斯的命令:"伤亡情况以后再报告,现在我没时间。大家听着,只用重型火箭发射器的话,我们是不能突进至花形建筑的。迅速突进至枪榴弹射程之内,用枪榴弹猛轰。二排,你们能否营救吉瓦特的飞艇?"大家都明白,现在我们至少有一艘先锋艇被击中了。

"单数班,开始进攻!"

我起身开始行动,其他人在我身后呈"∧"字形展开。我们既要避开敌人向我们射来的激光,又得阻止向我们涌来的气泡。这仗可真难打,在行进中,你几乎不可能使用激光枪,怕伤及战友。

我们行进了三十四米,正在瞄准气泡,这时二班赶了上来,但没有和我们保持队形。伯格曼出事了。他往前一跃,这时有个气泡正好冲他而来,在我们的掩护下,他转身躲避。他又猛烈扫射,然而他的下半身已溶化于深红色的气泡中。玛丽尖叫起来。他又往前飞出了十几米,死了。

气泡继续涌来,并发出恐怖、耀眼的光芒。这时塔特奋起将气泡击退。我感到眼花缭乱,但还是尽力掩护我的防区。

我们和二班继续前进,尽量避开伯格曼刚才死去的那片溅有深红色晶体的地方。在距花形建筑大约四百米时,科尔特斯命令道:"保持队形,枪榴弹手,集中火力攻击,其他人掩护。"

很快,我们将气泡击退。在八名枪榴弹手同时攻击下,花形建筑失去了抵抗能力。我们毫无阻碍地迅速前进,并用激光枪向花形建筑扫射。远处的稀稀拉拉的气泡也被击毁。四枚枪榴弹同时攻击,每次都激起一阵阵火光,接着就是碎石遍地。气泡终于不再向外涌了。

"继续火力攻击,继续进攻!"一枚枪榴弹击中花形建筑,其中一个花瓣坍塌了。

"我们有可能从这儿抓个俘虏。一排一班、二排一班,快去探明情况。"

他妈的,干吗叫我们去?上次进攻时,所有的托伦星人都藏在花形建筑里。那次也是突袭,可当时是有足够准备的。我和塔特通了话。

"塔特,二排一班情况怎样?"

"已准备就绪。"

"好。"我一边向最近的花瓣前进,一边与他们联系,"阿尔萨达特,我是曼德拉。我们俩谁先进去?"

"你是长官,曼德拉。"

"对,对,好。我还真不知道怎么进攻这玩意儿。把它烧掉吧。"

"曼德拉,我是科尔特斯,如果不用破坏花形建筑就能进去的话,就不要将其烧毁。如果能抓到俘虏,烧、杀、抢、奸,随你的便。明白了吗?想想办法吧。"

我决定还是采用老办法。现在我既累又怕,也想不出更好的办法。我又吃了片镇静药,尽管我明明知道几小时后会有副作用,可我想再过几个小时,我不是已经回到船上就是战死沙场,反正也无所谓了,"阿尔萨达特,他们掩护我冲进去,你随后跟我进。"

我接通我班的频道:"塔特、尤卡瓦、肖克莱,跟我上——不,塔特留下,以防万一;其他人在距入口十米处排成半环形阵形掩护我们。上帝保佑,可千万别乱开枪。"

在他们的掩护下,我带着尤卡瓦和肖克莱来到入口,很明显,这里有道门,很矮,门的正中央有个小红圈,没有窗子,和我们结构复杂的真空锁不一样。

"为什么不推一下那个小红圈,中士?"我对肖克莱说道。他这人技术上最不行,我平时倒也精明,可这会儿也乱了方寸,竟然让他去干这事。

我检查了一下,让大家做好准备,肖克莱推了下小红圈,门慢慢滑开了。

里面是条长长的、处于真空状态的冷飕飕的走廊。我心里忐忑不安,怀疑是敌人的圈套,但还是硬着头皮进去了。

"没事,大家跟上。阿尔萨达特?"

"来了。"

"让塔特在门口守着,你跟我来。瞧,这儿多好,里面可能还有托伦星舞女。"

科尔特斯说:"别废话,能不能抓个俘虏?"

我们十三人都挤进了走廊。我推开走廊一侧的一道门,这是个小房间,除了一张吊床和一尊抽象派雕塑外,什么也没有。我用步话机向科尔特斯描述了这儿的情况。

"好,再去第二个房间看看。"

第二个房间也是这样。走廊两侧的其他房间也都大致如此。我们小心翼翼地走到走廊尽头,发现有许多走廊都连通到这儿的一个大厅。大厅中央有个金属管道,与气泡发生器相连,足足有两米粗。大厅里碎石遍地,金属管也有点歪。

我们在环形大厅四周呈等距离散开,看了看,没什么异常情况。我决定让枪榴弹手投弹,拉比已做好了准备。

"拉比……"我还没来得及说完,突然发现大家都浮离地面一米左右,而且在继续缓缓上升。

"怎么回事,曼德拉?"

"住嘴,阿尔。大家注意,准备开火。"

"发生什么事了,混蛋?"科尔特斯气势汹汹地问道。

"我们正在上升,"这样说不准确,"我们正在往上飘浮,是在敌人的控制之下。"

科尔特斯沉默了一会儿,"……尽力保护自己,记住,我需要个俘虏。只要能抓个俘虏,咱们就撤退。"

"飘浮"到第二层后,我们停了下来。大家跳上一个没有栏杆的阳台。这一层只有一个走廊,我到处走走,查看了一下。

"霍夫施塔特、拉比,跟我来。"我们走了十来米,到了走廊尽头的一扇门前,这门的外形和一层的门一样。

轻轻一碰,门就开了。这儿没有吊床和雕塑,而有一排排看起来像图书馆的书架之类的东西,上面覆盖着金属板,每一排都呈蓝色,但颜色深浅不一。在另一端,有个托伦星人正盯着我们。

他一动不动地站在那儿,由于紧张,他的手有点颤抖。我看到他那看起来骨瘦如柴的棕色躯体时,既感到同情,又觉得恶心。在上次的大屠杀中,我曾看到过许多像这样被激光枪杀死的躯体——他们是双足动物,但不是人类。

"塔特,盯着这家伙。"我到其他地方转了转,看是否还有别的托伦星人。

这房间大体呈圆形。在无名行星上时,我没见到过类似的房间,不过据弗吕霍夫曾对我说过的,这种房间和无名行星那儿的差不多。根据摆放的设施来看,很明显,这里应该是他们的计算机房。不过据十年前的一次报告中所说,他们还不会使用计算机。

这儿的其他地方空旷无人。我把这些情况报告给科尔特斯。

"好,你和三个人守住这个托伦星人,其他人下来,我们按计划进行下一步行动:占领那两座香肠式建筑,那些托伦星人肯定都在那儿。"

"是。"

我又和阿尔通了话:"阿尔,我和塔特、马尔罗尼、霍夫施塔特一起守住这托伦星人。其他人由你指挥,带他们下去和你们排会合。"

"是,曼德拉。可我们怎么下去呀?"

"我这里有绳子,中士。"这是爆破手威利的声音。

他们出去后,我们将这托伦星人围住。

他有许多只眼睛,当塔特和马尔罗尼向他身后包抄过去时,他也没看他们一眼,只是直勾勾地盯着前方。这家伙不是思想麻木,就是吓呆了。

通过一米高的外墙上的窗状开口处,我看到科尔特斯正在东侧的香肠式建筑旁集合队伍。我这才看出,也许这被俘的托伦星人根本就不在乎我们,而是盯着科尔特斯他们。我选好位置——既能监视这托伦星人,又能观察到香肠式建筑那边的战况。

阿尔萨达特他们刚刚离开花形建筑,正向考斯靠拢。这时,有情况了。

数百托伦星人从香肠式建筑物中一拥而出,并向我方猛烈射击。

每个托伦星人都拿着个类似手提包的箱子,一根软管与箱子相接。像使用激光枪一样,他们用这根软管四处扫射。

我们用激光枪与他们对射。要是他们队形比较密集的话，几秒钟内就会被我们消灭干净。可他们马上四处散开，利用一切可利用的地形和建筑物隐蔽起来。

用激光枪一扫，就能击破他们赖以生存的气泡，但我吃惊地发现，他们的武器也具有相当的威力。这些托伦星男女极其痛苦地乱作一团，摇摇晃晃，可就是死不了。科尔特斯大声喊："集中火力，狠狠地打！枪榴弹手，用枪榴弹炸！"

"二排、三排，谁在那儿指挥？艾克瓦斯、博尔斯，他们在哪儿？"

我转身看了看西侧的香肠式建筑，战况也大致如此。

"布西亚！马克斯韦！是谁在指挥？"

"我是布西亚，也许现在应该由我来指挥，艾克瓦斯和博尔斯恐怕不行了。我……啊！"短促的痛苦声后，联系中断了。

"二排、三排，听着，我们的武器占有优势，要充分利用，每人瞄准一个目标，击不中目标就一直打。胜利就在眼前，我们一定会胜利的。火箭手赫茨、康特，把这该死的'香肠'统统给我炸掉，里面可能有更多的托伦星人。"

两枚火箭弹将西侧的香肠式建筑炸成一片碎石，可东侧的那座还没被击中。

"报告中尉，我是查因！赫茨不行了。"

"那发射器就由你来使用，笨蛋！"

我接通了玛丽的步话机："玛丽，你怎么样了，没事吧？"

没有回声。

"你没事吧？"

耳机里传来科尔特斯的声音："混蛋，不准私人通话，我们还没胜利呢。"

那托伦星人还是目光呆滞地凝视着什么。

我数了数,发现东面没几个托伦星人了。而从我处的位置向西看,那儿的战斗还没结束。

"好,就这样打。"科尔特斯喊道,"跟我来,支援二排、三排。"

一排和四排剩下的人跟着他急速跑去。在他们身后留下了十几个人,正一动不动地躺在那儿,其中就有玛丽。

我脑中顿时一片空白。我抬起手中的激光枪指向那个托伦星人,可是,对他,我怎么也恨不起来,我恨的是科尔特斯,可也找不到感觉。我们好像陷入一场非人为的灾难。所以尽管我十分愤怒,却无法迁怒于任何个人或生物。科尔特斯带着人赶到时,西边的战斗也已结束,又牺牲了十二个人。他与飞船取得了联系。

我想,现在我们应该怎么把这个托伦星人弄出去,然后带上飞船呢?他好像是懂得我们的手势,一声不吭地跟着我们。

他毫无反抗地跟我们上了飞船。真不可思议,他是那样地顺从。我突然想到,这很可能是他布下的陷阱。他本人很可能就是一颗炸弹,别人可能也想到了这一点。可经过便携式检查仪检查后,没发现什么异常。

我们考虑得极为周到,"纪念号"专门配备有托伦星人禁闭室。里面有我们特制的、托伦星人在那些香肠式建筑物中所特有的空气和食品。我将托伦星人移交给外星生物学家后,就回去简单地处理了一下伤口。

据我计算,我们共有七十三人来到"尤德4号"基地,可离开时仅剩二十七人了。

伤亡名单还没有公布,但许多熟悉的面孔已经不复存在,这些不在的人究竟是谁,我迟早要知道,但我还是敲响了科尔特斯的门。

"谁?"声音很粗暴。

"曼德拉。"

"进来。"

他躺在一张睡铺上,两手晃动着咖啡杯,脚下有个酒瓶,我认得出,那是博克中尉家乡的酒。"有什么事吗?"

"长官,我想——我一定要知道……知道玛丽是怎么死的。"

他面无表情地看了我好长时间,哼了下鼻子说:"她没死。"

"没死? 她——受伤了?"

"不,没受伤。"

"那……长官,到底是怎么回事?"

"紧张症。"他往杯子倒了些水,晃了晃,看了看,又闻了闻,"详细情况我也不知道,也不想知道。目前她在急救舱,你可以问问帕斯托中尉。"

她还活着!"谢谢您,长官。"我转身要走。

"曼德拉。"

"到。"

"别太高兴了,她是否会受到军事法庭的审判要取决于帕斯托的诊断报告。这是对临阵畏缩者的唯一惩罚。"

"是,长官。"即使那样,我也感到十分欣慰、十分幸福。

"你可以走了。"

在走廊上我遇到了卡麦。她穿了件新束腰外衣,还化了妆。鬼知道她是从哪儿搞到这些东西的。我和她打了个招呼,眨了眨眼,小声说:"你可真性感。"

6

急救舱候诊室里只有恩森·辛格。

"你好,辛格。"

"你好,中士。请坐。"

我找了把椅子坐下,问道:"情况怎样?"

"你是说玛丽?现在还不知道。"

我走到布告栏那儿,看了些我毫不感兴趣的东西。这时帕斯托医生出来了,辛格赶忙起身,但我还是抢先一步。

"大夫,玛丽怎么样了?"

"你是谁?我干吗要把她的病情报告给你?"

"我……先生,我是曼德拉,和她一个排的。"

"你是想把情况报告给科尔特斯中尉?"他略带讥讽地说。其实他早就认识我。

"不,先生,我本人很关心她的病情。当然我愿意向科尔特斯报告,如果您——"

"不用。"他懒散地摇了摇头,"还是通过正常途径,让我的助手向他汇报吧,不然我的助手也是闲着。请坐,辛格。你是为谁打听她的情况?"

"为我自己。"

"我的病人现在还有这么大魅力呀。你们俩不必过于担心,这是士兵常见病。上次回来后,我已治愈了不少这类患者。用催眠术效果很好。"

"战争疲劳症?"辛格问道。

"可以这么说。也叫'神经衰弱'。不过少校管它叫'胆怯病'。"

我记起了科尔特斯说过的话,一丝恐惧悄悄爬上我的后背,一直传到了头顶。

"从玛丽的情况看,"他继续说,"这是可以理解的,通过催眠术,我已了解到她的详细情况。

"托伦星人出击时,她是第一个看到他们从建筑物里冲出来的。她立刻被吓瘫在地,而她班里的其他几个人在敌人出击时就被打倒,他们死得很惨。她承受不了,她觉得自己对他们的死负有责任,因为她是班长,而她没有向他们发出警告。实际上,我想她根本来不及警告他们。

"别人都死了,而她还活着,因此她有负罪感。不管怎么说,从她一到那儿直到最后撤退,她始终处于昏迷状态,用外行人的话说:她的精神彻底崩溃了。"

这听起来仍然不妙。

"那么,大夫……你打算怎样写诊断报告?"

"什么诊断报告?"

"给军事法庭的诊断报告。"

"什么,他们真的打算送她去军事法庭?因为怯战?"

我点点头。

"怪事,这是对意外情况的正常反应,是医学问题,而不是道德问题。"

这下我可放心了。

"你可不要到处乱讲。斯托特少校是个真正的军人。他认为现在纪律太涣散了,很可能要找个替罪羊。你说什么都于她无助,等着我的报告好了。你也不要乱讲,辛格。记住,不要说你来看过她,除了她正在休息外,你什么也不知道。"

"我什么时候——"辛格看了看我,"我什么时候能再来看她?"

"至少一个星期以后。也可能两个星期。下一步我要……"帕斯托摇了摇头,"不用技术术语没法解释,简单说就是,让她理性地看待这次事故,从而了解是哪些心理特征使她当时做出那样的反应。这样的话,我得让她退回到儿童时代,再让她慢慢长大,逐渐地恢复知觉。这种技术很可靠,成功率达百分之九十。"

我们向他表示感谢,就走了。

由于镇静药的作用,我直犯困。要不是有通知说所有陆战人员饭后集合,我准会睡上十二个小时。于是我饭也没吃就先去睡觉了,让塔特到时候叫醒我。

来到餐厅时,大家都已坐在一个角落里。那一个个空座位就像一座座墓碑。我又一次感到十分悲恸:我们离开密苏里训练中心时有一百人,随后又增加了二十多人,可现在就剩下我们这几个幸存者了。

我坐在那儿听他们谈话,内容大多与回家有关:在我们离开将近二十年后,世界会变成什么样;要是想就业的话,是否还需要再培训……艾林安德夫说,到时候我们能拿到二十年的薪水,还有附加利息,再加上养老金,这样我们就不必再工作了。没人提到再服兵役,也没提到他们可能不会让我们退役。

斯托特走进来时,大家起立敬礼,他说了声"都坐吧"。

他抬头看了看我们这为数不多的几个人,从他阴郁的表情中可以看出,他的心情和我一样也很沉痛。

"我不信教,"他粗声粗气地说,"如果有人想祷告或是想唱什么颂歌,那就请他离开。"大家都默不作声。

"很好。"他从上衣口袋里掏出一个小塑料盒,"当然,通常情况下,在'纪念号'上是不准吸烟的,但我已做好特殊安排。"他打开盒子,里面是一些香烟,他小心翼翼地把香烟放在桌子上,天晓得这盒烟他保存了多长时间了。

他走到门口停了下来,几乎是自言自语地说道:"你们干得不错。"然后就头也不回地走了。

一年多捞不着烟抽了,这下可让我解解馋了。我一口气抽了半截香烟,靠在椅子上睡着了,也没做梦。

一周后,我们越过"尤德4号"坍缩星,然后绕行飞过"特德38号"星。这期间,研究员要对我们刚刚离开的星球进行分析,同时我们也要做好各种准备以便完成前往"萨德20号"坍缩星的旅程,最终返回门户星1号。

这期间我好不容易才获准探望玛丽。

急救舱里只有她一个人。她躺在床上,看上去瘦了不少。我无聊地想:这样一来,她的作战服就更不合身了。

我在床边坐了半个小时,看着她沉睡。辛格走进来,和我打了个招呼就走了。

过了一会儿,她睁开眼睛,毫无表情地看了我好长时间,然后冲我笑了笑。

"曼德拉,我是不是已经完全好了?"

"好多了。"

"我也觉得好多了。大夫让我回到童年时代,然后让我长大,昨天我才回到现实中来。曼德拉,我今年多大了?"

"按飞船上的时间计算,你今年二十二岁。"

她点了点头,"也不知现在地球上是哪一年了。"

"上次我听说,咱们到门户星1号时,地球上就已经是2007年了。"

她咯咯地笑了起来,"那样算来,我已经是个中年妇女了。"

"在我看来,你永远是年轻的。"我拍了拍她光滑的胳膊。

"哎,我想……"她声音降得很低,好像有点小阴谋似的,"我想那个。"

"催眠疗法过程中,没干那事?"

"没。"

"你是说你想和我?"

"嗯,要不你把辛格叫来。"

"在这儿?帕斯托进来怎么办?"

"他刚走,再说心理学家对这事一向无所谓。"好在衣服非常宽松,干那事倒也方便。

7

帕斯托的诊断报告使玛丽免受军事法庭的审判。随后的七个月很平淡,从"特德38号"坍缩星到"萨德20号"坍缩星,直到最后返回门户星1号。尽管斯托特少校很清楚我们当中没人愿继续待在突击队里,更没人愿意再打仗了,我们还是照常进行例行训练。这种持续的军事训练使我有点担忧,我想很有可能他们还是不准备让我们退役。

也许,只有这样不断的训练,才能使船上的人保持良好的秩序。

那个托伦星人被俘两天后就死了。据说不是自杀。他很配合外星生物学家的工作,但我们对他的了解还是很少。尸体解剖表明他是由于脱水而死,尽管我们一直给他提供足够的水。不知什么原因,他就是不吸收水分。

我们在那个星球上登陆就是为了抓个托伦星人进行研究,否则我们在轨道上往下投弹就行了,那样也更加安全。可惜那托伦星人死了,我们的目的也就泡了汤。

情况稍稍有了点变化,我们到达门户星1号时,已经是2019年了。

第二部　中士曼德拉

在过去的十二年里,门户星1号变化惊人。整个基地上新建了一幢如同一座小城市般大小的建筑物,可同时容纳一万多人居住。和"纪念号"一般大或更大的飞船有七八艘,专门用于攻击托伦星人占领的星球。还有十艘是用来守卫门户星1号的。另外一艘叫"地球希望二号"的飞船在我们出发攻击托伦星人占领的星球时,刚刚作战回来,但也没能带回一个活的托伦星人。

博茨福德将军(我们第一次在门户星1号上见他时,他还不过是个少校,那时的门户星1号上也只有几个小棚子)在装饰豪华的会议室接待了我们。他在会议室里走来走去,会议室前面有一幅巨大的作战图。

"你们知道,"他嗓门很大,"你们知道,我可以把你们分配到别的突击队,派你们再次出战,《精英征兵法》已经修改,服兵役从以前的两年改为五年。

"我真不明白,你们为什么不愿继续服兵役。再当几年军人后,这些年的薪水加福利可以使你们舒舒服服地度过下半辈子。当然,由于你们是第一批,损失也不小。但这是不可避免的。现在情况好多了,作战服有了很大改进,对托伦星人的战术也比较了解了,而且我们的武器也更加精良……没必要害怕。"

他坐在桌子那头,也没特地看任何人。

"我觉得战斗仿佛已过去了半个世纪,但我一想起战斗时的情况就特别兴奋,特别带劲。现在我的想法肯定和你们的不一样。

"当然我怎么想不重要,除了退役,你们还有一种选择,即继续服役——但不用直接参加战斗。

"我们非常缺少合格的教官,如果你们愿意的话,不管是谁,马上就可晋升为上尉。你可以选择在地球上当教官,如果在月球上工作则加薪一倍,在查伦星上加薪两倍,在这儿,加薪三倍。而且,你们不必忙着现在做决定。你们可以免费回地球探亲——我真羡慕你们,我已有十五年没回去了,也许永远不会回去了。你们可以再体会一下做文明人的感觉了。如果不愿回去的话,你们可马上到联合国探测部队(UNEF)担任军官,你们选择吧。

"有人在笑,我看你们还是不要忙着做决定。地球上已经和你们离开时大不一样了。"

他从上衣口袋里掏出一张小卡片看了看,笑着说:"你们差不多每人都有这样一张支票,上面有四十万美元,这是你们的薪水和利息。但现在地球上正处于战争状态。当然是地球上的公民们在相互争斗。你们的收入所得税是百分之九十二。如果仔细支出的话,这三万二千美元可够你们花上三年的。

"再说,如果现在就退役回到地球,你们总得找个工作,可你们曾经受到的专门训练,对找工作可没有用处。现在工作可不好找。地球上的人口已达九十亿,失业人口有五六十亿。

"还有,二十年前,你们的朋友、恋人现在要比你们大二十一岁,许多亲属都已去世,所以我想,你们回去后会感到非常孤独。

"希里刚从地球回来,下面让他给你们讲讲地球的近况,上尉?"

"谢谢,将军。"看起来这个叫希里的人的皮肤有点毛病,我是说他脸上的皮肤。后来我看出来了,他脸上涂着粉,还抹着口红,手指甲光滑得像白杏仁一样。

"我不知道从哪儿说起。"他吮了吮上嘴唇,又看了看我们,皱着眉头,"从我很小时,地球上就发生了很大变化。

"今年我二十三岁,你们离开地球时,我还在襁褓之中……我先问一下,你们当中有多少人是同性恋?"没人说话。"对同性恋我并不吃惊,我本人就是,在欧洲和美洲有三分之一的人是同性恋。

"大多数国家鼓励同性恋——联合国持中立态度,让各国自己处理——他们之所以鼓励同性恋,是因为这是计划生育的一种办法。"

在我看来,这办法华而不实,军队的节育办法就非常简单:所有男人都将精子存在精子库,然后做输精管结扎术。

"正如将军所说,地球上的人口已达到九十亿,是你们参军时的两倍多,大约有三分之二的人从学校毕业后只能靠救济金过活。

"谈到上学,当时政府让你上了几年学?"

他看着我问,于是我说:"十四年。"

他点点头,"现在得上十八年,如果考试不及格,上学的时间更长,只有通过考试,才有资格找工作,或是领到一份救济金。男孩要是领不到救济金就无法生活。还有什么问题?"

霍夫施塔特举手要提问题。

"先生,所有国家都是十八年教育制吗?哪儿找这么多学校呢?"

"哦,最后五六年,大部分人通过电视在家里或社区服务中心学习。联合国有四五十个教育频道,二十四小时播放。

"你们不必为此担心,只要在军队里待着,你们的知识还是绰绰有余的。"

他很有女人味地把眼前的头发往上撩,"我给你们讲讲历史。你们离开地球后,首次爆发的最重大的战争是因粮食配给而引起的。

"战争爆发于2007年,在这之前,发生了一系列事件。北美洲出现了因蝗虫而引起的饥荒,从缅甸到南中国海发现了稻谷枯萎病,南美洲沿岸出现赤潮现象,因此全世界粮食骤然匮乏。联合国出面干预,平衡粮食配给。所有的人,不管男女老少,都发粮食定量供应票,每月定量供应。本月定量不够的话,到月底就得挨饿,得一直等到下月初才有粮食吃。

"当然,黑市猖獗,社会各阶层粮食配额极不平均。在厄瓜多尔,有些心怀不满的人开始有组织地枪杀那些富裕的人。这种现象迅速蔓延,几个月以后,全世界到处不宣而战。联合国花了一年多的时间才控制住局势。那时候,人口已下降到四十亿,粮食生产也才有所恢复。粮食危机过后,联合国还是采取粮食定量供应的办法,尽管形势已不那么严峻。

"刚才将军提到你们的薪水时,把那些钱说成是美元,这只是让你们听起来方便。其实,现在地球上只流通一种货币,那就是'卡'。你们那三万二千美元相当于三十亿卡或是三百万千卡。

"粮食大战后,联合国鼓励人们在可能的情况下,尽量自己种粮,自给自足。这就使一些人离开城市到联合国指定的专用土地种粮,从而缓解了许多城市问题。但是,自种土地、自给自足政策又鼓励人们多子多福,于是世界人口又从粮食战争后的四十亿增加到现在的九十亿。

"还有,电力供应也极端匮乏。全世界很少有地方能保持全天电力供应。政府说这是暂时现象,但这种情况已持续了十多年。"

诸如此类的事情他说了许多。其实,对于他所说的,我们并

第二部　中士曼德拉

不感到吃惊。过去两年,除了谈论家乡发生了什么变化以外,我们几乎没别的话题。不幸的是,我们曾谈到过的最坏的变化几乎都成为现实,而那些费尽心机设想出的好的未来却都没发生。对我来说,最糟的就是他们很可能把那些良田都已分割成小农场。如果我们回去的话,恐怕得到荒山野岭中去开荒种地。那样,费九牛二虎之力也种不出粮食来。他说同性恋者和他所谓的"生育者"之间的关系很融洽,对此,我不以为然。就我本人来讲,我可以接受同性恋,但与那么多同性恋共处,我可吃不消。也有人曾问他一些不太礼貌的问题。对此他回答说涂脂抹粉是一种时尚。我一直还是那副老脸,看来是跟不上时代发展了。

由于我们乘坐的"纪念号"要进行大修,我们还得等几天才能返回地球。

其间,我们待在很舒适的两人一间的宿舍里,也不进行任何军事训练。大多数人都在尽量地多读书,尽可能多地了解一些近二十年间所发生的事情。晚上我们就去俱乐部消遣。当然士兵是不准去那儿的,可我们还是看到有几个佩戴绶带的士兵在那儿。

酒吧里竟然有卖毒品的,这真让我感到吃惊。招待说,为了避免上瘾,还可再注射一种修正剂。我当时也真上瘾了,就享受了一次。不过,那是唯一的一次。

斯托特少校留在门户星1号上,忙着组建一支新的突击队。我们几个人登上"纪念号"开始了为期六个月的返回地球的航行。科尔特斯还是像以前那样命令我干这干那,但这次旅行相当舒服。

8

我倒是没怎么多想,但一回到地球我们全都成了名人——首批从外星作战回来的老兵。联合国秘书长在肯尼迪中心接见了我们,随后的整整一星期都是接连不断的宴会、招待会、会见以及类似的应酬。这段时间过得真是痛快,而且收入颇丰——由于被独家采访,我还得到一百万卡。直到新鲜劲消磨完过后,我们才被允许自由活动,直到这时,我们才得以真正看看阔别多年的地球。

我在中央车站乘坐华盛顿的单轨电车回家。我妈妈曾在肯尼迪中心见过我,她突然间变得非常苍老,苍老得让我无比哀伤。她说我爸爸死了,是飞行事故。在我找到工作以前,我将和妈妈住在一起。

我妈妈住在哥伦比亚——华盛顿的一个卫星城[①]里。粮食大战爆发时她逃离了华盛顿市区,后来她又搬回市区,但接连不断的失业和持续攀升的犯罪率又迫使她离开市区回到了卫星城里,现在她还住在那儿。

我妈妈到车站接我,和她一起来的还有一个金黄色头发的

[①]原文如此,为尊重作者,未做改动。

大个子,他穿着一身乙烯基材料做成的制服,屁股上还挂着一支手枪,右手指节上戴着带刺的铜制指套。

"威廉,这是卡尔,我的保镖,非常要好的朋友。"

卡尔将指套取下来,和我握了握手,极有绅士风度,"曼德拉先生,见到你非常高兴。"

我们上了一辆写有"杰弗逊"字样的汽车,字体是明亮的橘红色。我起初还寻思着:给汽车取名字实在太不可思议了,后来才知道,这是我妈妈和卡尔所在的高层公寓的名字。汽车是我妈妈按每公里一百卡的费用从小区租来的。

我不得不赞叹哥伦比亚的美景,到处像花园一样,花草遍地,绿树成荫。花岗岩砌成的一幢幢圆锥形大楼周围也到处是花草树木,使那些建筑物看起来不像是大楼,倒像是葱绿的小山。我们的汽车驶进了其中一座"小山"的地下停车场,那里已停着无数辆汽车,卡尔提着我的军用背包到了电梯口。

"曼德拉夫人,如果你不介意的话,五点钟我还得去西大街接费里曼先生。"

"没关系,卡尔,威廉能照顾我,你知道的,他是个军人。"

对了,我曾学过八种默不作声就置人于死地的杀人法,如果不好找工作的话,说不定我还能像卡尔一样当个保镖呢。

"曼德拉夫人,我六点钟以后再来,行吗?"

"没问题,卡尔。"

电梯来了,一个骨瘦如柴的高个子男孩走出来,嘴上叼着一根还没点燃的大麻烟卷。卡尔用手指抚摸着戴在手上的铜指套,那男孩赶快溜走了。

"曼德拉夫人,要小心这样的人。"

上了电梯后,妈妈按了四十七层的按钮。

"刚才那孩子是干什么的?"

"唉,这些孩子整天在电梯里上来下去的,伺机抢劫。在这儿,这种情况还不是最严重的。"

四十七层是个巨大的商业城,我们进了一家粮店。

"你拿到你的粮食供应票了吗,威廉?"

我说还没有,不过军队曾发给我价值十万卡的旅行支票,我只用了不到一半。

这些票证真把我搞得晕头转向。他们尽量向我解释说,当全世界的货币趋于一体化时,为与粮食供给制相协调,而且政府希望最终取消粮食供应票,因此他们将新货币称为"大卡"——"大卡"也叫"千卡",是食物产生的热量的度量单位。新的货币制度规定:按食物热量多少支付货币。这样一来,如果一个人购买热量为两千大卡的牛肉,而另外一个人购买具有同样热量的面包,很明显地,前者得到的牛肉的分量就比后者得到的面包的分量少得多。于是政府又制定了一个"过度定量供应系数"。这太复杂了,一般人都搞不明白。几个星期后,政府又开始重新使用粮食供应票,购买吃的东西必须支付供应票,每月限额配给,并称货币"大卡"为"卡",从而使货币使用简单化。在我看来,只要不使用"卡"这种货币单位,无论是用美元、卢布或是任何别的什么货币名称,都能减少许多麻烦。

除谷类和豆类,其他粮食价格都贵得惊人。我假装阔气地坚持买了价值一千五百卡的牛肉条,八十卡的用豆类做成的人造牛排;我还以一百四十卡买了一棵莴苣,用一百七十五卡买了一小瓶橄榄油。我还想买点醋,但妈妈说家里有。我想买点蘑菇时,她说,隔壁邻居家种有蘑菇,我们可用自家阳台上种的东西和人家交换。

第二部　中士曼德拉

妈妈的公寓在九十二层,她觉得让我住这么小的房子有点过意不去。但我在飞船上待惯了,倒不觉得这房子小。

即使住在这么高的楼上,各家各户的窗子都有防护栏。门上有四把锁,其中一把被人用撬棍撬坏了。

妈妈将牛肉条切成碎渣,又从阳台上的小菜园里拔了几根胡萝卜,然后就打电话给隔壁的"蘑菇太太",于是"蘑菇太太"的儿子就拿着蘑菇来了,身上还挎着一支短筒防暴枪。

"妈妈,还有别的《星报》吗?"我朝厨房喊道。

"就这些了。你想找什么?"

"我在查找分类广告。怎么没有招聘广告?"

妈妈笑了,"孩子,招聘广告十年前就没有了,现在几乎所有的工作岗位都由政府控制。"

"你是说所有人都为政府工作?"

"不,倒也不是。"她走进屋来,在一张破旧的毛巾上擦拭自己的双手,"只是政府掌握着所有的就业机会,很少有空缺的岗位。"

"那我明天得找有关部门谈谈。"

"别费劲了,孩子。你说你从军队领到的退役补助是多少来着?"

"三百万卡,但这样看来是不够花的。"

"是不够花,你爸爸的遗属抚恤金跟你的简直没法比,可他们还是不给我工作。只有那些真正需要的人才能分配到工作。而就业委员会认为只要有饭吃、有水喝就不算是真正需要工作。"

"这些人真是太官僚了。我得花点钱打通关节,让他们给我安排个好工作。"

"这可不行,他们是联合国的人,而联合国是绝对清廉的。再说这些事都是计算机控制的,任何人都不可能做什么手脚。

你不可能……"

"您不是说您也曾有过工作吗?"

"对呀,要是急需工作,得去找经纪人,也许能找个二手工作。"

"经纪人?二手工作?"

"比如说我曾干过的那个工作吧。一个叫黑利·威廉姆的妇女有一份在医院里操作血液透析机的工作。每周干六个晚上,周薪是一万两千卡。她不愿干这工作了,就找了个经纪人把这个工作转给别人。

"在此之前,我曾给那个经纪人五千卡的登记费。他来对我说了这个工作的情况,我说行,挺好。他知道我已弄到假证件,并已有一套制服。然后他又贿赂了医院里有关的几个小头目,让他们对这事睁只眼闭只眼。

"威廉姆小姐教给我怎么操作机器,然后她就不干了。她每周还是领到一万两千卡,付给我一半。我再给经纪人百分之十,最后还剩五千四百卡。再加上你爸爸每月的遗属补贴一万卡,我这日子过得还不错。

"后来这事又稍稍复杂了点。我觉得钱倒是够花了,只是空余时间太少了。我又花了五千卡,找到经纪人登了记,把我的工作再转让出一半。经纪人介绍了个姑娘,也有假证件。我又教会她操作机器,于是她每周一、三、五上班。我实际工资的一半是两千七百卡,她大约得这个数的一半,一千二百一十五卡。经纪人总共得到登记费一万卡,再加上每周七百三十五卡的提成。这很不公平。是不是?"

"这太不公平,再说这也违法呀。"

"要是就业委员会发现这事,恐怕这些人都得丢饭碗。"

"趁着我还能拿得出这笔钱让他们捞,我看我还得找个经纪人。"实际上我还有三百万卡,不过这点钱可经不住这么个花法。这可是我拼命挣来的钱呀。

第二天早上,我准备出去,这时妈妈拿着个盒子走进来,里面有支手枪,还有枪套。

"这是你爸爸的枪,你不带保镖去市里的话,最好还是带着枪。"

这是支老式手枪,子弹的样子很怪。我掂了掂,"爸爸用过吗?"

"用过几次,只是吓唬吓唬小偷、强盗什么的,但从来没真正开过枪。"

"您说得对,我是需要支枪。"说着,我把枪带好,"不过我想要支火力强点的。我能合法地买到枪吗?"

"当然能,四十七层就有个枪店。只要没有犯罪记录,你买什么枪都行。"

太好了,我得买支便携式激光枪。这子弹枪除了打不中目标外,哪儿都能打中。

"可……威廉,我看在你对这儿的情况熟悉以前,还是雇个保镖吧。"

昨天晚上我们已到处看了看,作为一名受过专门训练的杀人机器,我比任何一个保镖都强,"妈,您别担心,今天我不去市里,只是去海厄特威勒看看。"

"那地方也挺乱。"

"没事。"我还是出去了。

电梯来了,里面人挺多。我上去时,有个年龄比我稍大的男人看了我一眼,这人衣着整洁,脸刮得光亮。他往后退了一步,让我站在按钮旁边,我按了四十七层,突然意识到这家伙可能是不安好心。我转身一看,他正从腰间往外掏铁管。

"来吧,小子。"我一边说,一边掏枪,"你想找死呀!"

他被我这架势镇住了,赶忙将铁管放下。

我上前一步,边回忆着军队学到的招数,准备先踢他小腿,再踢腹股沟,或是肾部。我决定还是打他的腹股沟。

"别,我不想找死。"

这时四十七层到了,我倒退着出了电梯。在枪店里,一个小个子秃头男人赶忙探过身来招呼我,他身上也带着手枪。"早上好,先生。"他一边说,一边冲我笑,"您想要个什么样的?"

"轻型便携式激光枪。"

他用很疑惑的眼光打量着我。

我觉得有点不对劲,"怎么,我不能买激光枪?"

"当然不能,先生。"他说着,表情变得很严肃,"你不知道?"

"我离开这个国家好长时间了。"

"你是说,你已离开这地球好长时间了吧!"他把左手伸向屁股后面,像是摸枪的样子。

我站在那儿,一动不动,"你说对了,我刚从太空部队退役,"他脸一沉,"可不是吹牛吧?你在宇宙中跟外星人作战?"

"没错,真的,我是1975年出生的。"

"老天爷,咱们俩差不多年纪。"他哈哈大笑起来。

"你那意思是,我不能买激光枪?"

"不行,绝对不行。我可是守法经营。"

"那我能买什么枪?"

"手枪、步枪、猎枪、匕首、防弹服……只是不能买激光枪、炸弹和全自动武器。"

"给我看看你的手枪,要火力最强的。"

"我正好有这种枪。"他让我来到一个陈列架旁,拿出一支巨大的左轮手枪,"标准口径,六连发。"他晃了晃枪,"有定程器,一扣扳机,六发子弹呈扇形射击,命中率特别高。"

听起来倒是蛮合我的意,"有地方让我试试吗?"

"可以,当然可以,后面有个靶场。我让助手来照看一下。"他按了下铃,出来个小伙子替他看着商店。我跟他去了靶场,他手里拿着一套枪具。

靶场分两部分,一端是个小型休息室,另一端是条长长的通道,中间隔着一道透明塑料门。过了塑料门,只见通道这头放着一张桌子,另一头则是枪靶。枪靶后面还有块金属板把子弹斜挡在一个水池里。

他给枪上了膛,把枪放在桌子上,"在门关上之前请不要把枪拿起来。"他退到休息室里,关上了门,并拿起一个麦克风,"好,首先你最好双手握枪。"我按他说的,举起枪,让准星与枪靶中心成一直线,扣动扳机,枪没响。

"不对,不对。"他说,麦克风有些轻微的杂音,"你得先把枪机扳回来。"

我扳下枪机,重新扣动了扳机。

枪声太大,震得我脸生疼,枪管往回一弹,几乎打着我的前额。但那三个靶心都被我打碎了。

"这枪我要了。"

他又卖给我一个枪套、二十发子弹、一件防弹服,还有一把能藏在靴子里的匕首。这下,我觉得这身装备比在太空时穿的作战服神气多了。

火车里,每节车厢都有两个警卫。起初,我觉得我这样全副武装有点多余,可到了海厄特威车站一看,人们不是全副武装就是带着保镖。在车站周围闲逛的人也都带着武器,警察全都拿着激光枪。

我按了下我的通信器里的"出租车呼叫"按钮,屏幕上显示我叫的出租车号码为"3856"。我问了问警察在哪儿等车,他告诉我在街对面,车一会儿就来。

在等车的五分钟内,我两次听到断断续续的枪声从远处传来。看来防弹服是买对了。

出租车终于来了,我抬手打招呼时,出租车在路边猛转弯停下来。门慢慢打开,直到验明我的指纹和计算机里存档的相同后,司机才让我上车。车身是用厚钢板做成的,窗外的景物模糊、变形,我想这准是防弹玻璃在作怪。

我翻开满是污垢的地图册,找到了海厄特威勒的一个酒吧的地址。我要找的经纪人就在那儿。然后我靠在座位上,沿途观看市容。

这是该市的居住区,建于上世纪中叶,灰色的居民楼一幢紧挨着一幢,主要是为了节省空间。偶尔有单独的房屋,周围的高墙上有锯齿状的玻璃片和鱼钩状的铁丝网。街上行人稀少,他们步履匆匆,都带有武器。我还看到有些人成伙地在商店前闲逛,每伙不少于六人。到处都既脏又乱,垃圾成堆,下水道不畅,汽车驶过就带起一团团纸屑尘土。

汽车在一家酒吧前停下,我付了四百三十卡后,手握着枪下了车。周围没人,我快步走进酒吧。

酒吧里相当整洁,灯光暗淡,还装饰有人造松树。我走到吧台边,要了杯烈酒,花了一百二十卡。这酒不像是真酒,而像是水。一个女招待举着托盘走过来。

"要不要兴奋一下,先生?"盘子里有个老式注射器。

第二部　中士曼德拉

　　她将麻醉药放在吧台上,很随便地紧挨着我坐下,用手托着下巴,一边凝视着吧台后面镜子中的自己。
　　"天啊,今天星期二了。"
　　我很随便地应付了一句。
　　"你想不想到后面去,咱们快点完事?"
　　我看了看她,尽量表现出既不讨厌也不喜欢的样子。她人长得不难看,看不出她是二十八九岁,还是四十岁出头,现在的美容术和化妆品让人猜不出女人的年龄,也许她和我妈妈差不多年纪。
　　"谢谢,我不想……"
　　"要么改日?"
　　"那好吧。"
　　"要不我给你找个漂亮小伙,如果你——"
　　"不,不,谢谢。"这世道怎么成这样了?
　　她不高兴地照了照镜子,"你不喜欢我。"
　　"我非常喜欢你,只是我今天来不是为这事。"
　　"嗯……人各有志。"她耸了耸肩,"嗨,杰里,来杯淡啤酒。"
　　杰里递过一杯啤酒。
　　"唉,真倒霉,我的钱找不开了。先生,你能给我四十卡的粮食供应票吗?"
　　我有足够的粮食供应票,开个宴会都够。我拿出五十卡,递给酒吧招待。
　　"上帝啊!"她惊得瞪大眼睛,"到月底了,你还有这么多粮食供应票呀。"
　　我尽可能简单地告诉她我的身份,以及我是怎样得到这些供应票的,并说有一部分还没寄来,而军队给我的这些还没花光。她提出要买我一千卡的供应票,我没答应,我不想同时干两件违法的事情。

这时进来两个人,一个人没带武器,另一个人带着支手枪——一支防暴短枪。那带枪的坐在门口,另一个人径直朝我走来。

"你是曼德拉先生?"

"是。"

"来,喝一杯,怎么样?"他也不报姓名。

他喝了一口咖啡,我呷了一口啤酒。

"我记性很好,一般不留笔头记录。告诉我你对什么工作感兴趣,有什么资历,要多少工资等等。"

我说我喜欢物理、数学,做些研究工作或是教工程学也行。这一两个月不急着工作,因为我想出去旅游。工资至少是月薪两万卡,但究竟要多少工资得视工作性质而定。

他一直等我说完才说:"教物理这工作可不好找。要是做研究工作,你的知识差不多是四分之一世纪以前的,你还得再进修五六年才行。你现在最大的特长就是你有实战经历。我可以介绍你去保镖机构做顾问,月薪两万。你也可以自己当保镖,差不多也能挣那么多钱。"

"谢谢,为了别人的安全,让我自己去冒险,这事我不干。"

"这让我说什么好呢,那好吧。"他咕嘟咕嘟把咖啡喝光,"我很忙,得走了,我会记着你的事。"

"好,再见。"

"以后再找我时,不必约定时间。我每天十一点来这儿喝咖啡,到时你来就行。"

我喝完啤酒,叫了一辆出租车送我回家。我想在市里到处看看。但还是我妈妈说得对,我得先找个保镖。

9

回到家时,电话显示灯正一闪一闪地发出淡淡的蓝光,我弄不清是怎么回事,就接通了电话。一个相当年轻的女孩的头像出现在电话屏幕上。

"我是接线员杰弗逊,非常高兴为您效劳。"

"谢谢……我的电话一闪一闪发蓝光是怎么回事?"

"呃?"

"电话发出蓝光是……"

"当闪烁蓝光时,说明接线员在联络你。"

"很好,我现在已跟你联络上了。"

"不,不是与我联络,请拨'9',再拨'0'。"

拨了号码后,一个形容枯槁的老妇人恶狠狠的脸出现了,"喂?"

"我是曼德拉,号码是301-52-574-3975,接线员让我和您通话。"

她看了看一旁的东西,然后在键盘上敲击着什么,"605-19-556-2027给你来过电话。"

我赶快记下号码,"这是哪儿的电话?"

"南达科他州的。"

"谢谢。"我在南达科他州没有认识的人。

我按她说的号码拨了电话,一个有几分姿色的老妇人拿起电话,"喂?"

"接线员告诉我您曾给我来过电话。呃,我是——"

"噢,曼德拉中士!请等一等。"

片刻之后,一个头像出现在屏幕上。是玛丽。

"威廉,我找你找得好苦啊。"

"亲爱的,我也是啊。你怎么到了南达科他?"

"我父母在这儿住,所以我就来了。"她伸出一双皲裂的手,"种土豆。"

"可是我到处打听你时,他们都说你父母去世了。"

"没,他们只是隐姓埋名,隐居在这儿。"

"你近来怎样,喜欢乡村生活吗?"

"在这儿待烦了,所以我才找你,这儿生活倒是安定舒适,可真是无聊透了,我实在受不了了,想寻欢作乐,自然首先就想到了你。"

"太棒了!我今天晚上八点去接你?"

她看了看手表,"别,今晚咱俩都睡个好觉,我还得把剩下的土豆装上车。明天上午十点在伊利岛机场问讯处等我。"

"好。咱们订票去哪儿?"

她耸耸肩,"你说吧。"

"伦敦可是个寻欢作乐的好去处。"

"听起来不错。要一等舱?"

"好的,咱们租个包间。"

"行,我看你都学坏了。我还要带什么衣服吗?"

"咱们走到哪儿就在哪儿买吧,轻装旅行,只要把钱包塞满就行。"

她咯咯地笑了,"妙极了,明天上午十点。"

"很好。哦……玛丽,你有枪吗?"

"情况有那么糟吗?"

"嗯,至少华盛顿这儿治安很差。"

"那好,我带上枪,我爸爸有枪。"

"但愿我们用不着枪。"

"威廉,你知道我带枪也只是装装样子,我连托伦星人都不敢杀。"

"我知道,"我们互相对视了数秒时间,"咱们明天见。"

"好的,爱你。"她咯咯地笑着挂了电话。

突然间有太多的事情需要考虑到。

我先在家里预定了两张带包间的环球飞船票——一直往东飞,停靠的站点不可数计。

乘汽车,又乘火车,用了两个多小时,我到了伊利岛机场,来得挺早,玛丽也来得挺早。

她正在问讯处和一个姑娘说话,没看见我朝她走去。她的衣服确实撩人,逆着光线看去,那衣服几乎是透明的。我不知道当时的感觉是一种单纯的欲望,还是更复杂一些。我快步走到她身后,小声说:"还有三个小时,我们干点什么?"

她转过身,抱了我一下,然后谢过问讯处的姑娘,就拉着我的手朝候机厅外走去。

"呃,我们这是上哪儿?"

"别问这么多了,只管跟我走就行了,中士先生。"她又装傻般地问我,"要不要吃点什么或是喝点什么?"

"还有别的吗?"

她一个劲地笑,好几个人都看着我们。

我们走了很长一段路程。"到了,就在这儿。"我们来到街边的一个小旅店里,她递给我一把钥匙。这是一个小房间,除了一张大床外就没什么了。我们俩趴在床上,透过单向透视玻璃幕墙看着街上的行人匆匆走过。她递给我一支大麻烟,"威廉,你已习惯那个了吗?"

"什么?"

"手枪。"

"只用过一次,买枪时试过一次。"

"你真能向人瞄准,把他打死吗?"

我慢慢吸了一口烟,朝后吐去,"我还没认真想过这事。我第一次开枪是在一颗围绕厄普西隆星旋转的无名行星上,那还是在我吃了药以后,在药效的作用下开的枪。不过如果有人先朝我开枪,我肯定会还击的。为什么不还击?"

"为了生命,"她略带悲痛地说,"生命是……"

"生命是什么? 如果那个生命不让我活下去,那我……"

"哦,你讲话怎么和科尔特斯一样。"

"科尔特斯让我们活了下来……"

"可也有好多人死了。"她打断了我的话。

我翻过身,看着天花板。

她轻轻地用指尖在我的胸膛上画着什么,"对不起,威廉,我觉得咱们都该调整一下情绪了。"

"对,还是你说得对。"

我们谈了好长时间。玛丽说她回来后去过的唯一的大城市就是苏福尔斯,她是和父母及社区保镖一块儿去的。那地方是个缩小版的华盛顿,同样问题成堆,只不过没那么严重。

我们还列举了那些让人困扰的事:暴力、不断上涨的物价、人口爆炸。我还提到了同性恋,可玛丽却说,这很正常,是不可避免的。她反对同性恋的唯一原因是姑娘们少了许多可供选择的目标。

主要问题是,社会发展了这么多年,不但没什么进步,反而今不如昔。本来人们以为二十多年过去了,最起码在某些方面会有比较明显的进步,可就连她父亲那样起初赞成战争的人也都隐姓埋名地过起了隐居生活。稍微有点才能的人都被征兵入伍,出类拔萃的人则被征为突击队员,可结果是这些人都成了炮灰。

说起来真不可思议,过去的战争常常能加速社会变革,导致技术进步,甚至能激发作家、艺术家们的灵感,可这次战争却一点也没起到类似的正面作用。如果有什么技术进步的话,那就是制造出了超光速粒子导弹和两公里长的飞船。至于社会变革,现在全世界都处在戒严中。说到艺术,我是外行,可艺术家总得反映时代的特征吧!画家、雕刻家不是歪曲事实就是丑化社会。电影也没什么情节,看起来枯燥无味。音乐中充斥着对早期音乐的怀旧情绪。建筑充其量就是给人造个遮风避雨处。文学作品荒诞至极,让人无法理解。人们似乎把大部分时间都花在想方设法钻政府的空子中,并尽力多捞些供应票,以避免生活陷入窘境。

过去,要是谁的祖国身陷战火之中,那他的国家就会不断报道战事。报纸常有关于战争的报道,不断有老兵从前线回来,有时入侵者攻到城里,于是城镇又变成了前线;炮弹在夜空中呼啸而过，人们要么是走向胜利，要么至少是尽力抵抗使失败晚点到来。不管政府把敌人说成是魔鬼还是什么，敌人总是看得见、摸得着、实实在在地存在着的。对于敌人你可以理解他们，也可以憎恨他们。

可这场战争……敌人是一些人类知之甚少的怪异生物体。这场战争对人们的主要影响是经济方面的：人们要多交税，当然也增加了就业机会。二十二年后，仅有二十七个老兵生还。就凭这几个人，甚至都无法举行一次像样的阅兵式。这场战争对于大多数人来说最主要的就是：如果战争突然结束，地球的经济就会崩溃。

要想进入环球飞船，首先得搭乘小型螺旋桨飞机，螺旋桨飞机会上升到一定高度，与飞船实现对接。一位空乘人员带走了我们的行李，然后在机务长检查了我们的枪支后，我们走进了飞船。

人们可以从飞船上瞭眺曼哈顿的景色，然而却感到失望，甚至可怕。高层建筑的一半被烟雾笼罩，整个曼哈顿仿佛建在云雾中，就像是雷雨云一样不停地飘动。我们看了一会儿就去吃饭了。

餐厅服务一流，可饭菜十分简单，几片牛肉、两种青菜，还有奶酪、水果及葡萄酒。在洲际航行中，可以钻《食物供给法》的空子，吃饭不用供应票。

飞越大西洋用了三天，其间我们过得十分惬意。二十二年前，我们离开地球时，飞船还是个新鲜玩意儿，可现在却成了21世纪初不多的几种成功的金融投机手段之一。飞船公司买下一些废弃的核武器，而一枚普通炸弹大小的钚弹就可以使整个飞船在空中飞行数年而不必着陆。这样,由运输机提供供给和维修的这种空中旅馆就成为这世界上最后一种奢侈的遗迹——尽管这世界上还有九十亿人衣不蔽体、食不果腹。

从飞船上看,伦敦的景色要比纽约好得多。尽管泰晤士河被污染,可整个伦敦上空烟雾较少。我们收拾好行李,登上了与飞船相接的小型螺旋桨飞机。降落后,我们在旅馆租了辆观光小车,手拿地图,去了摄政街,准备在庄严古老的皇家饭店用餐。

观光小车也有防弹装置,并装有回转稳定器,因此一般翻不了车。我们在街上行驶时非常小心,我觉得这儿和华盛顿一样肯定也有不安全因素。

我要了份醋泡鹿肉,玛丽则点了份鲑鱼,味道倒是蛮不错,只是价格贵得惊人。饭店大厅装修得富丽堂皇,令人目眩。虽然就餐的人不少,但整个大厅里显得很静。

我一边喝咖啡,一边问起了玛丽她父母的事。

"哦,危险的事经常发生。"她说,"爸爸从黑市上搞到些供应票,后来才知道那是假票。为这事他失去了工作,而且很可能要被判刑。正在等待审判时,一个盗尸人帮了他的忙。"

"盗尸人?"

"嗯,农村有很多这样的人,他们有时靠挖掘尸体卖给医生挣点钱。这些人在农村有一份土地,因此没有资格领取救济金。万一遇到荒年,就以盗尸为生。"

"他们和你爸爸有什么关系?"

她继续说道:"我爸爸有两种选择,一是逃到农村,过乡村生活;二是在监狱农场劳动几年后,靠领取一点救济金度日。而那时我父母的房屋已被政府没收,劳改出来后也没房子住,于是,这次盗尸人就把他的身份证、一处小房子,还有一块土地都给了我父母。"

"那盗尸人得到什么好处呢?"

"他本人没有特别的好处,只是政府把我父母的供应票保留下了,然后他得到了。"

"要是你父母被抓住怎么办?"

"这不可能,"她大笑着说,"农村为国家提供一半以上的产品,农村就是半个政府,其实政府早就知道我父母住在那儿,可是……"

"这事听起来真不可思议。"

"可这样能让土地得到耕种。"她往前推了一下盘子,"他们现在生活得很好,比城里人吃得还好。我妈妈还学会了种菜、喂鸡。"

吃完饭,我们去听音乐会,音乐很好听,充满怀旧情绪,不过像我们俩这个年纪的人怎么也不会因此而伤感落泪。听音乐还是比看电影好。第二天我们很晚才起床。

我们满怀敬意地观看了白金汉宫卫兵的交接仪式,参观了大英博物馆。吃了些鱼和炸土豆片后,又到了艾冯河畔的斯特拉特福城①观光。一切顺利,可就在我们离开该城准备去里斯本时,出事了。

下午两点左右,我们的观光小车沿一条空旷的大道行驶,拐弯时,发现一伙人正把一个人往死里打,我急刹车跳下去,用短筒防暴枪朝他们头顶射击。

他们正在殴打一个姑娘,并企图强奸她。我开枪后,大多数人四处逃散,但有一个人掏出手枪反抗,于是我向他开了枪。我记得我是瞄准他的胳膊开的枪,但子弹却击中了他的肩膀,并撕

---

① 世界戏剧大师莎士比亚的故乡,位于英格兰中部。

裂了他的半个胸膛。这家伙被打得飞出两米多远,很有可能倒地前就玩儿完了。

还有一人边跑边用手枪向我射击,稍稍过了一会儿,我才反应过来应向他还击,这时那人猛地拐进一条小巷,不见了。

那姑娘下身裸露,茫然地四周看看,她看见了那残缺不全的尸体,一连尖叫着,一边跟跟跄跄地跑了。我知道当时我应该阻止她,帮帮她,可那会儿,我怎么也喊不出声,双脚像钉在那儿一样。这时玛丽走过来。

"怎么了?"她尖叫着,看到了那个死人,"他、他干什么了?"

我站在那儿,呆若木鸡。这两年,死人我见得多了,可这一次不一样。由于电子元件出故障而被挤死,由于作战服出了问题而被冻死,或是被那些你无法理解的敌人打死,这些都算不上什么高尚不高尚。在那种情况下,死人好像是很正常的事情。可在这古老的伦敦街头,为了抢、偷那些大多数人愿意舍弃的东西而死……唉!

玛丽拉着我的胳膊,"咱们得赶快离开这儿,不然警察……"

她说得对,但我转身走了一步就摔倒在水泥路面上。我看了看那不中用的腿,鲜红的血正从小腿上的一个洞中汩汩地往外冒。玛丽从我外衣上撕下一条布给我包扎伤口。我觉得伤口不太大,还不至于让我休克,可我耳鸣得厉害,头重脚轻,眼前一片模糊。然而我还没死,还能听到远处传来的警笛声。

幸运的是那姑娘也被警察找到了。警察让我俩处于催眠状态中,然后核对我俩在催眠状态中的供词后,就让我走了。

我和玛丽想去乡下走走,散散心。可到那儿一看,情况更糟,到处是强盗,他们在光天化日之下去村庄、农场抢劫,杀人、放火之后就逃进森林。

即使这样,英国人还说他们国家是"欧洲最文明的国家"。不过从我们听到的有关法国、西班牙,特别是德国的情况来看,也许他们说得对。

我和玛丽商量后,决定缩短旅程。在真正适应这陌生的世界之前我们决不再出门。

飞船公司退还给我们一部分钱后,我们乘传统航班飞回了美国。尽管我的腿伤已基本痊愈,可在飞机上还是阵阵抽痛。近二十年来,由于枪伤病倒的人太多,人们对这种伤的治疗技术大有长进。

我和玛丽在伊利岛机场分手,她对乡村的描述吸引了我,于是我们约定,一周后我去找她,然后我就回华盛顿了。

10

我摁响门铃,一位陌生女人把门打开几厘米的缝隙,往外瞅着。

"对不起,曼德拉太太是住这儿吗?"我问道。

"哦,你一定是威廉吧。"她关上门,解开锁链,把门敞开,"贝思,看谁来了!"

我妈妈从厨房来到起居室,一边用手巾擦着手,"威廉……你怎么这么快就回来了?"

"嗯……一言难尽。"

"坐,请坐,"那女人说,"我给你拿点饮料,等我回来时你再讲是怎么回事吧。"

"等一下,"妈妈说,"我还没给你们介绍。威廉,这是朗达·怀尔德;朗达,这是威廉。"

"我一直期待着见到你,"她说,"贝思对我说过你所有的情况——来点冰镇啤酒?"

"好。"这是个挺漂亮、挺招人喜欢的中年妇女。只是我从来没见过她,我问妈妈她是不是我们的邻居。

"哦……还不只是邻居,威廉。我们住在一起好几年了,所以你回来时才有两个卧室,要是我一个人住的话,就不用两个卧室了。"

"可,怎么……"

"我没告诉你这事,是因为我不想让你觉得是由于你回来而使她无法在这儿住的。实际上,她有……"

"没错。"朗达拿着啤酒进来了,"我有亲戚在宾夕法尼亚,我可以随时去那儿。"

"谢谢。"我接过啤酒,"实际上,我在这儿待不长,我只是路过这儿去南达科他州。今晚我另找地方住。"

"别,"朗达说,"我在沙发上睡。"我有非常古旧的大男子主义思想,怎么也得让着她,争论了一会儿,我就在沙发上坐下。

我一五一十地向她们介绍了玛丽的情况,以及在英格兰发生的不愉快的事。我本以为妈妈听到我杀了人会吓坏,可她听了这事后没作任何评论;而朗达则对我们半夜还在一座城市里游荡——特别是在没有保镖的保护下四处游荡而感到惊讶。

我们天南地北谈得很晚,直到我妈妈给保镖打电话,准备去上班。

我妈妈和这女人究竟是怎么回事?这事搅得我一晚上不安宁。我决定等妈妈一上班,就问个明白。

"朗达,"我坐在她对面的椅子上,不知如何开口,"你……你和我妈妈是什么关系?"

她大口地喝了口啤酒。"好朋友,"她用一种既无可奈何又带有挑衅意思的眼神盯着我,"非常好的朋友,有时是情人。"

我顿时觉得大脑一片空白,不知所措,我妈妈会……

"听着,"她接着说,"你的思想还停留在20世纪90年代。"

她走过来,抓住我的手,几乎跪在我面前,温和地说:"威廉,我只比你大两岁,也就是说我比你早出生两年——我的意思是,我能理解你现在的感觉,你妈妈也能理解你,这……我们的……关系,大家都知道。这十分正常,二十多年来许多事情都发生了变化。你也得改变一下你自己。"

我什么也没说。

她站起来,很严肃地说:"你觉得你妈妈已经六十岁了,就不再需要爱情了吗?她比你更需要,即使是现在,特别是现在。"

她眼睛里充满了对我的指责,"特别是你从死去的过去中又回来了,这使你妈妈意识到她有多大年龄,我也意识到我有多大年龄,我们都应该再年轻二十岁才对。"她声音颤抖地说着,然后跑回她的房间。

我给妈妈留下了字条,说玛丽打电话给我,她那里发生了一起突发事件,我必须立刻前往南达科他州。然后我就走了。

一路上道路凹凸不平,路况极差,我辗转换了几次车,用了八九个小时才最终来到玛丽所在的农场,这时行李重得我几乎拿不动,笨重的手枪把屁股磨得生疼。我沿着一条碎石铺成的小道来到一座房子的门口,拉了下通往屋里门铃的小绳。

"谁啊?"厚厚的木板门后的声音已听得不甚清晰。

"我是外地人,想问问路。"

"问吧。"也听不出是女人还是小女孩的声音。

"去玛丽农场怎么走?"

"请稍等,"她走开了,然后又回来了,"朝南走一点九公里,然后你会看到右边有一片土豆和绿豆地,或许你还能闻到鸡粪味。"

"谢谢。"

"你要是想喝水,后面有水管。我丈夫不在家,不便让你进来。"

"我明白,谢谢你。"虽然那水有点金属味,但很清凉,喝起来挺舒服。

土豆和绿豆的叶子我不是很分得清,但我想我还是能分辨出鸡粪味。

一条有车辙的小道把我引向远处一幢结构复杂、用泥和草建成的带有塑料保护罩的长方形房屋。附近有个鸡圈,看来里边的鸡不少,不过,鸡粪味倒不是太强烈。

沿这条小道走了一半距离时,就看见一道门打开了,玛丽跑出门来,手里正在缠一根细长布条。她看见了我,就非常热情地跑来跟我打招呼,问我怎么来得这么早。

"我妈妈有朋友在家住,我不便在那儿打扰。我想我应该早点给你打个电话。"

"确实,你该早打个招呼,那样会使你少走不少路。不过我们这儿有的是房间,绝无问题。"

她领我进屋后,我受到她父母的热情招待。他们虽然上了年纪,但看起来身体还很硬朗,脸上的皱纹也很少。

午餐吃得很随意,他们没有杀鸡,而是开了一罐牛肉,还蒸了些白菜和土豆,味道和在伦敦时吃的差不多。

在享用咖啡和山羊奶酪时(他们说很抱歉,没有酒了,要再过几个星期新的葡萄酒才能酿好),我问我可以在这儿干些什么活。

玛丽父亲说:"你来我们这儿真是天意,由于人手不够,我们有五英亩地在那儿闲着,明天咱们可以先开出一英亩地来。"

"还种土豆吗,爸爸?"玛丽问。

"不,这个季节不种土豆,我想种大豆,这是经济作物,对土地也有好处。威廉,晚上咱们轮流值班放哨,现在我们有四个人了,可以多睡会儿觉了。"他喝了一大口咖啡,"还有……"

"理查德,"玛丽母亲说,"给他说说温室的事吧。"

"对,还有温室,离这儿不远有一间两英亩大的温室,里面主要种有葡萄和土豆。旁边就是娱乐中心。人们每周都要去那里待上半天。

"你们俩今晚就去那儿玩吧,让威廉看看咱们这儿的夜生活,那里可以下跳棋呢。"

"爸爸,你可别把这儿的夜生活说得那么惨。"

"当然没那么惨。那儿还有个蛮不错的图书馆,与国会图书馆联网的。听玛丽说,你喜欢读书,这太好了。"

"听起来不错。"确实如此,"可值班放哨是怎么回事?"

"我带你看看地形。"说着,理查德先生带我来到一个用很高的支柱支撑起来的塔状小屋旁。我们沿着一条绳梯,从小屋底部中央的一个小洞爬了上去。

"两个人在这儿是挤了点。"理查德先生说,"坐下休息一会儿。"在小屋洞口旁的地板上有个旧的钢琴凳,我坐了上去,"这儿视野开阔,哪个方向都看得见,只是不要老盯着一个地方看。"

他打开一个木箱,拿出一支用油布包着的、保养良好的步枪,"知道这是什么枪吗?"

"当然知道。"在军队进行基础训练时就是整天抱着这玩意儿一起睡觉的,"这是T16型、半自动、点一二口径,转筒式陆军专用步枪。老天爷,你是从哪儿搞到的?"

"从政府拍卖会上买的,如今这可是独一无二的枪了。"他把枪递给我,我咔的一下把枪打开,枪膛里一尘不染。

"这枪用过吗?"

"差不多一年没用了,子弹太贵,舍不得打靶用,不过你还是打两枪试试,找找感觉。玛丽连试都不想试,她说她早就打够了。我也不想逼她,不过,一个人要对自己的武器有信心才行。"

我咔嗒一声打开保险栓,瞄准一百一十米到一百二十米开外的一个泥块,扣动扳机,子弹飞出枪膛,击中了泥块。

"很棒。"我把枪重新上了保险,把枪递给他,"一年前是因为什么用的枪?"

他把枪仔细地包好,"来了一帮人抢东西,我开了几枪就把他们吓跑了。他们知道这儿的农民过得不错,各家各户都有点钱。再说,我们这儿的人家都住得比较分散。这些人从城里来,只抢一个地方,抢完东西就跑。他们特别喜欢抢住在路边的人家。"

"住在路边的人可就惨了。这太不公平了。"我说。

"他们也得到某种补偿,他们只上交我们缴的粮食的一半,另外,他们还配备有重型武器。"

玛丽和我骑自行车来到娱乐中心,由于天黑,我跌跌撞撞地,一路上摔倒了两次。这地方比理查德先生描述的好多了。在各种自制鼓的伴奏下,一个少女正在跳舞,跳得很美。后来才知道,她是个中学生,在这儿跳舞是她们的"文化活动"课的内容之一。

实际上,这儿大部分青年都是学生。这些学生在学会读书、写字并通过基础文化考试后,每年就只学一门课,而这门课有时只需签字就可通过。原来我们在门户星1号时还对十八年义务教育制度感到吃惊,现在我明白是怎么回事了。

第二部 中士曼德拉

还有些人在做游戏、读书或是聊天。酒吧提供豆奶、咖啡和自酿的淡啤酒。在这儿,看不到粮食供应票,这儿的东西都是自产自销。

一些认识玛丽并知道我是一个退伍老兵的人和我们聊起战争。他们对战争的看法相当一致——他们对国家拿出这么多的税金来支持这场战争表示愤怒。他们觉得托伦星人对地球构不成威胁。不过他们也承认,世界上几乎一半的就业机会是这场战争提供的,如果战争结束,全世界的经济就会彻底完蛋。

玛丽和我回到家时已经是半夜了。我们俩又轮流放了两个小时的哨,夜里没睡好,第二天老是感到昏沉沉的。

拖拉机是原子能驱动的,尽管功率不大,但在软土中还是能缓缓地前行。然而,很明显的是,这五亩长期闲置不用的土地很少有软土,我们犁得相当费劲。第一天只犁了一分地,以后每天能犁两分地。

活儿虽然很累,但心情不错,我们还一边干活,一边戴着耳机听音乐,晒太阳。我想,如果一辈子就这样下去倒也不错。可就在这时,一切都结束了。

这天晚上,玛丽和我正在娱乐中心读书,就听到路边依稀传来枪声,于是我们决定马上回家。半路上,有人从左侧向我们开枪。看得出来,他们人不少,而且是有组织的。我们扔掉自行车,沿着路边的水沟连滚带爬地拼命往家赶。子弹在头上乱飞。一辆重型卡车轰隆隆地开过来,不时地从左右两侧射击。用了二十多分钟,我们才爬回家。附近的两幢房子都被烧了,我们的房子幸免于难。

我们冲进屋子,看到两具陌生人的尸体;而玛丽母亲躺在地板上,已奄奄一息,血从上百个小伤口中往外流。起居室里一片碎石和瓦片。那两个陌生人肯定是从窗子跳进来,准备抢劫,然后又有其他人扔进来炸弹。我让玛丽照顾她妈妈,就跑向后院的小屋处。

爬上小屋一看,理查德先生正坐在那儿,头靠在枪旁,左眼被子弹打穿,鼻梁上还有干了的血迹。

我把理查德先生的尸体放好,用我的衬衣将他的头盖住。

玛丽抱着她妈妈,尽量让她舒服一点,她们正轻声说着什么。玛丽手中拿着我的短筒防暴枪,另一支枪放在身边。我进来时,她冲我点点头,没有哭出来。

她妈妈喃喃地说了句什么,玛丽问我:"妈妈想知道,爸爸死时是不是很痛苦。"

"不,我敢肯定他当时没感觉到什么。"

"那就好。"

我查看了一下窗子和门,觉得位置不是很有利,就说:"我到房顶上去,要是没人进来,就不要开枪,也许他们会以为这儿没人住。"

我刚爬上房顶,就看见一辆重型卡车隆隆地开来。从瞄准镜里看到,车上有五个人,四人在驾驶室,还有一人在后面架着机枪,车上堆着抢来的东西。那人蹲伏在两个冰箱之间,但我还是一枪命中了他。我停止了射击,以免引人注意。卡车在房前停下,我瞄准司机,扣动扳机,子弹被防弹车窗挡住,车窗上只留下几道裂纹。这时这名黑衣司机开始还击,子弹流水般在我头顶扫过。由于我使用的T16型步枪射击时没有火光,声音也不大,所以他们没发现我的具体位置。

我大声让玛丽隐蔽好,就瞄准汽车的油箱,油箱中弹爆炸,那几个人炸得尸体横飞。

我从房顶上下来,跑进屋里,玛丽抱着她妈妈,欲哭无泪,只冲我点了点头,"亲爱的,打得好。"

她没再说什么。空气中弥漫着辛辣、呛鼻的烟味和腐肉味。我们俩一直相拥到天亮。

我本来以为玛丽母亲睡着了,可在阴暗的灯光下,她的眼睛瞪得很大,眼球上有层薄膜,呼吸短促,肤色像羊皮纸一样呈灰色。我们和她说话,她也不回答。

这时传来汽车驶近的声音,我提着枪走了出去。一辆自动卸货卡车驶来,车的一侧披有一块白布,有人在车上用喊话筒喊道:"有没有受伤的,有没有……"我朝卡车招招手,示意汽车开过来。他们用临时担架将玛丽母亲抬上车,并告诉我们随后去医院找自己的亲人。我们想随车一起去的,可车上伤员太多,没我们的地方。

天已大亮,玛丽不愿回屋去,因为她不想看到那些刚刚被打死的人。我回到房间,拿了些香烟,硬着头皮看了看四周,一片狼藉。然而这倒并不使我难受,使我难受的是,到处是一堆堆的人肉,还有蚂蚁、苍蝇,以及那令人作呕的味道。唉,人死在太空中可比死在这干净多了。

我们把玛丽父亲埋在房后,不一会儿,那辆卡车又把裹尸布包着的她妈妈的瘦小尸体送来了。我们将两位老人葬在一起。过了一会儿,乡里的卫生车来了,几个戴防毒面具的人把屋里那些强盗的尸体拉走了。

11

我们俩坐在灼人的阳光下,玛丽终于哭了,默默地哭了好长时间。晚上我们住在南达科他州的旅馆里,这一夜,我们谈了很多,几乎没睡觉。谈话内容大致如下:

地球不是我们久留之地,而且有迹象表明,它还将每况愈下。现在地球上已没有丝毫值得我们留恋的了。

可我们要去太空,就不得不再次参军。

因此我们决定再次服役去太空,否则就得继续在这儿与罪恶、拥挤、肮脏一起生存。

军队曾许诺,如我们再次应征入伍,就让我们当教官,而且如果我们愿意的话,去月球也行。这样的话,即使过的仍然是军队生活,但也比以前当士兵时强多了。

除去战斗外,我们觉得在太空比在地球上强得多。

于是我们决定,第二天就去迈阿密再次入伍。

"你们不是首批回来的老兵吗?"负责征兵登记的官员是个长胡子的双性人,"上次来了九个老兵。"她声音沙哑地说,"他们都选择去了月球,没准儿在那儿你们能与许多老朋友重逢。"她递过两张表格,"在这上面签个字,你们就又成为军人了,中尉军衔。"

我仔细地看了看表格。

"上面怎么没有他们在门户星1号上许诺的那些条件呢?"

"不必了吧,军队将……"

"这绝对必要,中尉。"我和玛丽又把表格还给她。

"我查一下。"她走进另一间办公室,不一会儿我们听到嘀嘀嗒嗒的打字声。

她又拿回那两张表格,并附有另外一张,只见在我们的名字下面印有"准许选择去月球,并任命为战术教官"的字样。

我们做了体检,又定做了作战服,安排好财务事宜,于次日乘上航天飞机,很快就到了月球的可雷玛迪基地。

有些爱开玩笑的人在临时军官宿舍的门上刻上了"入此门者,请放弃所有希望"的字样,我们在宿舍内找到了为我们准备的双人小卧室,然后开始更衣,准备去用餐。

有人敲门,"长官,信件。"我打开门,一位上士正站在那儿向我敬礼。我愣愣地盯了一会儿,才意识到自己现在的身份是军官,于是马上回礼。他递给我两份内容完全相同的传真,我将其中的一份递给玛丽。传真的内容令我和玛丽目瞪口呆。

委任状

下列提名人员:

曼德拉·威廉,中尉(编号11575278);玛丽·玛丽,中尉(编号17386907)。

任命:

曼德拉为二排战术教官。

玛丽为三排战术教官。

任务如下：

具体指挥步兵排执行"特德2号"坍缩星作战方案。

上述人员须立即前往基地运输营报到，出发前往敌星球。

签发号：1298-8684-1450

签发日期：2019年8月20日

签发人：总指挥奥瑟·斯戴夫克姆

"他们可真有点迫不及待啊，不是吗？"玛丽愤愤不平地说道。

"这命令肯定早就签发了，特遣军司令部离这儿那么远，他们甚至不可能知道我们归队了。"

"可咱们……"她说不下去了。

"这命令保证我们得到了自愿选择的工作，但没人保证过这命令不会立即下达。"

"真是太卑鄙了。"

我耸了耸肩膀，"这就是军队。"

但我还是有一种无法摆脱的、像是要回家的感觉。

第三部

中尉曼德拉

公元2024年至2389年

"简直是催命,太卑鄙了。"我盯着排里的桑特思特巴上士说道。

"没错,"桑特思特巴说道,"可我们必须立即执行命令,要不会把事情搞砸的。"他是个惯于就事论事的人,说话直截了当,还是个瘾君子。

士兵科琳丝和海勒戴尔走了过来。她们手拉着手,而且自己好像完全没有意识到这一点。"曼德拉中尉,"科琳丝声音略带沙哑地问道,"我们能在一起多待一会儿吗?"

"就一分钟,"我不假思索地答道,"五分钟之后出发。抱歉。"

看到她们两个在一起的样子真是于心不忍。她们谁都没有战斗经验,但她们知道其他人都是身经百战,也清楚参战后她们重逢的机会几乎为零。她们退缩到一个角落里,喃喃私语,动作机械地相互拥抱着,没有热情,海勒戴尔看上去则显得冷峻、木讷。她本来是两人中长得更漂亮的一个,可现在她的风采已荡然无存,徒有一副匀称却又乏味的躯壳。

离开地球后没几个月,我就对公开的女性同性恋者见怪不怪了。而对于男性同性恋,我至今也无法苟同。

我脱下衣服,倒退着进入了蛤壳状的作战服。新式作战服比原先的可复杂多了,配备了全新的生理监视系统和创伤急救设备。虽说穿起来麻烦点,但相比被炸开作战服而丢了性命,还是值得的——那样我们就有机会回家享受丰厚的养老金,并享用那些体现着我们往日辉煌的假肢。

不过人们早已经在谈论断肢和其他器官再生的可能性了,特别是那些缺胳膊少腿的,但愿他们能早日如愿,以免天堂星上挤满断臂残腿的残障人士。天堂星是一颗新近才开发的,集医疗、休闲、娱乐功能为一体的行星。

我按操作规程完成了所有着装程序,作战服随即自动关闭。我情不自禁地咬紧牙关,以忍受内部传感器和流体管道插入身体时可能产生的疼痛感。这不过是一种条件反射式的、瞬间的神经反应。实际上,你所感觉到的不过是稍稍有些迷乱,而非千刀万剐般的疼痛。

科琳丝和海勒戴尔正在穿作战服,其他十几个人也基本着装就绪。我朝三排的集合地走去,再次向玛丽道别。

她也已着装完毕,迎面向我走来。我们相互拍了拍对方的头盔,也许就为了那点隐私权吧,我们没用步话机。

"感觉不错吧,亲爱的?"

"棒极了,"她说道,"我服过药了。"

"我也是,现在心情不错。"我也服过药了,那些药能使人在感到乐观的同时,又不至于影响判断能力。我明明知道,我们多数人可能会阵亡,但对此却丝毫不觉得懊丧,"今晚一起过夜好吗?"

"假如我们今晚还都在这儿的话。"她不动声色地说道,"没准儿为那事也得吃药。"她强装着笑脸,"我是指睡个安稳觉。你那儿新来的人感觉如何?来了十个吧?"

"对,是十个。他们感觉还不错,也服了药,四分之一的剂量。"

"我也是这么办的,好让他们放松点。"

事实上,桑特思特巴上士是排里除我之外唯一参过战的老兵。另外四个下士在联合国探测部队服役也有些日子了,可从未打过仗。

这时,耳机里传来了指挥官科尔特斯的声音:"两分钟准备时间,命令手下人列队。"

和玛丽匆匆道别后,我急忙赶回排里。大家似乎没费什么事就着装就绪,我随即命令他们列队待命。这短暂的等待在我们看来是那么漫长。

"好吧,立即登——""船"字还没出口,我面前的机舱门就打开了——此时的集结区早已充满了血雨腥风——我命令手下的男女士兵登上了登陆艇。

这些新型登陆艇看上去像地狱一样可怖,准确地说,这艘所谓的登陆艇不过是一个四面透风的框架,上面到处都是用于固定乘员的夹子。船头和船尾分别配备着回旋式激光炮,炮的下方是小型大功率动力装置。一切都是全自动的。这家伙能使我们迅速着陆并立即向敌人发起进攻。登陆艇上搭载着另一艘飞艇,那是我们当中的幸存者返航时用的。这艘飞艇看上去就顺眼多了。

我们刚固定就位,登陆艇就呼啸着从"圣·维多利亚号"飞船上腾空而起,火箭发动机射出两股强烈的火光。扬声器响起了倒计时的声音,登陆艇随之急剧加速,直扑敌星球。

我们前往攻击的这颗星球像是一块厚厚的黑色巨石,周围连一颗能够为它提供热量的恒星也没有。我们甚至连名字也没给它取。起初,只有当它遮挡住远处的其他恒星射来的光线时,我们才能捕捉到这颗无名星球的踪影。随着距离不断地接近,我们开始渐渐地看出它那基调为黑色的表面上的细微变化。我们准备在与托伦星人前哨基地相反的半球着陆。

侦察表明,敌人的营地位于一片方圆数百公里的、由熔岩构成的平原中央。跟联合国探测部队以往见过的托伦星人的基地相比,这里的设施颇显原始,但想要突袭得手,显然是一厢情愿。我们打算沿着地平线迂回飞行,然后四艘登陆艇从不同方向同时集结于与敌营相距十五公里的位置,然后迅速刹车减速,以期直落敌群,先敌开火。那儿可是无处藏身的。

当然啦,我并没有感到担忧,反倒是隐隐约约地希望自己没吃那些精神放松药就好了。

在距地面一公里时,我们又恢复水平飞行,航速也超过了行星的逃逸速度。星球像一个深灰色的巨球,在我们下方不断地翻转滚动。这时,登陆艇上大功率发动机喷出的火光照亮了四方,周围的景象使我们猛然认识到自己所面临的现实境地。

笨重的登陆艇时而滑行,时而跃迁,持续了约十分钟。突然,前部的火箭发动机射出火光,我们包裹在作战服里的躯体猛地向前扑去,急剧的减速使人感到眼球几乎要冲出眼眶。

"准备弹射。"登陆艇上响起了像是机器人发出的模仿女性的声音,语调呆板机械,"五、四……"

登陆艇上的激光炮已经开火了,无数光束急风暴雨般地射向地面,大地顷刻间燃烧起来。地面上到处都是扭曲的、交织在一起的裂痕和随处可见的黑色岩石,就在我们脚下几英尺的地方。我们还在降落,速度越来越慢。

"三。"倒计时戛然而止。突然,一道刺眼的闪光划破长空,在登陆艇的尾部压低触地的一刹那,地平线消失了。我们翻滚着,断臂残肢横飞,登陆艇也摔散了架,场面极为恐怖。这时,像一架破风车似的登陆艇好歹停了下来。我发疯似的想赶快脱身,但一条腿被死死地压在了登陆艇下。当登陆艇的一根巨梁嘎吱嘎吱地碾过我的腿时,我顿时感到一阵撕心裂肺般的疼痛。作战服内的气体从损坏处打着呼哨急速泄出。就在这时,作战服的急救系统开始运转,接着是一阵更为剧烈的疼痛,但很快,我就没有了任何感觉……不久,我感觉自己终于脱身了,剩下的半条断腿在流血,血液一接触到地面上那些黑色的岩石,顿时便凝结了。我闻到了一股血腥气,一片红晕遮住了我的视线,又迅即变成了淤泥般的棕色,最后和泥沙搅在了一起。我失去知觉,就在那一瞬间,镇静剂的作用使我产生了一个奇怪的念头:情况还不算太糟。

作战服具有非常多的保护战斗人员的功能,如果你失去了一只胳膊或一条腿,作战服里的膜片便立即以一台大功率水压机所能产生的力量紧紧夹住断肢,将它齐刷刷地切除,同时迅速封住作战服的破损处,以免有如爆炸似的急速减压使你丧命。此时,急救系统开始工作,对伤员的残肢实施烧灼术,为其补充血液,并注入欢乐汁和抗惊吓剂等。就这样,你可以很惬意地死去,如果运气好的话,还能被抬回飞艇上的急救站,当然,这要看你的战友们还能不能继续战斗直至取得胜利。

终于打赢了这一"仗"。我一直在昏睡,周身包裹着深色的被单,苏醒时已经躺在了飞船上的医务室里。医务室里挤满了人,四处挂着长长的一排吊铺,我的铺位在中间。每张吊铺上都躺着一个不是缺胳膊就是少腿,或者是两者皆俱的伤号。这还多亏了作战服的急救系统,否则我们这些人早已战死疆场了。

飞船上的两个军医对我们毫不理会,他们站在手术台旁,在强烈的灯光下,全神贯注地从事着对他们而言已经是司空见惯的血淋淋的工作。我长时间地注视着他们。侧首望去,在明亮的灯光下,溅在他们绿色手术服上的鲜血就好像是黏稠的油脂,那些裹满绷带的躯体看上去就像一台台任凭医生摆弄的古里古怪、软绵绵的机器。但这些机器可能会在昏睡中突然叫出声来,一旦出现这种情况,一旁的医务人员就一边安慰他们,一边用他们手中沾满鲜血的工具不停地摆弄。我有时看着他们,有时昏睡,每次醒来都发现自己被换到了不同的地方。

我最后醒来时,发现自己是在一间普通病房里,身体被皮带固定着,一根软管在给我喂饭,我的全身则接满了生理传感器,但身旁并没有医生。病房里还有一个伤员,是玛丽。她和我隔床。我醒来时,她还在昏睡。我发现她右臂肘关节以下已经被切除。

我没有叫醒她,只是长时间地盯着她,并试图厘清自己的情感,排除那些因服用情绪控制药物而产生的幻觉。望着她的残肢,我既没感到同情,也不觉得厌恶,只是极力地想使自己做出某种反应,但终究徒劳。在我看来,或者是出于爱?当时我实在是说不清楚。

她突然睁开了眼睛,这时我才意识到她已经醒了一会儿了,不过是想多给我一点时间思考罢了。"你好,残破的玩具。"她冲我说道。

"你——你感觉如何?"真是个绝妙的问题。

她把一根手指放在嘴唇上,这动作我再熟悉不过了,她是在思考。"我感觉自己很愚蠢,又呆又傻。唯一让我高兴的是再也用不着当兵了。"她笑了,"他们给你说了吗?我们要去天堂星了。"

"还没呢。我只知道我们不是去那儿就是回地球。"

"天堂星比地球强多了。真希望我们现在已经在那儿了。"

"还有多长时间?"我问道,"我是说还有多久我们才动身?"

她转了转身,眼睛盯着天花板,"没听说。你没和其他人谈过这事吗?"

"我也是刚醒。"

"这事他们以前并不想透露给我们——'圣·维多利亚号'飞船原本已经接到了指令,必须完成四次作战任务,所以我们本来必须继续战斗,直到任务全部完成为止,但也许是因为损失太大,无法坚持下去,所以现在中途罢手了。"

"怎么算是损失过重?"

"我也在想。我们现在损失的人数已经超过三分之一,但目前仍在向'阿尔法7号'坍缩星挺进,去执行'抢女裤'任务。"这是个新造的俚语,指的是那些以收集托伦星人的物品,或抓捕战俘为目的的作战行动。我一直试图弄清这个说法的来龙去脉,但得到的唯一解释完全是痴人呓语,一派胡言。

有人敲门,接着福思特军医走了进来。他拍拍手说道:"还是各自睡自己的床吗?玛丽,我想你已经恢复得够好的了。"他说得没错。虽说是一个地道的同性恋者,但福思特对异性恋有一种可能是出于好奇的容忍。他先后为玛丽和我检查了断肢,又把体温计塞进了我们的嘴里,我们只好闭口不言了。他讲话的时候总是表情严肃,言语粗鲁。

"对于你们,我也用不着甜言蜜语了。你们现在体内的欢乐汁多得都快漫到耳朵里了,只要不停止用这药,你们是不会因伤残感到烦恼的。为方便我自己,在你们到达天堂星之前,这玩意儿我还得接着给你们用。我现在有二十一个截肢者需要照料,要是换成二十一个精神病人,我们可对付不了。

"抓紧享受你们现在还有的平静心情吧。特别是你们俩,因为你们大概是想一生都待在一起吧。到天堂星后,会给你们安装性能不错的假肢,但每当你看见他的假腿或他看见你的假臂,你们还是会想到你们从娘胎里带来的那条胳膊和腿有多好。为对方所经受的疼痛和损失而产生的痛苦将时时刻刻缠绕着你们……你们可能一开口就脱不了吵架拌嘴,或者你们将不得不终身忍受一种沉默的爱情。

"或许你们能超越这一切,给对方力量。实在不行的话,可别欺骗自己。"

他查看了我们体温计上的读数,在笔记本里做了记录,"对这些事,医生是最明白不过的了,尽管按你们那老掉牙的标准来看,医生多少都有些怪癖。"他将体温计从我们口中取出,顺手拍了拍我的肩膀,随后又同样地拍了拍玛丽的肩膀。走到门口时,他又说道:"六小时后,我们将进入坍缩星区域,过一会儿护士会来接你们去抗荷舱。"

新型的抗荷舱比老式的更舒服,也更安全。我们一进舱就开始向"特德2号"坍缩星的引力场落去,同时紧张得近似于疯狂的规避行动也随即展开,这样做是想免受敌人的飞船的攻击。一微秒后,我们就接近了"阿尔法7号"星。

"阿尔法7号"星战役的失败早就是命中注定的。撤出战场返回天堂星时,我们损失惨重。两次战役加在一起,我们共有五十四人阵亡,三十九人肢残,只剩下十二人还有战斗力——到了这份上,还有谁想争着去玩命?

我们进行了三次坍缩星跃迁才到达了天堂星。任何撤出战场的飞船都不允许直接前往天堂星,即便是这种延误可能会使更多的人丧命。天堂星是除地球外唯一的决不允许托伦星人发现的星球。

天堂星是一个可爱的、未遭受丝毫损坏的酷似地球的地方。如果人类也能善待地球,而不是仅仅满足于自己的欲望,那如今的地球将会是怎样一幅景象——看这里,大片的原始森林,漫长的白色海滩,广袤的金色沙漠。天堂星上的几十座城市要么是完美地融和于周围的环境中(其中一座完全建在地下),要么是充分体现了人类的聪明才智。大洋城建在珊瑚礁中,透明的城顶上覆盖着足有三十六英尺深的海水;北风之神城坐落在一座被削平了顶的山上,俯瞰着周围的极地荒原;浮游城更是不可思议,这座巨大的旅游胜地随着季风周游列洲。

我们和别人一样在门户城着陆,治疗伤残人员的医院就设在这儿。门户城虽说是当时天堂星上最大的城市,但由于地处丛林之中,所以当我们脱离轨道从空中滑落时,甚至根本看不见它的踪影。唯一可辨的文明迹象是一条突然映入眼帘的跑道。延伸在跑道东侧的大片大片浓密的热带雨林,以及位于它西侧的浩瀚无垠的大洋,使跑道显得那样地微不足道,活像一块白色的小补丁。

一进入森林,这座城市的风貌便开始显现在眼前。用当地的石料和木材建成的低矮的房屋散布在足有十米粗的巨树之间,条石铺成的幽静的小路使房屋座座相连,还有一条蜿蜒曲折的观光大道通向海滩。阳光透过云层落在大地上,空气中交织着森林的清新味道和海洋的气息。后来我们才得知这座城市绵延伸展,占地竟然超过了两百平方公里,但人们可以乘地铁到达任何离得太远而无法步行前往的地方。这里的生态系统维护得非常好,整个城市和周围的丛林协调地融为了一体。同时,一切可能会构成潜在危险或影响生活舒适的因素都被全部清除。一个功率巨大的屏蔽场将大型食肉动物拒之城外,同时也使某些昆虫无法靠近。当然,这样做是以没有这些昆虫也不会影响城内植物正常生长为前提。

我们跌跌撞撞连滚带爬地朝最近的一座建筑物奔去,那里是医院的伤员接待处。医院的绝大部分全部位于地下,地上地下共有三十层。大家接受检查后都得到了自己的病房,我本想和玛丽一起住个双人间,但这里从未有过这种安排。地球上已经是2189年了。照此算来我都二百一十五岁了,上帝,我可不是一个靠施舍度日的可怜老头——不,我可不是。听给我检查身体的大夫说,我们多年来累积起来的薪金将从地球转到天堂星来,算上附加利息,我竟然也成了十亿富翁,真是不好意思。那大夫还说,想在天堂星上挥霍掉我手头的那笔巨款根本用不着费事。

医院首先处理那些重伤号,待轮到我接受手术,已经是几天以后的事了。当手术后我在病房里醒来时,发现断腿上已经嫁接了假肢。假肢是用闪闪发亮的金属制成的,有活动关节,在我这外行人看来,那玩意儿活像是剥去了皮肉的人的腿骨和脚骨,令人感到毛骨悚然。假肢浸泡在一个透明的液体袋里,上面伸出的一条条导线连接在床头的一台机器上。

一个助理军医走了进来,"感觉怎么样,长官?"我当时真恨不得告诉他别叫我什么他妈的长官。见鬼,我已经离开军队了,这会儿正在养伤呢。但也许对他来说,按军队的规矩尊重像我这样军衔高于自己的人,会使他觉得舒服些。

"说不清,多少有点疼。"

"这很正常,疼的日子还在后头呢。等神经长成了就会好些了。"

"神经?"

"没错。"他在摆弄床头的那台机器,并查看着机器另一面上的仪表,"没了神经的腿还算什么呢? 不过是铁架子一根。"

"神经? 就像正常的一样? 你意思是说要是我想叫它动,这玩意儿就会跟着动吗?"

"那还用说。"他不解地看了看我,又接着摆弄起机器。

真是不可思议。"没想到修复医学居然发展到了这么高的水平。"

"什么医学?"

"我是说人造——"

"啊,我明白了,你是说像书里写的那样,木头腿、钩子、夹子什么的?"

这傻子怎么会找到工作的?

"对,修复医学,比如我腿上装的这个假肢。"

"听我说,长官,"他停下笔,放下写字板,"你离开地球已经很久了。你身上装的是一条腿,就像你的另外一条一样,不同的是它再也不会断了。"

"胳膊也可以这么办吗?"

"当然啦,任何肢体,还有器官,"他又开始写了起来,"肝、肾、胃,还有许多其他器官都可以。心、肺还处于研究阶段,必须使用替代品。"

"太妙了!"玛丽又可以复原了。

他耸耸肩膀,"大概是这么个情况吧。我还没出生他们就开始干这事了。你多大了,长官?"

听我一说,他吃惊地打了个呼哨:"我的天啊! 你肯定是头一拨参战的吧?"他的口音很怪。词用得还算达意,可是音全跑了调。

"你没猜错。厄普西隆星的无名行星和'尤德4号'战役我都参加了。"从这两场战役开始,人们就开始按希伯来语的字母顺序,根据被发现的先后顺序为坍缩星命名。后来发现这些该死的东西到处都是,字母不够用了,所以不得不在字母后边加上数字以应付。现在所发现的坍缩星已经排到"尤德42号"了。

"我的天!多么漫长的历史。那地球上是个什么样?"

"天晓得。只盼那儿别再那么拥挤,能变得更好些。我一年前回去过——见鬼,是一个世纪前。这取决于你怎么看待地球。在我看来,那儿简直是糟透了,所以才又参了军。"

他耸耸肩膀说道:"我没到过那地方。从地球来的人似乎都对那儿很留恋。或许那儿现在已经好多了。"

"什么,你不是在地球上出生的吗?难道是在天堂星?"难怪我无法通过他的口音判断他的居住地。

"生在这儿,长在这儿,在这儿参军。"他把笔放进口袋,又把写字板折成钱包一样大小。

"是的,长官,我是这儿的第三代'天使'了。这里是该死的联合国探测部队所找到的最好的星球。

"我得赶快走了,中尉,还有其他两台监视器要查看。"他倒退着走出了门,"有任何需要时,按一下桌上的蜂鸣器。"

第三代天使。他的祖父母来自地球,那时候我可能还是个刚过百岁的小伙子。真弄不清楚这段时间里人类已经征服了多少别的星球。丢只胳膊,还能长条新的?新鲜。

哪怕能安下身来平平安安地过几年,也不要枉费那些逝去的时光。

说到疼,那小子可没撒谎,不光是那条新腿,我全身各处都像是浸泡在开了锅的油里一样,疼得要命。为了使新生的组织能够很好地生长,医生们必须消除我身体中对外来细胞的排斥反应。我身上许多部位都长了肿瘤,得分别医治,每次医治时都疼得让人不堪忍受。我感到筋疲力尽,但还是饶有兴趣地看着我的腿在不断地生长。白色的线缓慢地变成了血管和神经,新腿先是松松垮垮地吊在那儿,然后,随着周围肌肉的不断丰满,金属腿骨也渐渐就了位。

不久,腿部的变化已不再让我感到新奇,我已经能够很平静地面对这个现实了。可每当玛丽来看我时,我还是无法掩饰自己难以控制的震惊——不等假肢上的皮肤长好,她就可以四处走动了!每次见她,我都感觉自己像是在面对一具活生生的解剖教具。但我很快就克服了这种心理。她常常过来,一待就是几个小时,要么玩玩游戏什么的,要么就交流点小道消息,有时干脆是默默地坐着,或者是看看书。

医生们为我打开腿上的模具,把机器撤走时,我腿上的皮肤已经长了一个星期。这腿可真是难看得惨不忍睹,滑溜溜的,一根汗毛也没有,还煞白煞白的,僵硬得像根金属棒。但这腿好歹还管点用,我现在已经可以站立并能跟跟跄跄地走动了。

我被转到了矫形科,以便帮助我恢复肢体运动的协调——听上去还不错,但实际上却是一次令人倍感痛苦的经历。每次矫形,我都被固定在一台机器上,听由机器同时弯曲我的双腿,可我的假肢却常常不听使唤。

玛丽住在离我很近的一个病区,也是日复一日地练习弯曲她假臂。对她而言,情况可能更糟。每天下午我们一同到楼顶平台上去晒日光浴时,我总发现她面色惨白,形神憔悴。

日子一天一天地过去了,康复治疗已不再令人感到是一种折磨,而是成了一种大运动量的训练。只要是遇到好天气,我们便一道下海游上个把小时。海上总是风平浪静的,有了屏蔽场的保护,我们也用不着担心食人鱼的袭击。别看我在陆地上一瘸一拐的,可一到了海里,却真是如鱼得水。

天堂星上唯一的刺激——一种足以唤起我们已经迟钝了的战斗神经的刺激——正是来自那片在屏蔽场保护下的水域。

每当有飞船在天堂星着陆时,屏蔽场必须关闭片刻,否则飞船就无法正常降落,甚至可能降落到海上。每当这时,总会有些动物趁机溜进来。陆地上的动物动作比较迟缓,不足为虑,但海里的就不一样了。

天堂星海洋里的霸主毫无疑问当属"鲨鱼"。人们这样称呼它不过是图个方便,尽管地球上的几条鲨鱼加在一起也只不过够它的一顿早餐。

那天闯进浴场的"大白鲨"体形中等,它已经在屏蔽场边沿游荡了好几天,游泳场里四处游动的美味佳肴早已让它急不可耐。幸运的是,每次屏蔽场关闭前两分钟都会响起警报,所以即使这位不速之客光临,水中也早就没人了。可它还是时时造访,有时甚至因为一无所获而愤怒得几乎要冲到海滩上。

这个巨型怪物身长足足有十二米,浑身上下都是富有弹性的肌肉,尾部是有如手术刀般锋利的尾翼,头部的大嘴里是两排比人的胳膊还长的利齿,巨大的黄色眼球凸出头部足有一米。张开的大嘴,即使是一个成年人站进去也决不会感到憋屈——当然如果是真能那样的话,那将会给后人留下一幅多么生动的画面啊。

我们不可能关闭屏蔽场等着它自动离去,所以娱乐委员会决定猎杀这头"大白鲨"。

第三部 中尉曼德拉

我可不愿为一时冲动而成了这家伙的开胃小菜,但玛丽小时候在佛罗里达曾经捕过鱼,所以对参加这次行动感到兴奋不已。

我一声不响地和他们一起去了,想看看他们怎么对付那家伙。

开始好像还没什么危险。

据说"鲨鱼"不会攻击坐在船上的人。有两个对这种说法坚信不疑的人驾着小船驶出了屏蔽场,船上只带了一大片牛肉。他们把牛肉踢下船,"鲨鱼"瞬间就出现在大家眼前。

我们动手取乐的时候到了。在沙滩上等候的一共有二十三个人,全是他妈的傻瓜。我们足蹬橡皮蛙蹼,头戴面具,肩背呼吸器,每人手里都拿着一根渔叉。渔叉大得惊人,装有喷气驱动装置,顶端还安装着高爆弹头。

我们一齐冲入水中,成密集队形向正在津津有味地享用自己的战利品的"鲨鱼"潜去。"鲨鱼"发现我们时,并没有立即发起进攻,而是想先将这块牛肉隐藏起来,以免在对付我们当中的一些人时让战利品被其他人偷走。它极力地想游到深水区去,但每次都被屏蔽场挡了回来,这下子,它真的发怒了。

最后,它不再顾及那片牛肉,而是发疯似的摆动身体向我们冲了过来。那场面真是惊心动魄。刚才还是指头尖般大小、遥遥在望的小东西,顷刻间就到了你身边,而且还在迅速逼近。

大概有十支渔叉击中了它——我的那支脱了靶。眨眼间,它就被撕成了碎片:它的头骨被炸烂,眼睛也被射穿,碎肉内脏散落在它所游过的血红色的航道上,但它还是冲进了我们的队列,凭着最后一口气,一口咬断了一个女人的双腿。我们立即将奄奄一息的她抬到海滩上,此时救护车已经在等候了。医生们迅速给她补充了血液代用品,并注射了抗震惊剂,然后立即将她送往医院。她最终保住了命,可还得再受假肢再植之苦。我想,猎鱼这差事还是让鱼的同类自己干吧。

总的来说,在这里度过的日子还算开心,特别是在伤痛减轻之后。没有了军纪的约束,想看书就看书,想闲逛就闲逛,自由自在。但忧患依旧,我们毕竟还是军人,准确地说,是一件件损坏了的武器,他们之所以费神费力为我们修修补补,不过是想让我们重返战场。玛丽和我的中尉服役期都还有三年。

好在我们的假肢可以正常工作后,我们还有六个月的休假。玛丽比我早两天出了院,之后一直在等着我。

我的存款已经高达八亿九千二百七十四万六千零十二美元。多亏给我的不是现金。天堂星上通用的是一种电子信用交换卡,所以,我只需带着个有数字显示功能的小仪器,就可以随意调用我的全部家当了。购物时,你只需输入店家的号码和你所购买的数量,货款就会自动地转入店家的账号。这种卡只有钱包大小,里面输入有主人的指纹密码。

天堂星的经济完全由一批批来此休闲娱乐的亿万富兵左右。吃一顿不起眼的快餐就得花上个百八十美元,在旅馆开个房间少说也得上千块。由于天堂星为联合国探测部队独家所有,这种失控的通货膨胀等于回笼货币。这是让我们的钱重新回归的最简单的办法,而且堂堂正正,毫不隐讳。

我们夜以继日地纵乐,发疯似的纵乐。我们租了架小飞机和一辆野营车,接连在外边待了几个星期,在天堂星上四处游逛,在冰河里游泳,丛林里散步,过草原,攀高山,进极地,入沙漠,无所不往。

通过调整我们自身携带的屏蔽场发生器,我们可以在任何

第三部　中尉曼德拉

条件下保护好自己。在玛丽的建议下,我们在返回文明之前登上了一座位于沙漠中的山峰,一连禁食好几天,以提高我们的感知力(或者说扭曲我们的认知力,我现在也弄不清楚)。我们背靠背地坐在山顶上,在灼人的阳光下,默默地思索着已逝去的和即将到来的人生。

随后,我们又重返奢侈无度的生活。我们游遍了天堂星上所有的城市,这里的每个城市都有它独特的魅力。最后我们还是回到了浮游城,准备在那儿度过假日的最后时光。

比起浮游城来,天堂星上其他所有城市不过是些简陋的地窖。在那儿度过的四个星期里,我们一直住在一个空中娱乐舱里。玛丽和我在那儿少说每人也挥霍了五亿美元。我们彻夜豪赌,有时一个晚上就能输上百八十万。我们遍尝佳肴,尽品美酒,只要是能对得上我们那有些不合时宜的口味的奢侈,我们都不惜一试。我们每人还有一个私人侍从,他们拿的钱绝不比地球上当少将的少。

真是绝望的纵情声色。除非战局发生了根本性的变化,否则今后三年中我们生还的希望可以说是微乎其微。我们成了某种终极疾病的受害者,我们试图把毕生的感受统统塞进这短短的半年。

我们的确也获得了某种安慰,而且是极大的安慰。尽管可能来日无多,但我们起码还能够厮守。不知为什么,我居然没有想到,就连这最起码的一点幸福也快要被无情地剥夺了。

我们来到位于浮游城一楼的透明大厅,一同品尝着一顿精美的午餐。就在这时,一个传令兵急匆匆地走了过来,递给我们两个信封。

根据我们在军中的业绩和在门户城测试的结果,玛丽被晋升为上尉,我也成了少校。我被任命为连长,玛丽被任命为副官。

但我们并不在同一个连队。

她将立即前往就在天堂星上新组建的一个连队报到,而我在就职前却必须返回门户星1号接受"洗脑"教育。

我们相对无言,默默地坐了很久。"我要抗议,"她最后有气无力地说道,"我不想接受这个任命。"

她呆呆地坐着。这可不是简单的分别,即使战争结束后我们可以返回地球了,但如果我们乘不同的飞船返航,哪怕间隔只有几分钟,坍缩星跃迁也会使这几分钟的间隔变成许多年。这样的话,当后出发的人到达地球时,先到的那个可能比他大五十岁,或者早已不在人世了。

我们在那儿坐了很久,面前的美餐丝毫也激不起我们的胃口,上下左右的美景也仿佛在瞬间消失了。我们所能感到的仅仅是对方的存在和手中那逼我们跳进生离死别深渊的两张信纸。

我们返回了门户城。我提出了抗议,但他们并不理会。我试图让他们把玛丽派到我那个连当副官,可他们说人员早就定好了。我不停地争辩,但无论我怎么恳求,他们还是那句话,"人员已经定好了"。我告诉他们,去门户星1号几乎要花一个世纪,可他们却冷冰冰地说特遣军司令部是按世纪为时间单位安排计划的。

考虑时间而不考虑人。

我们在一起整整待了一天一夜,谁也没怎么提离别的事,这样倒是很好。这不仅意味着我们将失去自己的恋人——玛丽是我连接正常生活的纽带,是我和80年代以及90年代的地球的唯一联系。对她而言,我也同样如此。我们相互为对方所连接的并不是这邪恶怪僻之地,尽管我们不得不为它而战。她乘坐的飞船起飞时,就像是一口棺材带着声响落入坟茔。

我通过计算机查看了她的飞船进入轨道的数据和离港时间,发现我可以从我们曾一同待过的沙漠里目送她远行。

我独自来到沙漠里的那座山上,玛丽和我曾在那儿忍饥挨饿。拂晓前几小时,我看到一颗"新星"从远处徐徐升起,喷射着耀眼的光,随着它的远去,光也渐渐减弱,它似乎又变成了另一颗星,越飞越远,最后终于消失在茫茫夜空。我走到山崖边,目光掠过峭壁,落在千米之下的起伏的沙丘上。我坐在悬崖边上,双腿悬空,脑海中一片空白。太阳出来了,阳光斜射在底下的沙丘上,形成了一幅明暗相衬的景象。我两次移动身子,似乎是想纵身跳下这万丈深渊,但最终我没那么做。这并不是出于对疼痛和死亡的恐惧。疼痛不过是转瞬即逝的火星,而死亡也只属于军队。那将是他们对我所取得的最后胜利——他们统治了我太久太久,然后结束我的生命。

我把这一切统统记到了敌人账上。

第四部

少校曼德拉

公元2458年至3143年

1

我当少校的那段经历回味起来真是苦涩。

中学里上生物课时,他们是怎样教我们做那种古老的实验来的?取一条水蛭,教会它从迷宫似的水渠里游出来,然后把这条水蛭剁碎,用剁碎的水蛭肉喂养另一条愚笨的水蛭。你瞧,另外那条愚笨的水蛭就能从迷宫般的水渠里游出来了。

但自我中学毕业后,他们已经大大地改进了这种实验技术。单是花在这方面的研究和开发的时间就足足有四百五十年之久。

在门户星1号上我接到命令,要我在就任一支特遣突击队的指挥官前,立即前往指定地点接受"洗脑"教育。这种特遣突击队就是他们所说的"连"。

然而,我到门户星1号受训时,他们却并没有把什么聪明的少校剁成碎肉,然后配上荷兰酸辣酱供我享用,以便启迪我愚钝的大脑。除了为我灌输三个星期的葡萄糖外,他们没有再给我补充过任何别的东西。只有葡萄糖和电极。

他们剃光了我全身的毛发,在我的头上和身上接上十几个电极,然后把我浸在一罐用氧处理过的碳氟化合物里,并将我与

千年战争

一台叫作"生命过程加速器"的计算机相连接,使我不断地接受刺激。

我猜想计算机用了大约十分钟的时间检查了我以前已经学过的军事艺术(原谅我使用这么个文雅的字眼),然后就开始给我输入新的内容了。

于是我学会了最有效地使用各种武器——从石块到新型炸弹——的方法。那些电极不仅给我输入知识,同时还使我获得了在计算机控制下的阴极动觉反馈能力:我触摸并感觉手中的各种武器,同时观察自己使用这些武器时的动作。我一遍又一遍地练习,直到能够操作得准确无误。我已经全然分不清自己所"看到"的是现实还是幻觉。我使用一把射镖器,和一群马萨伊格斗士①一起袭击村落,当我低头看自己时,发现我变得又高又大,浑身上下黑乎乎的;我跟一个面目凶残的公子哥儿在18世纪的一个法式庭院里学会了击剑;我藏在一棵树上,用夏普式步枪狙击一群在一片泥泞的田地上匍匐前进、试图偷袭威克斯堡的身穿蓝色军装的士兵。在三个星期里,我杀死了一批批的虚拟人。我觉得这一切至少是在一年多的时间里发生的事情,但实际上这是计算机使我产生的时间错觉。学习使用无用的外国武器只是训练内容的一小部分,也是最轻松的一部分。在我接受非动觉训练的时候,计算机输入我大脑中的是在四千年时间里积累起来的战例和军事理论。这些东西是我永远都不被允许忘记的。

想知道斯比奥·阿米尼林斯②是谁吗?我不想,但我知道了

---

①马萨伊人享有"格斗士"的美名,因他们在殖民时期同践踏他们牧场的人战斗而得名。

②罗马名将。

第四部　少校曼德拉

他是第三次布匿战争中耀眼的明星；冯·克劳塞维茨①坚持认为，战争是危险的领地，因此勇气是战士至高无上的品质；我永远也不会忘记那条一成不变的顺口溜似的作战条例："分队前进时宜成纵队，指挥排居前，激光枪班和中型武器班依次居中，另一个激光枪班断后，前进分队通过观察保护两翼安全，根据地形和能见度的要求派出人员保护两翼，此时排长应向军士长详细交代任务……"这是《特遣突击分队指挥官手册》里所规定的条例。我真弄不明白，他们怎么能把满满两个微缩胶片中长达两千页的东西称为"手册"。

如果你想成为一名善于折中调和的专家，从事一种你不喜欢甚至讨厌的职业，那就到联合国探测部队来，签一份契约，接受这种军官培训。

我们这支突击队，包括我在内一共是一百一十九人，我是头儿，负责指挥一十八人。

在接受计算机训练后两个星期的体力恢复期里，我没有见到我们突击队里的人，在队伍集结之前，我要向临时指定的长官负责，向他汇报。我打电话要求召见，他的副官说饭后上校在六楼的军官俱乐部见我。

我提前到六楼的军官俱乐部，想在那里先吃点东西，但发现只有快餐，于是我便要了外形看上去像蜗牛的蘑菇一类的食品，又要了点酒。

"曼德拉少校吗？"我只顾着喝第七杯啤酒，没注意到上校正向我走来。我刚想站起身来，但他示意我坐着别动，然后他扭动着笨重的身体，坐在我对面的椅子上。"我欠你个人情，起码这个晚上我不会感到无聊了，多谢了。"他说着握住了我的手，"我叫

---

①普鲁士军事理论家，以《战争论》一书著称。

杰克·凯诺克,愿为你效劳。"

"上校……"

"不要叫我上校了,我也不叫你少校。用不着那么拘谨,我们还是随便些好。我们这些老脑筋也该换换了,威廉。"

他要了一种我从未听说过的饮料。"我们从何谈起呢?"他说,"根据记录,你上次到地球去是在2007年,对吗?"

"是的。"我说。

"你好像不太喜欢那儿,是吗?"

"不喜欢。"

"那儿总是时好时坏的。"一个列兵给他端来了饮料,是一种冒着气泡的混合饮料,下面呈绿色,到了上面颜色渐渐变浅成为黄绿色。他呷了一口饮料,继续说:"一会儿好一会儿坏,我也说不清楚。总之就是这么循环往复。"

"那儿现在怎么样了?"

"我也说不准。我这儿有各种各样的报告,但很难说哪些是纯粹的宣传,哪些不是。我也有两百多年没有回去过了,我回去时,那儿简直是一团糟。但这还是取决于你是怎么看待的。"

"你这是什么意思?"

"我也不知道该怎么说,那儿的人都很亢奋。听说过和平主义运动吗?"

"没听说过。"

"这说法本来就是骗人的。实际上,那是场战争,一场游击战。

"我想军队能把特洛伊战争以来所发生的所有战争给你交代个清清楚楚,但他们还是忽略了一场至关重要的战争。

"那也是理所当然。这是场退伍老兵们的战争——是那些

第四部　少校曼德拉

'尤德38号'坍缩星和'阿尔法40号'坍缩星战役幸存者们发动的战争。他们都是同时退役的,并且他们自认为可以和联合国探测部队在地球上较量一番。他们还得到了民众的广泛支持。"

"可他们还是失败了。"

"我们还在这儿。"他摇了摇手中的杯子,欣赏着饮料颜色的变化,"实际上,我所知道的不过是些道听途说罢了。我上次回地球时,战争已经结束,但还有些零星的战斗。随意谈论这些话题可不是明智之举。"

"但这还是让我多少感到有些吃惊。"我说道,"我是说我实在想不到地球上居然会有人违抗政府的意志。"

他不置可否地哼了一声。

"最起码,那是一场革命。我们在那儿时,没人敢对联合国探测部队,或者对政府说'不'。人们已经习惯于听什么信什么了。

"这也是此一时彼一时的事。"他又坐回到椅子上,"技术问题是不存在的。要是地球政府愿意,他们完全可以控制所有人的思想和行为,从生到死。

"他们之所以没这么做是因为这样做可能是致命的。因为战争还在继续。拿你来说吧,你在接受训练时,士气真正有所提高吗?"

我思索了片刻,"即便有的话,我也不一定知道。"

"你说得没错,但是只对了一半。相信我的话,他们对让你认识到为何而战并不感兴趣。你对联合国探测部队或它所进行的战争的态度的转变,或对一般意义上的战争态度的转变只能是来自新的知识。没有人会关心你所谓的动机。原因你很清楚。"

那些杂乱无章的名称、日期、数字跳出我所获得的新知识的迷宫，浮现在我的脑海中："'特德17''阿尔法14'……'拉滋罗紧急状态委员会报告'2106年。"

"没错，还有你在阿尔法1号星上的经历。机器人是不会成为好士兵的。"

"它们会的。"我说道，"至少到了21世纪是这样。行为的条件反射将会实现将军们的梦想，为将军们建立起历史上最为强大精锐的军队，就像是古罗马的近卫军和蓝色贝雷帽部队一样。"

他一边喝着饮料，一边禁不住笑出声来，"那你就让这样的一支军队和我们装备着最新式作战服的一个班去较量较量吧。用不着几分钟就会见分晓。"

"那要看这个班里的士兵是不是还会拼死保住自己的命。他们也不得不死战而求生存。"

拉滋罗报告中所指的"那一代士兵"打出生起就不断被调教，使之成为某些人理想中的战士。作为一个整体，他们战斗力极强，嗜血成性，毫不考虑个人的安危——他们常常被托伦星人劈成碎片。同样，托伦星人打起仗来也总是奋不顾身，只不过"那一代士兵"更加勇敢罢了，而且好像是斩不尽、杀不绝似的。

凯诺克喝了口饮料，观察着杯子里色彩的变化，"我研究过你的心理分析报告，你在来这儿之前和接受训练后的心理表现基本是一致的。"

"那就可以放心了。"我一边说着，一边向招待又要了一杯酒。

"还不能那么说。"

"什么？是不是他们说我成不了一名好军官？我早就对他们说过，我不是那块料。"

第四部　少校曼德拉

"你这话说对也对,说不对也不对。想知道你的心理分析报告的结果吗?"

我耸了一下肩,问道:"那是机密吧,不是吗?"

"是的。"他说,"但你现在是一个少校,你有权了解你,包括你手下所有人的心理状况。"

"我不认为我的报告中会有什么令人吃惊的东西。"但我还是对报告的内容颇感好奇。站在镜子前的动物哪个会没有这种感觉?

"你说得没错。报告说你是一个和平主义者,也可以说是个失败了的和平主义者。你的精神极度不安。"他接着说,"但你持有柔和的心态,这种心态会使你把一种负罪感带给你的部队。"

新上的啤酒真够凉的,一口下去让我感到牙齿都冻得有些疼,"这也没什么好吃惊的。"

"如果你必须杀死一个普通人而不是托伦星人的话,我想你是下不了手的,尽管你精通各种各样的杀人诀窍。"

我不知道如何应对他的这些话,这也许说明他是对的。

"作为一名指挥官,你有一定的能力,但你却太像是个老师或者牧师——过于为别人设身处地着想,有太多的同情心。你总是期望把自己的观念而不是意志传递给别人。这就是说,你刚才对自己的评价没错,要想当一个称职的军官,你必须有所改进。"

听到这儿,我笑了起来,"看来联合国探测部队在命令我接受军官训练时早已对我了如指掌了。那么为什么偏要把我培训成军官呢?这儿好多人都是当军官的好材料呢!"

"当然,我们还有许多其他因素需要考虑,"他说,"比如,你的适应性很强,聪明而且善于分析问题。你还是参加了所有战斗并幸存下来的十一个人之一。"

"幸存不过是列兵的美德。"我忍不住说道,"但作为军官,他必须身先士卒树立榜样,他必须勇往直前率先冲过阵地。"

他清了清嗓子说道:"当你想到增援部队还远在一千光年以外时就不会那样做了。"

"这与我又有什么关系?他们为什么大老远地把我从天堂星弄到这儿来接受什么他妈的军官培训?在这门户星上至少有三分之一的人是当官的好材料。上帝,这纯粹是僵化的军事教条在作祟。"

"我想这主要还是官僚作风在作怪吧。凭你的资历,当个大头兵也太让人难堪了。"

"那不过是个服役时间长短的问题。我也只参加过三次战役。"

"那并不重要。别忘了,比起其他人来,你经历的已经够多了。没准儿那些笔杆子会把你捧成英雄呢。"

"英雄——"我喝了口啤酒,"在我们需要的时候,约翰·韦恩[1]到哪儿去了?"

"约翰·韦恩?你知道,我从来也没参加过实战,对战争史一窍不通。"

"忘了这事吧。"

凯诺克上校喝完杯子里的饮料,又让列兵给他叫了杯朗姆酒,"我将负责为你介绍各方面的情况。关于目前的战局你想知道点什么?你对现在的形势怎么看?"

我还在想着刚才提到的事,"你从来没有参加过战斗吗?"

"虽说我是个战斗部队的军官,但我从未参加过实战。你在

---

[1] 美国西部片巨星。

过去三个星期的训练中使用的计算机资源和消耗掉的能量足够整个地球用上好几天的了,对我们这些坐办公室的人来说,实在是太昂贵了。"

"可你身上的勋章说明你参加过战斗。"

"那不过是些名誉勋章而已。"

朗姆酒来了,用一只精美的玻璃杯盛着。酒面漂浮着一小块冰。酒呈琥珀色,一个亮晶晶的红色小球,大约有拇指的指甲盖儿那么大,沉在杯底。小球上漂荡着一些深红色的纤细的茸毛。

"那个红球是什么?"

"樟球,里面含有樟树酯,相当不错。尝一尝吗?"

"不,我还是喝啤酒,谢谢。"

"一楼图书馆的计算机里储存着你所需要的各种资料,我手下的人每天都会输入最新的数据。你有什么特殊问题可以去那儿。我的主要任务是安排你和你手下的人见面。"

"他们是些靠假肢和人造器官过活的人吗?或是克隆人吗?"

他忍不住笑出声来,"不是,擅自克隆人类是非法的。主要问题是,哎,你是个异性恋者。"

"那没什么关系。我对这类事很宽容。"

"是的,你的心理分析报告显示你的确是这样,但问题并不在这儿。"

"哦。"我知道他想说什么——不说细节,而是笼统地提提。

"只有感情稳定的人才有资格在联合国探测部队服役。我知道这对你来说是难以接受的。异性恋现在被认为是一种感情机能障碍,但这并不难治愈。"

"假如他们也想为我治愈的话……"

"放松点,你已经太老了。"他呷了一小口酒,"和他们一起相处并不比和其他人相处更难。"

"等等,你不会是说除我之外,我们连所有人都是同性恋吧?"

"威廉,地球上现在差不多所有的人都是同性恋了,除了千把个老兵和那些死也不肯接受的人。"

"啊?"我还能说些什么,"这看来是为解决人口爆炸问题采取的断然措施。"

"也许吧。可这办法果然奏效。地球上的人口现在已经稳定在十亿以下,死一个人或有个人离开地球,他们就加速补充另一个。"

"不是'生'的吗?"

"当然是啦,但不是用老办法。以前的旧说法是'试管婴儿',现在早就不用试管了。"

"真是不简单。"

"在'少儿培育所'里用人造子宫在八至十个月内抚育胎儿。你所说的分娩现在可能在几天内缓慢地进行,而不是像以前那样突如其来,疼痛剧烈。"多么勇敢的世界,"不再有生育时的痛苦和伤害。十亿完美的同性恋者。

"用现在地球的标准衡量,确实是完美无缺,但在你我看来,他们还是有些怪僻。"

"何止是有些怪僻。"我把剩下的啤酒一饮而尽,"你本人呢? 你也是同性恋吗?"

"我? 我可不是。"他说道,我也不那么紧张了,"实际上,我也不再爱慕异性了。"他拍了拍屁股,发出了一种异样的声音,

"我曾经受过伤,后来发现得了一种罕见的淋巴系统紊乱症,而且永远也不可能治愈了。我的下身全是用些金属塑料支撑着。用你的话说,我就是个离不了这些人造玩意儿的'半拉人'。"

"喂,列兵,"我叫了一声那个当兵的招待,"给我也来杯朗姆酒。"在酒吧里和一个无性的半残废同桌共饮,这人可能是我们这颗该死的星球上除我之外唯一的一个正常人。

"请来两杯吧。"

2

第二天和手下人头一次见了面。在他们一个个进入报告厅时,我发现他们和别人也没有什么两样,都很年轻,只是行动不那么灵活。

他们多数都是在少儿培育所里用人造子宫培育出来的孩子。少儿培育所是一个控制得很严、与外部环境隔绝的地方,只有育儿专家、教师等少数人可以出入。孩子在十二三岁离开少儿培育所时,才可以自己选个名字(姓是不能公开的,因为它属于精子和卵子的提供者,他们都是些遗传素质极高的人),从此成为一个合法的成年人。此时,他们的文化程度已达到我当时大学一年级的水平。他们中的多数人要继续接受更加专业化的教育,其余的就安排工作了。

对他们的监视是很严格的,如果有谁被发现有诸如异性恋这类的反社会倾向,那他就会被立即送去教养。要是没有任何改进的话,那就得待在教养所里,一辈子都别想出来。

被派往联合国探测部队的人年龄都在二十岁左右,大部分人在那里学习五年,然后就离开;少数"幸运儿"——大约八千人中只有一个,将被邀请参加战斗训练,这就意味着还得服役五

第四部　少校曼德拉

年。如果他们拒绝这种邀请，就会被看作有反社会倾向。在服役的这十年里，幸存下来的可能性几乎微乎其微，因为还从来没有人幸存下来。要想活命，你只能指望在你还没有参军前，战争就已经结束了，或者指望时间延滞效应使你所参加的战斗之间相隔许多年。

你可以按每年大约参战一次这样来粗略地算一下，鉴于每次战斗的平均幸存率为百分之三十四，这就很容易推算出你在这十年中能幸存下来的概率有多大。事实上，这种机会只有十万分之二。你也可以换一种方式推算，比如，用一支老式的六响左轮手枪玩俄罗斯轮盘赌的游戏，在六个弹仓里装上四颗子弹，把转轮转几圈，然后朝自己的脑袋开枪。如果你能这样连续做十遍又没让脑袋开花，那真得好好地向你祝贺了。

在联合国探测部队里大约有六万名战士，其中只有一点二个人能活着度过这十年的军旅生涯。尽管我在这里已经熬过了一半的时间，但从未认真地想过自己是不是也会有幸成为那样的幸运儿。全凭上帝了。

报告厅里的这些年经人中有多少人能意识到他们早已注定的厄运呢？我想把这些人的相貌特征与整个上午我所查阅的档案对上号，但很困难。因为这些人是按同一套标准严格筛选出来的，相貌特征都极其相似：身材高而不消瘦，体格健壮但不肥胖，聪明而不狡黠。比起我在地球时的那个世纪，地球上的人种现在已经趋于同化了。他们多数人看上去都让人仿佛看到了波利尼西亚人的影子。只有凯班达和丽琳两个人，具有明显的种族特征。但和其他那些人待在一起，他们的日子不会好过。

女人大都很漂亮，但我不好对她们评头论足。从在天堂星和玛丽分别到现在，一年多来我一直离群索居。

我一直想知道她们当中是否有人身上带有从老祖宗那儿隔代继承下来的性倾向,或者是否有人想拿自己上司的孤僻开开玩笑。但军官同下属建立性关系是绝对禁止的——多么温和的说法。事实上,违犯此项军规者,将会受到没收财产,以及军衔被降至列兵的惩罚。如果这种性关系影响了部队的战斗力,违纪者将被立即处以死刑。

他们对我调情,但那些男孩子没有一个能让我看上眼的。再过一年,他们会长成个什么模样,我不清楚。

"起立!"希利波尔中尉发出了口令。我坐着没动,报告厅里的其他人都立即立正站好。

"我是中尉希利波尔,是你们的战地第二指挥官。"这职务原来被称作"战地第一军士长"。真是妙不可言,军队已经变得头重脚轻,是个人就是官儿了。

希利波尔走上前开始对士兵们训话。看她那劲头,肯定是天天边照着镜子梳洗边扯着嗓子练习口令。我看过希利波尔的档案,知道她只参加过一次战斗,而且作战时间只有几分钟。在那次战斗中,她失去了一只胳膊和一条腿,后来也像我一样,通过医院的治疗和测试后就被重新任命了。

也许没受伤之前她也是一个很迷人的姑娘,但在植入一只断肢后就变得够呛了。

她拿出典型的"第一军士长"的派头给士兵们训话,话语严厉而又不失公正:别拿那些鸡毛蒜皮的小事烦我,耽误我的时间,一切按军衔等级逐级办理。

这时我想,要是能有时间跟她谈谈就好了,然而特遣军司令部却催着我们立即集结,以便次日登船,所以我甚至没来得及和我手下的军官谈上几句。

第四部 少校曼德拉

这怎么行呢？现在已经越来越明显了，对于怎样带领这支突击队，我和希利波尔在想法上有很大的分歧。我只管下达命令，而具体指挥权归她。但她处理问题的方法太生硬，把部下简单地分为好的和坏的。按军衔等级处理事情只能把她和部下之间的距离拉得更大，使自己完全孤立起来。我不愿意这么高高在上，我打算隔天抽出一个小时的时间来和士兵们谈谈心，士兵们如有什么委屈可以直接到我这儿来聊，或是提一些建议什么的。

在来到突击队之前的三个星期里，我和希利波尔在接受训练时都被输入了同样的程序和信息，然而有趣的是我们在带兵方式上竟有如此大的分歧。我这种"开门政策"的领导方法，在澳大利亚和美国的军队中都被证明有良好的效果。特别是像我们突击队的这种情况，每支部队都要在这蛮荒之地蹲监狱似的苦苦熬上数月甚至数年。在我上次所在的"圣·维多利亚号"飞船上我们就是这么办的，这种宽松的领导方法使士兵们普遍感到精神放松。

在她津津乐道地高谈阔论时，她让士兵们都稍息站着；训话一结束，她命令士兵们立正站好，然后把我向他们做了介绍。我对士兵们说点什么呢？我本打算先向士兵们讲些应景的话，然后阐明我的"开门政策"，最后请安特波尔船长介绍一下有关"玛萨科二号"飞船的情况；但我又突然想到，我还是先和希利波尔长谈一次，然后再向士兵们讲为好。实际上最好还是由她来向士兵们讲，这样就不会使我们俩的分歧公开化。

我正犹豫，副官摩尔上尉帮了我一把。他从一扇侧门急匆匆地走进来——他总是这样急来急去的——向我飞快地行了个礼，递上一个装着作战命令的信封。我和船长耳语了几句，她也认为可以对士兵们说明我们要开赴到哪里去,尽管命令并不要求传达给士兵。

在这场战争中,我们没必要为敌人的间谍活动而担忧。托伦星人可以在身上涂上一层漆,把自己伪装成一个四处游动的蘑菇。对此,我们了如指掌,不必担忧。

希利波尔叫士兵们立正站好,把我的情况向他们做了介绍,说我是一个好指挥官,战争开始的时候我就是个军人。她对士兵们说,如果在服役期间不想被敌人打死的话,最好跟我学着点。不过她没说明我不过是一个不想服役的普通士兵,我只是有些在战斗中保全自己性命的本事;她也没提到我曾抓住头一个机会退役回家,只是因为地球上的情况让我无法忍受,才又回到部队。

"谢谢你的夸奖,中尉。"我站到她讲话的讲台上,"稍息。"我打开那张命令,举在手中,"我有个好消息和一个坏消息要告诉大家。

"这是给我们下达的参加'特德138号'战役的作战命令。好消息是,我们不必立即投入战斗;坏消息是,我们有可能成为被攻击的目标。"

人群中稍微有点骚动,但谁也没有说什么,只是注视着我。好纪律!或者说他们是认命了。我不清楚他们对自己的前途有多少现实的认识。说实话,他们是没有什么前途的。

"命令要求我们寻找到一颗围绕'萨德138号'坍缩星运行的大行星,然后在那儿建立基地,我们要坚守基地直到有人来换防,这也许需要两年或三年的时间。

"在这期间,我们肯定会受到袭击。也许你们中有很多人都知道,特遣军司令部已经发现了敌人在坍缩星之间移动的路线,

第四部　少校曼德拉

司令部希望最终借助这条路线找到托伦星人的母星,就是说要循着这条复杂的路线,最终发现作为托伦星人大本营的那颗行星。目前他们只能派出拦截部队,阻止敌人扩大其占领区。

"总的说来,这就是作战命令要求我们完成的任务。我们是几十支拦截部队中的一支,我想我不必再三强调这一任务的重要性,如果联合国探测部队能阻止敌人的扩张,我们就能把敌人包围起来,取得这场战争的胜利。

"趁大家都还活着,我要向你们说明一件事:我们可能一登陆就被消灭,也可能顺利地占领那颗行星,在那里待上十年,然后回家。什么事情都可能发生,每个人都必须时刻保持最佳备战状态,我们还要坚持锻炼,复习以往的训练内容,特别是施工技术,因为我们必须在最短的时间内建立起基地以及配套防御设施。"

天哪,我真的学会像一个军官似的下达命令了,"还有什么问题吗?"没人作声,"现在由安特波尔船长介绍飞船情况。"

安特波尔船长在向满屋子的士兵简要介绍"玛萨科二号"飞船的特点和性能时,我丝毫没有试图掩饰自己的厌倦。那些玩意儿我在受训时就摸透了,但是她最后说的话引起了我的注意。

"'萨德138号'坍缩星将是人类所到过的最远的坍缩星,它甚至不在银河系中,而是大麦哲伦星系的一部分,距这儿有十五万光年。

"我们将进行四次坍缩星跃迁,在四个月内到达,当然是按我们的时间标准。迂回进入坍缩星轨道将会使我们在抵达'萨德138号'坍缩星时,按门户星1号的日历计算,将是在约三百年后。"

船长讲话时我在想,即使我们能活着回来,也已是七百年以后了。一切对我来说已经无所谓了。玛丽可能早就死了,这世上再也没有什么人对我有任何意义了。

"正如少校所言,你们切不可为这些数字沾沾自喜。敌人也正在向'萨德138号'坍缩星进军。我们可能与敌人同时到达。有关这一推测的数学计算相当复杂,但可以肯定,这将是一场势均力敌的竞赛……"

"少校,你还有什么要交代的吗?"

我开始起身,"我——"

"立正!"响起了希利波尔刺耳的口令。我早该料到这个。

"我只想和军官们见见面,军士长以上的军官请留下,就几分钟。上士先生们,明天0400时,带你们的人前往第67号集结区集合。在此之前,一切时间由你们自由支配。解散。"我发令说。

我把五位军官请到了我的宿舍,拿出一瓶真正的法国白兰地。这瓶酒等于我两个月的工资,可我的钱除了买点酒还能有什么其他用处呢?拿去投资吗?

我把酒杯一个个递给他们,但黛安娜没有接。她弄破了一个小药囊,放在鼻子下边,深深地吸了一下,脸上顿时出现了无法掩饰的亢奋的表情。

"首先,我想先谈一个纯属个人的问题,"我说道,又往杯子里倒了点酒,"你们是否知道我不是同性恋者?"

他们有的说知道,有的说不知道。

"你们是不是认为这会使我的指挥工作复杂化,特别是对普通士兵来说?"

"长官,我不认为。"查理·摩尔先开口了。

"没必要这么拘谨,"我说道,"特别是在我们几个当中。四

第四部　少校曼德拉

年前我也才是个列兵,当然是按我个人的时间标准算的。部队不在身边时,我就是曼德拉,是威廉。"我说这番话时就感到不大对劲,"接着讲吧。"

"好吧,威廉。"查理·摩尔接着说道,"这可是一百多年前的老问题了。你知道人们当时是怎么想的吗?"

"实话说,我不知道。从21世纪到现在,我所知道的全是军事上的事。"

"哦,是这样的……哎,是这么回事……从何说起呢?"他搓了搓手。

"是个巨大的罪行。"黛安娜干脆地说道,"就是从那时起,优生优育委员会的家伙们开始让人们接受在全球实行同性恋的观念。"

"优生优育委员会?"

"是联合国探测部队的一个分支机构,只在地球上行使职权。"她又闻了闻手中的空胶囊,"他们的想法是不再鼓励人们用生理的办法繁育后代。其一是因为多数人一旦选定了生育后代的伴侣后总是后悔不已;其二是该委员会认为种族差异给人类带来了不必要的分裂因素。通过完全控制生育的办法,用不了几代人的工夫,所有的人都属于一种族。"

我不知道事情已经发展到了这个地步,但我想这是符合逻辑的,"作为大夫,对这事你怎么看?"黛安娜是位医生。

"作为大夫? 我也说不准。"她从口袋里又取出一个胶囊,用拇指和食指摆弄着,目光呆滞,不知在看着什么——盯着在场的人都弄不清的什么东西,"从某种意义上说,这使我的工作省事多了。许多疾病都已经被根除了。但我怀疑他们对遗传学的了解是不是像他们自己以为的那样多。严格地说,这还不是一门严谨的科学。他们可能正在犯错误,而后果可能几个世纪后才能显现出来。"

她捏碎了手中的胶囊,放在鼻孔下,深深地吸了两下,"可作为女人,我举双手赞成。"希利波尔和瑞思克使劲地点了点头。

"不用再忍受妊娠之苦了?"

"这只是一部分。"她眨了眨眼,盯着手里的胶囊,最后深深地吸了一下,"主要是我再也用不着只从男人那儿找乐了。有时候男女之欢让我感到恶心。"

摩尔笑出了声,"如果你从未对那快事有所体验,黛安娜,就别——"

"住口。"她调情似的把空胶囊向他扔去。

"但那才是完美的自然安排。"我抗议道。

"那么猿人荡悠在丛林中,刨地取食以饱饥腹也是自然的完美安排了? 这就是进步,我的好少校,这就是进步。"

"不管怎么说,"摩尔说道,"异性恋在最初很短的一段时间里被认为是犯罪,人们认为它是可以治愈的。"

"对,这是一种机能紊乱。"黛安娜说道。

"谢谢。现在异性恋的确是十分罕见。我怀疑现在还是会有一些人会对此事有这样或那样的成见。"

"只是有点怪僻罢了。"黛安娜宽宏大量地说,"但绝不会把你看成是吃婴儿的恶魔。"

"是这样的,曼德拉。"希利波尔插话说,"和你在一起我一点也不感到有什么异样。"

我很高兴。这太好了。刚才我还在为怎样和这些人和睦相处而犯愁。我的所谓正常的行为在很大程度上是以性礼节的那一套不言而喻的复杂习俗为基础。我也应该像对待女人那样对待男人吗？或者对待所有人都像是对待自己的兄弟姐妹吗？我感到困惑。

我喝光了杯里的酒，放下酒杯，"谢谢大家的安慰。这正是我想和诸位谈的……你们肯定还有别的事要办，再见。可别说我把你们当战俘扣下了。"

其他人都走了，只剩下查利·摩尔。他和我决定来一次毕生难忘的纵乐，喝遍附近每一间酒吧和军官俱乐部。我们一共去了十二家，要不是我想在第二天集合前睡上几个小时的话，剩下的几家酒吧、俱乐部一间也不会漏下。

有一阵子查利试图和我调情，他表现得非常有分寸；我希望我的拒绝也是不失礼貌——但我意识到自己还需要大量的磨炼。

3

联合国探测部队的老式飞船上有很多复杂的装饰图案。后来经过各种技术改造,船体结构的坚固性能得到加强,保护性涂层已经不像以前那么重要。这一点在设计时就得到了充分体现:轻外观,重功能。唯一留下的装饰图案就是船体上的飞船的名字,"玛萨科二号",蓝色的字母仍然醒目地印在船壳上。

我们从运送我们前往登船的运输艇上清楚地看到了飞船上印着的船名。船身上有许多人正在对飞船进行维修。以他们的身形为参照可以判断,那些字母足有一百米高,飞船的长度超过一公里,船宽大约是长度的三分之一。

船虽大,但船舱里并没有多大的活动空间。在船舱的腹部,有六架大型高速战斗艇和五十架无人驾驶飞艇。我们这些步兵只能挤在船舱的一角。冯·克劳塞维茨说过,战争就是摩擦的结果。我想这次我们倒要看看他的说法是否正确。

还有六个小时我们才会进入抗荷舱,所以我先把装备放在自己今后将要待数月的单人舱里,然后去船上四处走走。

查利·摩尔死磨硬缠地把我拉进了军官休息室,让我听他品评"玛萨科二号"飞船上的咖啡。

第四部 少校曼德拉

"有点犀牛胆汁的味道吧?"他说。

"起码不是大豆味的。"我一边说一边小心翼翼地尝了一口,心里想,要是真能来点豆制品该有多好。

这是一间四米长、三米宽的小舱室,地板和墙壁都是金属的,室内有一台咖啡机和一台阅读机,还有六把椅子和一张桌子,桌子上有一台打字机。

"这个房间还不错吧?"他一边说着,一边随手打开阅读机,荧屏上闪现出一行行的资料索引,"不愧是军事理论的宝库。"他说。

"太好了,我们正好可以温习一下。"

"还想接受军官培训吗?"

"我?不。没人命令我,我是不会愿意的。"

他拍了拍某个按键,屏幕上的字迹变小了,"我报名参加了,可他们之前并没有告诉我培训是这样的。"

"没错,他们只说过我们接受培训时所获得的知识,会随时间流逝而逐渐淡化、消逝,需要不断加强。"我说。

"啊,你们在这儿。"希利波尔走进来和我们打了个招呼。她环视了一下房间,看得出她对房间里的安排很满意,"进抗荷舱之前你还想对士兵们说点什么吗?"她问我。

"不了,没必要。"实际上我想说的是"用不着"。惩戒下属的确是一种微妙的艺术。我意识到自己不得不时刻提醒希利波尔很多事并不是她一个人说了算。

或者我干脆让位,让她真正体验一下发号施令的快感。

"请你去把排长们集合起来,和他们一起温习一下我们的行动要领。我们最后还要做抗荷训练。现在可以让士兵们利用目前这几个小时好好休息。"我对她命令道。

"是,长官。"她转身走出去时,脸上还带着一丝怨气,因为我让她去做本该由瑞兰德或拉斯克做的事。

查利在椅子上挪动了一下肥胖的身躯,叹了口气,说道:"要在这可恶的地方待上好几个月,而且还是和她这种人在一起,狗屎!"

"好吧,如果你能和我好好配合,我可以不把你们俩安排在一个舱里。"

"放心吧,我将永远是你忠实的奴仆,从下星期五起。"他的眼睛盯着手中的杯子,说,"她这个人很成问题,你打算拿她怎么办?"

"不知道。"我想,查利这家伙也不是盏省油的灯,这会儿早已不把自己看成是我的下属。可是现在他已经成了我的心腹,我也不便用命令约束他。再说我也得有个贴心的人,"也许今后我们共事后会发现她这个人还不错。"

"但愿是吧。"查利应付道。

我们将要开始共事——乘同一艘飞船向坍缩星挺进。

军官休息室太狭小了,令人感到窒闷。我和查利走出了休息室,想利用出发前这几个小时在船上四处走走,查看一番。

驾驶台就像是一台巨大的计算机,不同的是没有任何显示屏。我们站在一旁,看着安特波尔船长和她手下的人维护设备。这是我们进入抗荷舱前的最后一次维护了,一进入抗荷舱,我们的命运就得全靠这些机器。

驾驶舱的前部有一扇舷窗。在那儿值班的威廉姆斯中尉这时也正好有空,所以愿意陪我们转转。进入坍缩星轨道前,他负责的所有工作都是由计算机自动控制的。

威廉姆斯用手指敲着一扇舷窗说:"但愿在这次旅途中我们

用不着这东西。"

"怎么会呢?"查利问道。

"这个窗口只在我们迷失方向的时候才用得着。假如我们进入坍缩星轨道的角度偏差千分之一,我们就会跑到银河系的另一端去。通过对最亮的恒星的光谱进行分析,我们可以确定我们的大体位置。这些光谱各有特征,只要能辨认出三种,我们就能确定坐标。"

"然后找到离我们最近的坍缩星,再返回轨道?"我追问了一句。

"是这样的。'萨德138号'坍缩星是大麦哲伦星系中我们所知道的唯一一颗坍缩星。我们是从截获的敌人情报中得知这颗坍缩星的。假如在这个星系中迷失方向,即使我们再找到另一颗坍缩星,也无法进入它的轨道。"

"如果是这样,那可就太糟糕了。"我说。

"我们也未必真的会迷失方向。我们可以钻进抗荷舱,对准地球开足马力飞回去。以飞船上的时间计算,三个月左右就可到达地球。"他戏谑地说。

"是啊,但在地球上那就是十五万年以后了。以25G的加速度加速,用不了一个月,我们的飞行速度就能达到光速的十分之九。"

"这真是件麻烦事,但至少我们能活着看到谁能赢得这场战争。"

他的这番话使人不禁想知道会有多少士兵能以这种方式脱离战场。已经有四十二支特遣突击队不是被歼灭就是不知去向,他们很有可能正在以准光速穿越太空,并可能在几个世纪的时间里一个一个地奇迹般地出现在地球上。这真是一个绝好的开小差的办法。

我和查利又去看了健身房。健身房一次能容纳十几个人在这里锻炼。我让查利为全体人员建立了一个锻炼时间表,以便安排他们在工作之余每天都能够到这里来锻炼上个把小时。餐厅只比健身房稍大一点。尽管飞船上每天分四次开饭,那儿仍然拥挤不堪。士兵的休息室分为男女两个,条件比军官休息室差多了。这一切使我意识到,要想在这几个月的漫漫征途结束之前保持部队的士气,绝非易事。

我们随后又来到了军械库。军械库就像健身房或餐厅那么大,面积相当于两个休息室加在一起。军械库是该大一点,步兵武器在过去几个世纪里有了长足的进步。当然,最基本的步兵武器还是作战服,但比起御夫座阿尔法坍缩星战役之前我所穿的作战服来要复杂得多。

瑞兰德中尉是军械官,现在他正带着四个从各个排抽调来的士兵对存放的武器做最后一道检查。这或许是飞船上最重要的工作了,飞船在以25G的加速度高速飞行时,要是照料不好这些成吨的爆炸物品和放射物品的话,后果将不堪设想。

我对中尉还了礼,"一切都正常吗,中尉?"

"是的,长官。只是这些该死的武器有些问题。"他是指在静态场中使用的那些武器,"它们很可能被折弯,但愿别把它们弄断了。"

我不懂静态场原理,因为我读物理学硕士时还没有静态场这一概念,那时的物理学不同于现代物理学,其间的差距就如同伽利略与爱因斯坦两个时代的物理学之间的差距一样大。但是我大体知道静态场效应。静态场中没有电磁辐射,无电、无磁、无光。

第四部　少校曼德拉

在静态场中,一切常规武器都会失灵,所有生命,不论是人类还是托伦星人,只要他们陷入其中又没有适当的绝缘保护,都会在瞬间死亡。

这样看来好像我们有了置敌人于死地的武器,在最初的五次战斗中,托伦星人的基地被完全摧毁,而我们没有任何伤亡。只要我们携带着静态场发生器到敌人阵地,就可以把他们完全消灭。然而事实并非如此,当我们使用静态场武器已达到六次时,托伦星人已有了准备,他们穿着防护服,手执锋利的矛,用长矛就可以刺穿我们携带静态场发生器的士兵的甲胄。

尽管配备这种武器的特遣突击队有十几个,但迄今为止,我们只见到三份关于使用静态场武器作战的详细的报告,他们有的或许正在作战,有的可能还在路上。不等他们回来,我们就不可能进一步了解这种武器的性能。但是,只要托伦星人还控制着占领区,上级是不会轻易把他们撤回的。

"这次我们使用静态场吗?"瑞兰德问。

"也许。但开始先不用,至少在托伦星人赶到那儿前不用。一天到晚待在作战服里让我受不了。"

我看了一下手表,说:"我们再到抗荷舱走走,上尉,看是不是一切都安排就绪了。再过两个小时就要开始进入坍缩星轨道的程序了。"

抗荷舱所处的房间看上去像个巨大的化工厂,那房间足有几百平方米,里面装满了各种各样的涂成灰色的设备。八个抗荷舱对称地设在中央电梯周围,有点不协调的是其中有一个比其他的大了足有一倍。那是个指挥舱,是为高阶军官和专家们准备的。

布莱恩斯基中士从一个舱后面闪了出来,向我们行了个礼。我并没有向他还礼。

在四周的一片灰色中,我突然看到一个特殊颜色的东西。

"哎,那是个什么东西?"我问。

"是只猫,长官。"中士答道。

"你倒是敢讲实话。"那是一只体型巨大的猫,身上有鲜明的斑点,坐在中士的肩膀上,"你弄这猫在这儿干什么?"

"它是我们维修班的吉祥物,长官。"那猫懒洋洋地抬起头朝我叫了一声,然后又缩回身去。

我转过脸来看着查利,他向我耸了一下肩。于是我对中士说道:"这确实有点残忍。你怎么把猫弄到这儿来了?当飞船加速度达到21G时,它就会粉身碎骨。"

"噢,不会的。我们是在门户星1号的一家商店买来的这只猫,买来之前它已经被基因改良了。很多飞船上都有猫。这也是经过船长允许了的。"

是的,船长有这个权力,机械维修人员接受我和船长的双重指挥。飞船是归船长管,她允许了的事我也不好再说什么。"你们为什么不去弄条狗?"上帝,我痛恨猫,它们总是偷偷摸摸地溜来溜去的。

"不行,长官。狗还不能适应,经受不住失重航行。"

"你们是否还得为这东西在抗荷舱里做些特殊的安排?"查利问道。

"没必要,长官。我们还有一张多余的床。"真是太妙了,也就是说这回我得和只畜生共居一室了,"我们只不过要把安全带缩短一点。一种药物已经使它的细胞膜得到了加强。"

查利摸了摸那个生灵的耳朵后部,它有气无力地叫了一声。

"怎么看上去木呆呆的。我是说这猫。"

"我们已经提前给它用了药。"难怪它那么无精打采的,给它服的药已经把它的新陈代谢减缓到刚刚能维持生命的水平,"这样可以比较容易地把它固定在床上。"

"那就好。"我说道,我想这样可能对保持士兵们的士气有好处,"可我得把丑话说在前头,要是它碍手碍脚的,我就会立即采取措施。"

"是,长官!"他说道,看上去像是松了口气。他或许在想我决不会对这个可爱的小家伙下手的。

查看完这个地方,最后剩下的就是机库了。在这个巨大的库房里存放着许多架战斗艇和无人驾驶飞艇。所有飞艇都被牢牢地固定在巨大的架子里,以防飞船加速时遭到损坏。

查利和我一同来到机库的门前想看个究竟,但门上没有舷窗。我知道另一侧有个窗户,但仅仅为满足一点点好奇心而绕一大圈实在不值,所以我们也就作罢了。

我开始觉得自己好像是多余的人。我给希利波尔打了个电话询问她那里的情况,她报告说情况一切正常。想到还有大约一个小时才开始行动,于是我们回到了休息室,在计算机上玩起了军棋游戏。刚玩到兴头上,抗荷准备的警报声就响了起来。

抗荷舱使用超过五个星期,它的安全概率就会下降到百分之五十,也就是说你可能在头五个星期里浸泡在抗荷舱中而安然无恙,但这时间一过,有的阀门或管道就可能出现故障,一旦出现这种情况,你就会像一只被踩在巨人脚下的昆虫,顷刻丧命。实际上,很少出现使我们必须连续两星期使用抗荷舱的情况。像以前的航行,我们在里面待十天就够了。

五个星期或是五个小时,对抗荷舱里的人来说是无所谓的。一旦压力上升到一定的水平,你就丧失了时间流逝的感觉。你会感到自己的身体和大脑都凝结成了固体,所有的感官都停止了工作。一连几个小时,你可能只会不断地呼唤自己的名字。

所以,当我的身体突然变"干"时,我丝毫没有感到时间的流逝,但这并没有让我感到惊奇。那地方简直就成了哮喘病人的聚集地。三十九个人外加那只猫都在不停地大口喘着气,咳嗽声喷嚏声响成一片,人们好像是想把体内的氟化碳的残余清理干净。我正在整理我的安全带时,抗荷舱的侧门打开了,刺眼的光线射了进来。那只猫头一个跑了出去,跟在后面的人乱作一团。可能是为了保持军官的尊严,我等到最后才出来。

抗荷舱外一片混乱,百来号人在那儿手忙脚乱地整理自己的装备。尊严!在一群衣冠不整的女士兵的包围中,我目不转睛地盯着她们的脸,脑子里开始运算一道高难度的微积分方程,一面极力地压抑着自己某种本能的反应。虽说是权宜之计,但它还是使我体面地来到了电梯旁。

希利波尔在大声地下着命令,让士兵们列队。所有的门关上时,我发现有一个排的人作战服上都带着划痕,从头到脚。二十双乌黑的眼睛。我必须和维修人员和军医们谈谈。

当然是等穿好了衣服再说。

通过鲁德科斯基,奥本在飞船上建立了一套以酒为主的经营体制,其运作方式大致如下:士兵在每次进餐时都有一碟非常甜的免费甜点——果冻、牛奶蛋糕或果酱饼。如果你受不了它的甜腻,就可以把它交给鲁德科斯基,鲁德科斯基把甜点倒入一只发酵桶里酿酒,然后给你开一张十美分的凭单,这十美分的凭单积攒起来可以买酒。酒坊共有两个发酵桶,一个在酿酒时使用,另一个用来收集甜食。

鲁德科斯基酿造的酒卖十美元一升。五个人一个星期每日三餐的甜点都倒掉,凑起来约可买一升酒。这些酒足够开个晚会了,但还不至于损害他们的身体。

黛安娜告诉我这件事,并带来一瓶鲁德科斯基酿的酒。这酒的口味真是糟透了,经过这么多人的手传到我这儿,一瓶酒才下去了几厘米。

这酒有一种草莓和蒿子混合的味道。黛安娜很爱喝这酒,她痛饮起来,我只倒了一杯,兑上一些冰水,喝了两口就不喝了。没过一个小时,黛安娜就喝得酩酊大醉。我只倒了一杯,而且没有喝完。

我并没有更多地留意黛安娜,只是听见她在喃喃地说些什么。突然,她扭过头来,像小孩子那样毫不掩饰地紧紧地盯着我。

"威廉少校,你遇到真正的难题了。"

"问题再大也赶不上你明天早上将要遇到的麻烦,黛安娜中尉。"

"哦,是吗?"她醉醺醺地把手在面前摇了摇,"我顶多来点维生素,打点葡萄糖就行了。你那问题才是真正的麻烦。"

"听着,黛安娜,难道你不想让我——"

4

我们的飞船保持1G的加速度飞行了三个星期,偶尔也借由惯性前进一段距离,以便调整飞行速度和方向。"玛萨科二号"飞船先是兜了个大圈,飞离"瑞西10号"坍缩星轨道,然后再飞回。一切情况正常。士兵们状态良好,都适应了飞行。我尽量减少官兵们的工作量,给他们尽可能留出更多的时间来做些体能训练。我认为这样做对他们有好处,但并不认为他们也这么看。

以1G的加速度航行了大约一个星期之后,列兵鲁德科斯基(厨师助理)弄了个小酒坊,每天大约酿制八升烈酒。我并不想禁止他喝酒,这里的生活够枯燥乏味的了,只要不影响工作,有节制地喝点酒我也不在乎。但令我感到纳闷的是,他是怎样在我们这完全与世隔绝的环境里弄来原料的,别人又是怎样支付酒钱的?于是我让黛安娜去调查一下。她找了吉蔚尔,吉蔚尔问了卡里拉丝,卡里拉丝去向奥本厨师了解情况,最后才知道这全是奥本上士一手策划的。

如果平时我和士兵们一起进餐的话,还会发现一件怪事正在周围上演,但这事并没有涉及军官。

"你应该和威尔德思谈谈。"威尔德思是男性性生活顾问,"他很善于设身处地为别人着想,要知道,这是他的工作。他可以使你……"

"这个问题我们以前谈过,还记得吗?我只想过和从前一样的日子。"

"我们谁不想那样。"她一边说一边擦去眼角流出的泪水,我敢打赌那泪水中至少有百分之一是酒精,"他们都叫你老顽固,不,他们——"

她盯着地板,然后抬起头看了看墙,"他们都叫你老怪物。"

我还以为有比这更难听的,看来这也就到头了,"没关系,哪个长官没有绰号呢?"

"这我知道,但是——"她突然站了起来,身体摇摇晃晃的,"我喝多了,得躺下。"她转过身去,伸了个懒腰。这时,她衣服上的拉链打开了,她抖了抖身子,衣服滑落在地。她踮着脚尖走到我的床边,拍了拍床垫说道,"来吧,威廉,你可没别的机会了。"

"看在基督的分上,这不公平。"

"没什么不公平的,"她咯咯地笑着,"再说了,我是个医生,这绝不是心血来潮,不会出事的。来帮我一把。五百年都过去了,怎么这乳罩还是在背上系扣。"

在这种情况下,有的人可能会帮她宽衣,然后悄悄地离开;有的人可能会不顾一切夺门而出;而我两者都不是,所以我走上前去,已经无法控制自己压抑已久的欲望。

幸运的是,还没等好事开始,她就昏睡了过去。我在一旁长时间地欣赏着她的胴体,抚摸着她的肌肤,最后给她穿上了衣服。

我把她抱下床来,这时我突然意识到假如有人看见我把她抱到她的舱室,她就会成为所有人的笑料。我给查利打了个电话,对他说我和黛安娜一起喝了点酒,黛安娜可能是醉了。我问他能不能来陪我喝点,然后帮我把黛安娜送回去。

查利敲门时,黛安娜已经和衣坐在一把椅子上睡着了,不时发出轻轻的鼾声。

他朝她笑了笑说:"喂,大夫,救救你自己吧。"我把酒瓶递给他,他凑上去闻了闻,然后朝我做了个鬼脸。

"这是什么鬼东西,威士忌吗?"

"是那些厨子做的。"

他小心翼翼地放下酒瓶,好像是怕它爆炸似的,"我想不会有人再喝这玩意儿了,这简直是毒药。她真的喝了吗?"

"这还用问吗?厨子们说这种酒还没实验成功,风味确实糟糕。可黛安娜就喜欢这一种。"

"我的天——"他笑出了声,"见鬼,你说怎么办?你抬腿我抬胳膊,怎么样?"

"不,我们每人扶她一只胳膊,尽量让她自己走。"

当我们把她从椅子上搀扶起来时,她轻轻地哼了一声,然后睁开眼睛朝着查利说了声:"你好,查利。"随后就闭上眼睛,任凭我们连拉带拖地把她弄回她自己的舱室。路上没遇见任何人。我们进去时,黛安娜的室友拉森妮正在看书。

"她真的喝了那东西?"拉森妮关切地问道,"我来帮你们一把。"

我们三个一起动手把黛安娜拖上床。拉森妮用手轻轻拂去散落在黛安娜眼旁的乱发,"她明明知道那酒正在实验中。"

"她对科学的献身精神比我可强多了。"查利说道,"她的胃也真够经折腾的。"

我们都希望他没说这话。

第二天,黛安娜很不好意思地说她刚喝了一杯就什么也不记得了。在与她的交谈中,我发现她可能以为查利一直都在场。这样真是再好不过了。但一转念,我不禁又想,啊,黛安娜,我可爱的异性恋人,下次让我给你买一瓶上好的苏格兰威士忌吧。但那可能又是几百年以后的事了。

我们又回到了各自的抗荷舱,开始了由"瑞西10号"坍缩星到"卡弗35号"坍缩星的航程。为此,我们连续两个星期以25G的加速度航行,而后又转为四个星期的正常飞行。

我已经公布了我的"门户开放"政策,但好像并没有人买账。我和士兵的接触很少,为数不多的接触也大都是在些很生硬的场合。不是检查训练情况、惩戒违纪士兵,就是训训话什么的。他们很少畅所欲言,只是对我提出的问题机械地应答。

士兵中有些人的母语就是英语,其他人则并非如此。但在过去的四百五十年中,英语变得让我这地道的美国人都云里雾里了。幸亏士兵们在接受基础训练时都学了21世纪早期的英语。这就使25世纪的士兵和我这样一个他们的十九代祖宗的同代人有了一个有效的中介语——当然是在地球上还有老祖宗这回事的前提下。

我想起了我的第一任指挥官斯托特上尉,那时我和连里其他士兵一样恨他。我想假如他也是一个性怪癖者,而且还逼我为了他的方便而学一种新语言的话,我会做何感想。

我们确实存在违纪问题,但令人啼笑皆非的是我们根本没有什么成文的条例。希利波尔负责纪律方面的工作,尽管对她的个性我丝毫也不喜欢,但还得靠她整肃军纪。

我们从"卡弗35号"坍缩星跃迁到"萨科78号"坍缩星,又从那儿前往"艾因129号"坍缩星,最后到达了"萨德138号"坍缩星。我们跃迁飞行的前几段路程,每段只不过有几百光年,但是从"艾因129号"坍缩星到"萨德138号"坍缩星这最后一段路程,我们走了十四万光年,这是有史以来载人飞船在坍缩星之间最长距离的星际飞行。

由一个坍缩星跃迁到另一个,无论距离远近,所用的时间都是相同的。当我还在攻读物理学时,学科的前辈们就认为坍缩星跃迁的时间为零。但是过了几个世纪后,在一项极为复杂的波导实验中,研究人员证明,这种星际跃迁的时间为十亿分之一秒。虽然这不过是微不足道的瞬间,但却要求研究人员对以往的有关坍缩星跃迁的物理学原理做出根本性的修正,也就是说,当实验发现在A星B星间跃迁确实需要时间时,以前所有相关的公式及验算方法都得重新修订,对于这一点,物理学家们还存在着不同见解。

对我们而言,当飞船以四分之三光速冲出"萨德138号"坍缩星引力场时,我们遇到了更为紧迫的问题。我们无法马上得知托伦星人是否在向我方开火,于是我们发射了一架无人驾驶飞艇。该飞艇以300G的速率急剧减速,以便对"萨德138号"坍缩星周围的情况进行监测。如果它探测到在这个范围内还有别的飞船,或是这个坍缩星的任何一颗门户星上有托伦星人的踪迹,就会向我们发出警报。

无人驾驶飞艇发射后,我们立即在抗荷舱里整装待发,按照计算机的指令准备在飞船减速的过程中进行为时三个星期的规避行动。别的倒没什么,只是在冷冻状态下持续在抗荷舱里待三个星期实在是让人受不了,用不了两天,所有人活动起来就像是上了年纪的老残废了。

第四部 少校曼德拉

如果这架无人驾驶飞艇送回情报,证明在这个星系中有敌人活动,我们必须立刻减速至1G,并开始部署装备有新型炸弹的战斗艇和无人驾驶飞艇。或许我们根本没有时间从容地准备,有时候托伦星人在进入同一星系的几个小时内就会接近我们的飞船并开始攻击。在抗荷舱里等死的滋味可是不好受的。

一个月之后,我们又返回了离"萨德138号"坍缩星几个天文单位的范围,我们的侦察艇在那儿找到一颗合乎我们要求的行星。

这是一颗很奇特的行星,体积比地球略小,但质量却比地球大。与其他坍缩星的门户星不同的是,它不是一个冰冷封冻的世界,因为它的星核不断地散发着热能,而且还有一颗离它仅三分之一光年的恒星发出的光直接照射着它,这颗恒星就是剑鱼星,是这个星系中最明亮的恒星。

这颗行星最怪异的特征在于它缺乏地貌特征。从太空看去,它就像颗受到轻微损坏的台球,我们的随军物理学家吉姆中尉对这颗行星进行了观测,并根据相对论的原理,分析了它的远古状况。他说,根据这颗行星那不寻常的、彗星似的轨道推测,它在其寿命的大部分时间里就像个流浪汉,在星际之间四处飘游。在飘荡到"萨德138号"坍缩星的引力范围内之前,它很可能躲过了其他星球的撞击。一旦它进入了"萨德138号"坍缩星的势力范围,便被其强大的引力俘虏,不得不像其他同样命运的星体一样随主人行动。

我们把"玛萨科二号"飞船留在轨道上,用六架先锋艇把建筑材料运送到了星球上。我们没有让"玛萨科二号"飞船着陆,因为这会限制它的监视能力,况且再起飞离开这个星球也需要花很多时间。

虽然这颗星球上的环境条件并不令人十分满意,但是能走出飞船也足以使人兴奋。这里的大气层是稀薄的氢气和氦气，温度很低，即使在中午也是这样。超低的气温使任何其他元素都无法以气体的形式存在。

所谓中午，就是剑鱼星转到正上方的时刻。这时的剑鱼星看上去是一个体积微小但发出刺眼光芒的亮点。到了夜间，温度缓缓下降，从绝对温度25K降到绝对温度17K。这给我们带来了许多问题：由于温度下降，空气中的氢在拂晓前就会凝结，使地面变得很滑，因此我们无法行走和施工，只能待着不动。黎明时分，天空中会出现一道微弱的彩虹，为我们这些被包围在单调乏味的黑白色当中的人带来一丝安慰。

地面上真是可怕极了，到处都是随风而动的冰冻颗粒，我们必须小心翼翼地挪着步子以防滑倒。要知道，基地施工过程中每损失的四个人中，就有三个是因为不慎摔倒而丧命的。

我决定首先施工建设防空阵地及防御工事，然后再考虑建营房，这引起了大家的普遍不满。但这是根据条例做的决定，每次在门户星上工作一天，可以回飞船休息两天。我不得不承认，这并不是什么宽宏大量。因为飞船上的时间是一天二十四小时，而门户星上的一天是三十八点五小时。

我们用了不到四个星期的时间就把庞大的基地建起来了。基地是圆形的，直径一千米，四周装备着二十五组高功率激光防御系统，如有入侵者，它们可以在千分之一秒内瞄准目标并自动开火。这些激光防御系统能够对远近任何一定体积的物体做出反应。有时候，如果风向合适而且地面潮湿的话，微小的冰冻颗粒会形成一个个冰球，在地面上滚动，但是滚不了多远。

为了确保基地不至于受到敌人的突袭，基地的四周建立了一大片雷区，形成了一道外围防线。这些地雷在周围的引力场

第四部 少校曼德拉

发生任何变化时都会自动起爆。也就是说,一旦托伦星人进入距雷区二十米的范围,地雷就会瞬间爆炸;入侵的小型飞行器飞临雷区一千米上空时也会引爆地雷。雷区埋设了两千八百颗地雷,多数都是微型原子雷,其中五十颗是破坏性极大的超光速粒子雷。所有地雷成环状埋设在从激光发射器有效射程边沿起向外延伸五公里的范围内。

在基地,我们使用的主要武器有:激光枪、微型原子枪榴弹,还有一种从未在实战中使用过的超光速粒子火箭筒,这种火箭筒每排装备一个。作为最后的自卫手段,靠近营房的地方,我们还设置了静态场。另外,在基地灰色的静态场保护罩下还隐藏着一艘小型飞船,以备在战斗中我们的其他飞船被毁时返回门户星1号之用。不幸的是,这艘飞船只能搭乘十二个人。不必多说,其他生存者只好坐以待毙,或者等待援军的到来。

营房和指挥设施都在地下,以防敌人火力的直接攻击。但这种安排无疑会影响士兵们的士气。每个士兵都想获准到上边去透透气。这实际上是违背我的心愿的,不光是因为可能由此产生的危险,还因为每次有人出去时,我都得仔细地检查装备,并清楚地掌握谁去了哪儿等一系列让人感到头痛的琐事。

最后,我不得不做出让步,同意士兵们每星期上去待上几个小时。其实地面上除了空旷的平原和天空之外什么也没有。白天,天空上有剑鱼星,夜间是满天繁星的苍穹。即使这样,到地面上去走走,也比老待在徒穷四壁的地下室里强得多。

在地面上能够做的最有趣的游戏是在激光防线前向激光发射器掷雪球,比谁掷出的雪球最小,同时还能引发激光发射器射击。对我来说,这种游戏简直没有什么娱乐价值,充其量就像是看水龙头漏水那样乏味。好在也没有什么坏处,我们有足够的能量储备。

五个月下来,一切都很顺利。所遇到的问题和在"玛萨科二号"飞船上遇到的那些也没什么两样。虽说我们生活在这颗星球上,就像史前的穴居人,但相比起来却安全得多。以前我们从一颗坍缩星到另一颗进行星际跃迁时,每次都是那么惊心动魄,让人感到生死就在一念之间;而今,至少在敌人出现之前,我们不会有什么危险了。当鲁德科斯基又重操旧业,开始恢复他那酿酒坊时,我有意识地睁只眼闭只眼,听其自然。任何能让基地生活轻松些的点子都应该欢迎。他酿造的那些玩意儿不但给士兵们带来了刺激,还能让他们借此一饱赌兴。只有在两种情况下我才干预:头脑不清的人想要外出;有人出售春药。在别人看来,我可能是个十足的清教徒,但这是条例里规定的章程。随队的专家们对此各执一词——精神病专家威尔勃中尉同意我的意见,性学专家卡迪和威尔德思则不然。

五个月安逸却又单调的日子过去了,终于有一天列兵哥罗巴德出事了。

营房区内是不准携带武器的,原因显而易见。就这些士兵所接受的训练而言,赤手空拳的格斗就足以置人于死地。由于士兵们长期生活在这样的环境下,脾气都变得异常暴躁,再正常的人生活在这种环境中也难以忍受。不出一个星期,人们就很容易出言不逊,相互之间产生摩擦,稍不顺意,便是一场恶斗。但从另一个角度说,这些士兵都是百里挑一,被认为有能力生活在这样独特的环境中的。

尽管如此,这里仍然是争斗不断,哥罗巴德仅仅因为他以前的情人施恩给他做了个鬼脸,就差点要了施恩的命。哥罗巴德因此被关于一个星期的禁闭;而施恩因挑起事端受到同样的惩

第四部 少校曼德拉

罚。事后我把哥罗巴德调到四排,这样他就不会天天和施恩碰面了。

没多久,他们又在餐厅碰到了,哥罗巴德飞起一脚踢中施恩的咽喉,把他踢成重伤。黛安娜医生给施恩换了一个气管才算保住了他的性命。哥罗巴德又被关了禁闭——真是糟透了,我就是有天大的本事也不能把他调到其他特遣突击队去。但这一次,哥罗巴德出来后老实了两个星期。我挖空心思,极力避免把他们两个人安排在相同的时间工作和用餐。可没出几天,他们还是冤家路窄,在走廊里狭路相逢了。这次较量谁也没能占着便宜。又过了几星期,施恩断了两条肋骨;哥罗巴德的阴囊被撕裂,还搭上了四颗牙。

如果他们继续这样没完没了地干下去,迟早有一天,其中一个会玩儿完的。

按照军法,我本可以把哥罗巴德处死,但考虑到我们的处境,我还是采纳了查利提出的一个更为人道的处理方案。

长期禁闭哥罗巴德像是个富于人情味且又可行的办法,然而在基地里却没有多余的房间监禁他。在我们头顶上的"玛萨科二号"飞船上倒是有很多地方可以利用。于是我打电话给安特波尔船长,她同意看管哥罗巴德。我授权给安特波尔:如果这个杂种再找麻烦,可以直接把他扔到太空里去。

我命令全体官兵集合,宣布对哥罗巴德的处理决定,并要求大家引以为戒。我站在一个石台上,士兵们坐在我的面前。军官们和哥罗巴德在我身后。就在这时,这个发了疯的傻瓜突然挣扎着要杀了我。

和其他士兵一样,哥罗巴德平时也是每星期在静态场内接受五小时的军事训练。战士们对着托伦星人的模拟靶练习剑术、枪术,并使用一些叫不上名堂来的武器。不知道哥罗巴德是怎么从训练场偷偷带出一件武器的:一种印第安飞镖。这是一种环形的金属武器,周边极为锋利。这种飞镖投掷技巧不易把握,可一旦学会,它比普通的飞刀要厉害得多。哥罗巴德玩这种飞镖算得上得心应手。哥罗巴德以一个迅雷不及掩耳的动作打倒了他两边的人——他用肘猛击在查利的太阳穴上,同时飞起一脚踢碎了希利波尔的膝盖骨,瞬间他抽出飞镖,以一个娴熟的动作向我投来,待我反应过来时,飞镖已接近我的咽喉了。

我出于本能,用手去拨挡飞镖,飞镖上的刀刃割破了我的手掌,几乎削掉我的四根手指。但我还是把飞镖拨开了。哥罗巴德见飞镖没打中我,便龇牙咧嘴地朝我扑过来,那表情真是太可怖了。

然而毕竟姜还是老的辣,我比他大五岁,比他有更多的格斗经验,还接受过三个星期的阴极动觉反馈训练。看来他还没意识到这些,看着他那副德行,真让人觉得可怜。

只见他右脚尖稍稍一动,我便知道他要向前跨一步,然后再猛地一跃。于是就在他双脚刚离地的一刹那,我侧起一脚,踢在他的太阳穴上。他立刻失去知觉,倒在地上。

如果我是由于自卫而杀掉他,那么我不会有任何的麻烦。此刻有一百多人待在这间小小的房间里。屋内鸦雀无声,血从我紧握成拳头的手上滴落在地板上,发出滴答滴答的响声。我在想,如果我的脚再抬高几厘米,或从另一个角度踢过去,哥罗巴德或许就会顷刻毙命。

我这才意识到黛安娜医生跪在我旁边,想掰开我的手指给我治伤。"去看看希利波尔和摩尔吧。"我低声对她说,然后对大家说,"解散!"

5

"你真是傻驴一头。"查利对我说道。他正在用冰块给自己太阳穴的肿块冷敷。

"你觉得我不该处置哥罗巴德吗?"

"别动!"黛安娜正在清理我的伤口,准备缝合。我感到手部凉得像块冰。

"你不该亲自动手,你可以随意叫个人下手。"

"查利说得没错,"黛安娜说道,"你应该让大家决定怎么办。"

"罚他一个,还会有别人。"查利说,"你受训时究竟学了些什么东西?亲自动手会损害你的权威……这事本该让别人去做。"

"别的事当然可以,但这事……连里的其他人谁也没杀过人。这会让人觉得我是在推卸责任。"

"如果情况真像你说的这么复杂,那么就该对所有人明说,然后让大家共同决定。他们都不是孩子了。"黛安娜说道。

我依稀记起曾经有一支军队就是这样处理问题的。那是20世纪初期的西班牙内战时期,在西班牙马克思主义联合工党的民兵组织中,命令不经过详细解释就没人会服从;解释不通的命令会被拒绝。军官和士兵们同饮同醉,不以官职相称。虽然他们最终吃了败仗,但对方也大伤了元气。

"缝好了。"黛安娜把我受伤的手放到我的膝盖上,"半个小时内不要用这只手,待它恢复知觉,感到疼时,就可以用了。"

我仔细看了看伤口,对黛安娜说:"不是我抱怨,这伤口实在是缝合得不好。"

"你别这么说,你该知足了。你本来该截肢的。这里可没有断肢再植医院。"

"要截肢就该从你的脖子那儿截。"查利冲着我说,"我真不知道你还犹豫什么,你本该当即杀了那杂种。"

"这我知道,真他妈见鬼!"听到我发火,查利和黛安娜都吓了一跳,"抱歉,让我自己好好想想。"

"你们俩就不能谈点别的吗?"黛安娜站起身来,检查了一下她医药箱里的东西,说道,"我还得再去看个病人。你们两个冷静些,别激动。"

"你去看谁,哥罗巴德吗?"查利问。

"是的。去看看这小子能不能用不着搀扶就自己走上绞刑架。我会派加威尔过来,听候你们的吩咐。"她一边说一边急匆匆地出了门。

"绞刑架……"这我还没想过,"到底应该怎样处置哥罗巴德呢?在基地内执行是不妥的,这会影响士气。枪决会令人感到恐怖。"

"把他扔到密封舱外边算了,用不着专门为此费神。"

"你说得或许没错,但我不是在想这些。"我怀疑查利是否见过这样死去的人的尸体,"或者干脆把他塞进回收器中,这就省得我们自己动手了。"

第四部 少校曼德拉

查利禁不住笑出声来,"这主意不错。"

"事前我们还得修理修理他,回收器的门可没那么宽。"查利又突发奇想,在一旁出着点子。就在这时,加威尔走进屋来,但并没有刻意留意我们。

突然,屋门砰的一下推开了,一辆担架车被推进来。车上躺着一个人,黛安娜跟在车子旁,一边跑一边双手按着病人的胸口做心脏按压。一个列兵在推车,身后还有另外两个士兵。

"把车推到墙边去。"黛安娜命令道。

车上躺着的是哥罗巴德。"他想自杀。"黛安娜说,那情况让人一看就知道是怎么回事,"心跳已经停止了。"他用腰带打的结还挂在他的脖子上。

墙上挂着两个很大的带有橡胶柄的心脏电击起搏器。黛安娜要给哥罗巴德做心脏电击起搏。她一只手摘下起搏器,另一只手扯开哥罗巴德的衣襟,同时用脚踢开起搏器的电源开关,然后把起搏器的两个电极按在哥罗巴德的胸口上。哥罗巴德的身体抽动起来,一股肉烧焦的气味扑鼻而来。

黛安娜摇了摇头,对加威尔说:"准备给他开胸。把多里丝叫到这儿来。"哥罗巴德的身躯发出咯咯声,一种机械的响声,就像金属管子摩擦、碰撞的声音。

黛安娜用脚关掉电源,把起搏器挂回到墙上。她从手指上取下戒指,把双臂伸进消毒液里。加威尔把一种很难闻的液体涂擦在哥罗巴德的胸上。

在哥罗巴德的胸部上,起搏器的两个电极击过的地方之间有一个红点,我看了好一会儿才弄清是什么东西。我又走近一点,查看哥罗巴德的脖子。

"让开点,威廉,你没消毒。"黛安娜摸着哥罗巴德的锁骨,往下量了一点距离,然后便从那里切开,一直切到胸骨。血从刀口喷涌出来。加威尔递给她一个止血钳。我站在远处看着,听到的是哥罗巴德的肋骨发出的嘎嘎响声,还有黛安娜呼喊着要开胸器和棉团等。我回到原来坐的地方。从眼睛的余光里,我看到黛安娜把手伸到哥罗巴德的胸腔里给他做心脏按压。

查利小声叫道:"嘿,黛安娜,别把自己累坏了。"黛安娜没作声。加威尔推过来一个人工心脏,手里还拿着两个管子。黛安娜拿起一把手术刀,我禁不住把脸扭向一旁。

半小时过去了,哥罗巴德没抢救过来。他们关掉机器,用一个布单子罩住哥罗巴德的尸体,黛安娜洗净手臂上沾的血污,说:"我去换衣服,马上就回来。"

她就住在隔壁。我站起来,走到她的房间外,刚想抬手敲门,突然感到右手一阵火灼般的疼痛。我用左手拍了拍门,门马上就开了。

"怎么,噢,是想为你的手要点药或绷带什么的吗?"她这时正在换衣服,半裸着身子,对此她似乎并不在意,"去跟加威尔要吧。"

"不,不是为这个。黛安娜,出了什么事了?"

"唔,"她穿上一件套头的束身外衣,声音压得很低,说,"我觉得这是我的错,刚才我让他独自待了一会儿。"

"他想要上吊?"

"对。"她自己坐在床边,把椅子让给了我,"我离开他去找上司,在我回来的时候,他已经死了。"

"黛安娜,可是他的脖子上并没有伤痕,没有擦伤,什么也没有。"

她耸了耸肩,"那可能不是他的死因,他可能是死于心肌梗死。"

"有人给他注射了一针,就在他心脏的上方。"

她瞪大了眼睛看着我,"那是我打的,威廉。是肾上腺素,那是惯例。"

"你给他注射的时候,他死了吗?"

"从我的专业角度看,他很可能已经死了。"她毫无表情地说道,"没有心跳,没有脉搏,没有呼吸。"

"噢,我明白了。"

"可是……有什么事吗,威廉?"

我可能一直很走运,要不就是黛安娜是一个很好的演员。"是的,没什么。我得为我这手弄点药什么的。"我边说边开了门,"这倒省了我很多麻烦。"

她凝视着我的眼睛,说道:"这话倒是没错。"

实际上,一个麻烦才去,另一个麻烦跟着就来了。尽管有几个对哥罗巴德之死持公正态度的证人,但是不断有流言蜚语说是我指使黛安娜杀死了哥罗巴德,因为是我把事情搞得一塌糊涂,然后又不想通过麻烦的军事法庭。

事实上,根据军法通则,哥罗巴德一案根本没必要通过法庭。我可以随便招呼几个手下,"你、你,还有你,把这家伙拉出去宰了。"如果谁拒绝执行命令,灾难就会降临到谁头上。从某种意义上讲,我同部属的关系的确有所改变。至少在表面上他们对我更加服从。我不得不怀疑,这种尊敬至少部分上是人们通常对于一个生性多变、凶残暴虐的恶棍出于恐惧而表现出的怯懦。

于是,我又有了一个新的绰号——"杀手",而当时我对自己的旧称"老怪物"才刚刚习惯。

基地很快恢复了正常的训练和战备。我迫不及待地等待着托伦星人的到来,但又不得不用这样那样的方法压抑自己急躁的心情。

由于众所周知的原因,部队调整到了最佳状态,而我依然是心绪不宁。他们都有明确的职责,同时也有足够的活动来打发日复一日无聊的军营生活。我的职责是多方面的,但这些很少能让我获得什么满足感,因为棘手的问题总是最后推到我这儿。那些叫人露脸的、容易解决的问题在下层就得到了解决。

我一向对体育运动和各种活动不感兴趣,但是最近我感到我愈来愈乐于运动了,但我很清楚,这样做并不是出于喜爱,而是运动能为我提供一个调节情绪的安全阀。我有生第一次发现,在这样一个高度紧张和压力重重的环境下,我不可能在读书和学习中找到安宁,于是我和其他军官一样,操练各种器械,甚至在办公室里跳绳,直到练得筋疲力尽。大多数军官喜欢下棋,我不是他们的对手,偶尔赢上一盘,也感觉是有人在拿我寻开心。玩填字游戏是困难的,因为我的语言就像是远古的方言,让人摸不着头脑。我既没有时间也没有才能去掌握所谓的当代英语。

有一段时间,我请黛安娜给我开一些改变情绪的药物,但是其副作用是令人害怕的,我不知不觉地上了瘾,一开始感觉不出来,当我意识到后,立即停止了服用。然后我同威尔勃中尉尝试系统心理分析,收效甚微。尽管从学术角度讲,他理解我的各种问题,但是我们之间存在着文化背景和语言上的差异。

不管怎么说,这就是我问题的症结所在。我自信自己在未来能够处理好目前所经受的各种压力和挫折。我清楚地知道,

第四部 少校曼德拉

这些压力和挫折首先是来自我的指挥重任；其次是由于我不得不和手下这些人一起被困在洞穴里，他们有时候就像敌人一样令我感到奇异、陌生；再就是因为我常常想到自己迟早会成为一种毫无意义的事业的牺牲品。如果玛丽在我身边多好。

时间一个月一个月地过去，这种情绪变得越来越强烈。在这一点上，威尔勃中尉对我很严厉，并责备我把自己的工作浪漫化了。他说他清楚什么是爱，他提到自己也曾经热恋过。不错，这我可以接受，这种观念在我的父辈那一代已是陈词滥调（尽管和我的一些观念相悖）。他还说，爱情是一朵脆弱的花朵，爱是一个精致的晶体，爱情是一种不稳定的反应，不过只有八个月的寿命而已。噢，一派胡言。我指责他带着的某种文化偏执遮蔽了他的双眼。我告诉他，战前三千年的历史证明，爱情可以白头偕老，超越死亡甚至超越时空。如果他是出自娘胎而不是被人工孵化，我就不必费这一番口舌。听到这里，他立刻嗤之以鼻但又带着颇为容忍的表情重申，我只不过是一个自我臆想的性失败者、罗曼蒂克错觉的牺牲品。

回想起来，辩论也是令人愉快的。但他并没有治愈我心灵的创伤。

我真的有了一个新朋友，这个朋友一直不弃不舍地坐在我的怀中，是那只猫。这只猫很怪异，躲开喜欢猫的人而靠近那些不喜欢鬼鬼祟祟的小动物的人。我们的确有些共同之处，因为就我所知，在我周围，它是唯一的推崇异性恋的哺乳动物，当然它已经被阉割了，可是在这样的情形下，那也没有什么不同。

6

自从这个基地施工以来,已经整整过了四百天。尽管我坐在办公桌旁,但心思并没放在查看希利波尔新呈报的职责分工表上。那只猫坐在我的腿上,不断地叫着,企求爱抚,但我没有理睬它。查利躺在椅子里,在阅读器上读着什么。电话嘟嘟地叫了起来,是船长。

"他们在这儿。"

"什么?"

"我说他们就在这儿。一艘托伦星人的飞船正冲出坍缩星引力场,速度为零点八倍光速,正以30G的加速度减速。动手呢还是放过它?"

查利靠近我的桌子。

"什么?"我一下把猫推开。

"我们什么时间可以开始跟踪?"我问道。

"你一放下电话就可以开始。"我立刻放下电话,朝计算机走去,这台计算机和"玛萨科二号"飞船上安装的那台是一对,我可以直接从飞船上的计算机的数据库里调阅资料。当我查询有关数字时,查利在一旁调试显示器。这是个全息成像显示器,大约一米见方,厚约半米,内装的专用程序可显示"萨德138号"坍缩星的位置,同时也可显示我们所处的这颗行星以及在这个星系中的其他类似岩石的星体。显示器上分别用绿色的和红色的光点来显示我方和托伦星人飞船的位置。

计算机显示,托伦星人减速和返回这个行星至少需要十一天多一点时间。当然,那需要直线运动而且最大限度地全程减速飞行,那样的话,我们可以像拍死墙上的苍蝇一样把他们轻而易举地干掉。所以,和我们一样,他们也是采用不断转换飞行方向和加速角度以避开攻击。根据对敌人以前活动的大量观察记录,计算机为我们提供了概率表:

预期接触的天数	概率
11	.000001
15	.001514
20	.032164
25	.103287
30	.676324
35	.820584
40	.982685
45	.993576
50	.999369
中间值	
28.9554	.500000

除非安特波尔和她那帮寻欢作乐的"海盗"竭力拦截阻杀,否则我们成功的可能性绝对到不了一半。

不管是需要28.9554天或者是两个星期,我们这些在地面上的人员不得不沉住气,在地面上监视着他们。如果安特波尔能成功的话,在其他部队来接替我们的防务前,我们就用不着真正投入战斗了。那时,我们就可以启程前往另一颗坍缩星。

"还没有动静。"查利说道。"玛萨科二号"飞船在屏幕上是一个绿色的点,在行星右侧很远的距离飞行。

在监视过程中,我们突然发现,一个更小的绿色光点从飞船的光点旁弹了出来,飘走了。旁边跟随着一个幽灵般的数字——"2",显示器的左下方标识显示这是一艘追星Ⅱ型无人驾驶飞艇。我们从图示上分别标出"玛萨科二号"飞船,一艘战斗艇和十四艘无人驾驶飞艇。这十六个飞行器还没有完全展开,所以显示器上暂时还不能分别显示出它们各自的光点。

猫在蹭着我的脚脖子。我把它抱起来,抚摸着,"告诉希利波尔,全体集合。也许我们该把情况立即通报大家。"

士兵们对目前的局势认识得并不充分,对此,我无法责备他们。我们一直以为托伦星人很快就会进攻,可他们却迟迟没有露面。久而久之,大家渐渐感到特遣军司令部的命令是错误的,托伦星人根本就不会出现。

我要求士兵们认真地进行各种武器的使用训练,他们几乎有两年没碰过这高功率武器了,所以我让他们复习激光枪的使用方法,并给他们分发了枪榴弹和火箭筒。我们不能在基地内进行训练,担心会损坏内部传感器和激光防御系统。所以,我们关闭了一半高能激光发射器,然后到激光防御带以外一公里进行训练,每次一个排,由我和查利分别指挥。罗斯克负责监视早期预警显示器,一旦有什么东西靠近,她会立即发出信号,这样在外训练的部队就会在不明飞行物到来之前迅速撤进激光防御圈内,而激光发射器几乎会在同时自行启动。如果我们行动不

第四部　少校曼德拉

够迅速,激光发射器便会在不到0.02秒内击毁不明飞行物,同时把整个排化为灰烬。我们在基地上几乎没有什么东西可以作为实弹射击的目标,但这并没有难住我们。我们发射的第一枚高爆火箭弹炸出了一个二十米长、十米宽、五米深的坑,炸出的碎石成了我们用之不尽的靶子。

士兵们确实身手不凡,比在静态场使用那些原始武器时有了很大提高。最为行之有效的激光枪训练是两人一组进行的:一个人站在射手的身后,随意地向空中抛出石块,射手迅速测定目标轨迹,开火将其击落。他们在训练中显示出的手眼协调能力令人赞叹不已(优生优育委员会大概是对的),即使是卵石大小的石块,他们也能十有九中。像我这样老掉牙的人击中七个就不错了,虽说我比他们任何人受过的训练都多。

他们在使用枪榴弹发射器时也显示出了极高的天赋,弹道计算准确,反应迅速。现在的枪榴弹发射器比起以前的威力大了许多,可根据实战需要任意选择发射单发、双发、三发或四发,而且特别适用于近战,一旦高能激光发射器因距离过近而失效,它便可以发挥威力。使用起来极为方便,而且性能比起先前有很大提高。

而使用超光速粒子火箭筒根本不需要什么技术,发射时,你只需注意身后是否有人,因为这种火箭的后坐力非常大,产生的后坐力可能会伤及发射管后面几米范围内的人员。你只需将目标套入瞄准器,然后按动电钮,火箭便可以自动追踪并直扑目标。用不了一秒钟,火箭就能达到逃逸速度。

让部队外出熟悉地形和使用新式武器,极大地提高了士兵们的士气。但是训练终归是训练,不同于在实战中验证武器的威力。无论武器多么先进,无论士兵们能够多么熟练地使用这些武器,不经实战永远也无法了解托伦星人是否有反击的手段。古希腊的方阵看起来挺壮观,可是面对一个带有火焰喷射器的人,也无济于事。

和以往的战事一样,由于时间的差异,我们这次也没有办法来确定托伦星人会使用什么武器。他们也许从来没听说过有什么静态场;但或许他们只要说上个魔术般的咒语,我们就会灰飞烟灭。

我和四排刚出去训练,查利就通过步话机叫我紧急回到基地上。我命令海尔默临时代我指挥。

"有新情况吗?"全息显示屏上标明我们所在的行星有如豌豆般大小,离标有"X"的"萨德138号"坍缩星的位置约有五厘米。在这一区域里散布了四十一个红色和绿色的光点。图像显示第四十一号标记是托伦星人的第二艘飞船,"你和安特波尔联系过了吗?"

"是的,"查利答道,"但大约需要一天的时间才能得到她的回音。"

"以前没发生过这种事。"我在脑海里搜索着。当然,对此查利是知道的。

"也许这颗坍缩星对他们来说特别重要。"查利猜测。

"很可能。"可以肯定,我们将与托伦星人进行地面战。就算是安特波尔能干掉第一艘敌人飞艇,消灭第二艘的可能性充其量也只有一半,"希望安特波尔尽快收到我们发出的讯息。"

"她可能也已经发现这个新情况了。"查利答道。

"我不知道,但我知道我们的状态很好。"我说。

"那么,威廉,就让咱们来对付它吧。"他调了调显示器,屏幕上出现了两个光点:"萨德138号"坍缩星和一个新出现的红色光点,慢慢移动着。

我们花了两个星期时间监视着这些正在不断消失的闪烁的光点。如果你到外面去看看,就会看到一个个闪烁着刺眼光芒的亮点在一瞬间就无影无踪了。

就在那一瞬间,一颗"新星炸弹"释放出超过十亿瓦激光发射器几百万倍的能量,爆炸过后,一颗直径为半公里的微型"恒星"顿时出现,其温度与太阳内部的温度相当,能将任何接触到它的物质化为灰烬。爆炸产生的辐射还能将在冲击波范围以外的飞船和飞艇上的电子设备彻底破坏,无法修复。有两艘战斗艇,一艘我们的,另一艘是敌机,显然是受到了辐射的破坏,无声无息地飘出了这个星系,速度恒定。

我们曾在战争早期使用过威力更大的新星炸弹,但是用于新星炸弹的助燃材料性能是不稳定的,在大量使用时更是如此,炸弹有时甚至在飞船里就会爆炸。很显然,托伦星人也遇到了同样的问题。他们似乎在研制新星炸弹的过程中和我们有同样的经历,因为他们也适当减弱了新星炸弹的威力,所使用的助燃材料控制在一百克以内。他们部署新星炸弹的方法和我们的也大致相同。弹头接近目标时会炸成许多碎片,其中只有一片具有新星炸弹的威力。

我忽然想到,就是在消灭"玛萨科二号"飞船和随船的战斗艇和无人驾驶飞艇后,托伦星人可能还剩下几枚新星炸弹。如此说来,我们在这儿进行武器训练很可能是在浪费精力和时间。我突然闪过一个念头,何不带上十一个人乘坐我们隐蔽在静态场后面的飞船返航呢。这艘小飞船可以按事先输入的程序把我们带回门户星1号。

我甚至在脑子里把手下的人排了排队,看哪十一个人合我的脾气。结果一共才想出了六个。我随即又打消了这个念头。我们的确还有机会,甚至还可能是个绝妙的良机,尽管我们面对的是全副武装的敌人的飞船。但引爆一个新星炸弹,使我们处于杀伤范围之内也并不是那么容易的。

当安特波尔的一艘无人驾驶飞艇干掉托伦星人的第一艘飞船时,我们群情振奋。不算留下用作星球防御的飞艇,她还可以动用十八艘无人驾驶飞艇和两艘战斗艇。它们正在周围盘旋,搜寻并拦截托伦星人的第二艘飞船。这艘飞船位于几个光时之外,正在和我方的十五艘无人驾驶飞艇周旋。

这时,有一艘托伦星人的无人驾驶飞艇咬住了安特波尔的"玛萨科二号"飞船,"玛萨科二号"飞船随行的飞行器在继续着战斗,但一直节节溃败。一艘战斗艇和三艘无人驾驶飞艇加大马力仓皇逃命。当敌人的第二艘飞船回首同我们战斗时,我们这些坐在观察室里的人则带着病态的心理在一旁兴致勃勃地观战。我们的战斗艇掉头冲向"萨德138号"坍缩星逃命。对于这种举动,没有人责怪他们,实际情况是,我们发去了贺电并祝他们好运,但他们没有回应。

敌人费了五天的时间回到了门户星,并且惬意地掩蔽在星球另一侧的轨道上。

战斗已经不可避免,我们立即做好了准备。这将是一场完全自动化的空战,敌人的无人驾驶飞艇对抗我们的激光发射器。我在静态场里部署了男女士兵各五十名,以防敌人的无人驾驶飞艇突袭。这不过是自我安慰而已,敌人可能根本不进入静态场,而是在附近等候,但一旦静态场关闭,他们立刻就会把里边的人全部消灭。

查利想了一个主意,我觉得不可思议。

第四部 少校曼德拉

"我们可以在这儿设一个陷阱。"

"你什么意思?这方圆二十五公里不已经是个陷阱了吗?"

"你听我说,我不是说布雷那些老玩意儿。我的意思是在基地设一个陷阱,就在地下。"

"接着说!"

"在那艘小飞船里有两颗新星炸弹。"他指着静态场那边说道,"我们把它们弄过来,隐蔽在基地里,然后让所有人都埋伏在静态场里等待时机,准备战斗。"

这个主意听起来挺诱人的,再也用不着我做这样或那样的决定了,一切都取决于机会。

"查利,我认为这似乎不大可行吧。"

查利似乎有点生气,"肯定行。"

"来,你瞧,要是按你的主意办,我们就必须确保每一个托伦星人进入杀伤范围。但是即便他们突破了我们的防线,他们也不会一窝蜂全都拥进基地。他们也许不会轻举妄动,而且会先派一个小分队进来,等小分队引爆炸弹后再——"

"要是丢了基地那就——抱歉!"

我耸了耸肩膀,"不管怎么说,这是个主意。再接着想想其他办法,查利。"我又把注意力集中到了显示屏上,只见侧翼的太空战正在激烈进行中。显然,敌人是想在向我们发起进攻前先打掉他们头顶上的战斗艇,这是符合逻辑的。我们所能做的不过是注意监控在我们周围待机而动的那些红色光点,并弄清它们的数量。我方的飞行员已击落了敌人几乎所有的无人驾驶飞艇,敌人目前也没有增派战斗艇去攻击我们的飞行员。

我已授权飞行员使用我们的激光防御圈内的五个激光发射器,但威力有限。一个激光发射器在几百米的范围内每秒钟可发射出相当于十亿瓦的能量,但将光束发射到一千公里的高空时,能量迅速减弱到几千瓦。要是光束直接命中敌人飞艇的光学传感器的话,说不定也能起点破坏作用,至少能形成一定程度的干扰。

"我们可以再派一艘战斗艇,或者六艘无人驾驶飞艇。"

"把所有无人驾驶飞艇都派出去。"我说。我们还有一艘小飞船,而且还配备了一名专职飞行员。一旦我们被困在静态场走投无路时,这似乎是我们唯一的希望。

"另外那个家伙离这儿有多远?"查利问道。他指的是那个正在逃跑的飞行员。我调了调显示屏,发现一个绿色光点在屏幕的右侧,"大约有六个光时的距离。"他还剩下两艘无人驾驶飞艇,有一艘无人驾驶飞艇在掩护他脱逃的过程中损失掉了。

"他已经不再加速了,但速度维持在0.9倍光速。"

"就是他愿意,现在也帮不了我们的忙。"他需要一个月时间减速。

在屏幕的下方,一个代表着我方用于防御的战斗艇的光点逐渐消失了。

"见鬼!"

"好戏要开场了。是不是让部队做好准备,到上面去迎战?"

"不……让他们先穿好作战服,以防我们空战失利。我判断敌人还得过些时候才能向我们发起进攻。"我又调了调显示屏,发现有四个红色的光点已经绕过星球向我们飞来。

我穿上作战服,回到指挥所,通过监视器观察战况。

激光发射器太棒了,它们在一瞬间就打掉了四艘前来攻击的敌人的无人驾驶飞艇。一枚炸弹在我们前方不远处爆炸了(爆炸点在距我们大约十公里处,我们的激光发射器的位置安装

第四部 少校曼德拉

得比较高,可以攻击两倍于此距离的目标)。爆炸形成了一个巨大的半圆形火球,发出耀眼的白光。一个小时后,火光稍微减弱,呈橘黄色。地表温度瞬间上升至绝对五十度,融化了地面上的积冰,露出了坑坑洼洼、深灰色的地面。

第二轮攻击一眨眼的工夫也结束了,但在这次攻击中,敌人动用了八艘无人驾驶飞艇,其中四艘冲到了离我们基地仅十公里处。燃烧着火焰的弹坑辐射出的热量把温度提高到了绝对三百度,已超过了水的沸点。我开始担忧起来,尽管作战服耐得住绝对一千度的高温,但自动激光发射器靠的是低温超导来维持射速。

我查询计算机,想查明激光发射器的工作温度极限。从《相对高温条件下激光发射器使用指南》中我们了解到,如果我们有装备齐全的军械库的话,就可以在必要时给激光发射器加装隔热层。《指南》还特别指出,随着温度的升高,激光发射器自动瞄准装置的反应时间也随之延长,而且一旦超过了某个"临界温度",瞄准装置就会完全失灵。我们所知道的仅仅是临界高温是绝对七百九十度,临界低温是绝对四百二十度。在这一范围内,每个激光发射器的工作状态是否有所不同我们却无法预测。

查利一直在注视着显示屏。"这回来了十六艘。"他通过作战服的步话机对我说道,声音干巴巴的。

"真的吗?"对于托伦星人的心理,我们已有所了解,其中之一就是他们十分注重数量。

"但愿他们只剩下三十二艘了。"我查了查电脑,得知托伦星人的飞船迄今已发射了四十四艘无人驾驶飞艇,他们有些飞船可以携带多达一百二十八艘这种无人驾驶飞艇。

在敌人的无人驾驶飞艇再次发起进攻前,我们还有半个多小时的时间。我可以把大家撤到静态场,那样的话,如果静态场只被一枚新星炸弹击中,我们还不至于有多大危险。虽说安全可以得到暂时的保障,但同时我们也可能被困在里边。如果我们被三枚或四枚——更不用说十六枚——新星炸弹击中,需要多少时间才能使弹坑冷却下来?你无法想象人们永远穿着作战服生存的状态,一个星期就让你蔫了,两个星期就想自杀,还没人能在战场条件下穿着作战服熬过三个星期。

此外,作为防御工事,静态场也可能成为我们自己的死亡陷阱。由于静态场形成的球形保护罩是不透明的,因此敌人可以有多种选择,而我们只有探出头去才能了解敌人的动态。如果敌人沉得住气的话,他们根本用不着带着那原始的武器贸然冲进来,他们只需对保护罩进行激光扫射,等待我们关闭静态场。他们还可以不断扔梭镖、石块等来骚扰我们。我们当然可以还击,但肯定收效甚微。

当然,我们可以把一个人留在基地,其他人则在静态场等候半小时,以观察情况。我最后下决心冒这个风险。我调整了一下步话机的频率,以便使军官都能听得见。

"我是曼德拉少校。"这称呼我自己也觉得别扭。

我把目前的形势向他们作了简要说明,并要求他们通知自己的部队迅速撤入静态场。我将独自待在基地里,如果一切正常,我将前去和他们会合。这并不是高尚,其实我宁愿在瞬间被化为灰烬也不愿被困在那个灰色保护罩下等死。

"查利,你也一起去,这儿交给我吧。"

"不,谢谢。"他缓缓地说道,"我很快就要……嘿,看这儿。"托伦星人的飞船在发射了几个红色光点后,隔了几分钟,又发射了另一个红色光点。图像显示这是另一艘无人驾驶飞艇。

"混蛋。"查利面无表情地骂道。

只有十一人愿意加入进入"圆形屋顶"的行动。这本不应该令人惊讶,但我还是感到吃惊。

敌人的无人驾驶飞艇越来越逼近,查利和我盯着监视器,并没有注意全息显示器。这时,所有的监视器屏幕上突然闪现出一片白光,接着是一阵静电狂啸,但我们还活着。

但是这一次在地平线上有十几个新的大坑。温度急剧上升,读数器上的显示乱七八糟,一片模糊,温度显示达到八百度的高峰后开始迅速下降。

在我们的激光发射器瞄准射击的瞬间,我们根本没有见到任何一艘飞艇,但是当第十七艘飞艇出现在远方时,我们看见了它。它迂回着向我们飞来,直接停在了我们的上空,先是在我们头顶上盘旋,然后突然向我们俯冲下来。我们有一半的激光发射器发现了目标并开始射击,但它们都已经失去了瞄准的功能,都定格在刚才最后开火射击的位置上。

它一边向下俯冲,一边闪闪发光,光滑的机身就像一面明亮的镜子,反射着来自弹坑的白色火焰和阴森可怕的不断燃烧着的激光光束。我听见查利吸了一口冷气。这艘飞艇越来越近,你甚至能很清楚地看到蚀刻在机身上的曲里拐弯的托伦星人的文字符号和尾翼透明的舷窗,发动机喷射着火焰。

"活见鬼!"查利沉着地说道。

"可能是侦察艇。"

"我也是这么认为。但我们现在拿他们没办法,他们也知道这一点。"

"除非激光发射器能恢复功能。"这似乎不可能,"我们最好让大家全部转移到保护罩下的静态场中去,我们也去。"

他吐出了一个词,其中的那个元音在历经几个世纪的演变后已经变得让我很难分辨,但是他的意思十分清楚:"别着急,先看看他们究竟会做什么!"

我们等了几个小时,外界温度一直稳定在绝对六百九十度,略低于锌的熔点。我下意识地试了一下激光发射器的手动击发器,它们仍然冻得纹丝不动。

"嘿,它们来了,还是八架。"查利喊道。

我朝显示器跑去,"我想,我们将……"

"瞧,它们不是无人驾驶飞艇。"显示器确认它们是运输艇。

"他们想完好无损地占领基地。"

或许他们是要试验新式武器和战术。"对他们而言,这并没有什么危险,他们可随时撤退,同时在我们头上扔下一颗新星炸弹。"我通知布瑞尔去集合在静态场里所有的人,把他们和自己排里剩下的人编在一起,负责基地防御圈北部的防御,我和其他人负责守卫南部的防御。

"我不明白,"查利说道,"也许我们没有必要把所有人都安排在上面,我们至少要等搞清楚到底来了多少托伦星人再说。"

他的话在理,留一个预备队,迷惑敌人,让他们无法弄清我们的实力。"是个好主意……那八架运输艇里可能搭乘了六十四个托伦星人。"或许是一百二十八个,还可能是二百五十六个。我们的侦察卫星的分辨率再强些该有多好,但一个葡萄大小的玩意儿有现在这本事就已经不错了。

我决定让布瑞尔带领七十个人作为我们的第一道防线,并命令他们进入我们设在基地外防御圈内的战壕里。其他人都在下面等着,伺机而动。

第四部 少校曼德拉

一旦发现托伦星人无论在数量上还是在装备上超过我们、使我们无法抵抗时,我就立即命令所有的人都撤进静态场。营房和静态场之间有一条地下通道,基地底层的人可以直接安全地撤到那里。在基地外战壕里的人就不得不冒着敌人的火力撤退,当然前提是我下达命令时他们还活着。

我把希利波尔叫了进来,让她和查利一起照看激光发射器。一旦激光发射器恢复正常,我就让布瑞尔和她的人撤回来,然后打开自动瞄准系统,坐下来看热闹就行了。尽管现在激光发射器不能移动,但还是有用处的。查利在监视器上标出了各个激光发射器光束的发射方向,他和希利波尔可以据此手动操作激光发射器,攻击进入射击范围的目标。

我们大约还有二十分钟。布瑞尔在基地上面的防御圈里四处巡查,安排手下的人分批进入战壕,每次一个班,并让他们构成交叉火力网。我和她通了话,告诉她准备好重型武器,以便把敌人的先遣队赶入我们激光发射器的有效射击范围。

一切安排停当,现在只能等待。我要查利测算一下敌人的推进速度,以便我们心里有数,然后坐到桌旁,拿出写字板,把布瑞尔的部署勾画了出来,看是否还有改进之处。

那只猫跳到我的膝盖上,喵喵地叫着。我们都穿着作战服,它显然认不出谁是谁,但除了我之外,别人谁也没在这张桌子前坐过。我伸手拍了拍它,它随即跳开了。

我画第一道线时,一下就划破了四张纸。很长时间没有穿着作战服干细活了。记得以前训练时,教官曾让我们反复练习,掌握作战服的力量放大功能,他甚至让我们穿着作战服传递鸡蛋,但是我们常常弄得一身狼藉。现在我一直在想:地球上现在是否还有鸡蛋?

防御部署图画成了,我发现没有什么可改动的。各种军事理论塞满了我的大脑,其中有许多关于合围的战术构想,但都出于错误的观点。如果你是那个被合围的人,你不会有很多选择,拼死战斗就是了。对敌人力量的集结要做出迅速反应,同时保持灵活机动的战术,使敌人不能轻易分兵去攻击自己防御阵地的薄弱环节。充分利用空中和太空支援,坚守阵地,别想什么奠边府之战、阿拉莫之战或哈斯汀战役那类的事。

查利喊道:"又来了八艘运输艇,比第一批的八艘晚五分钟。"

看来他们准备分两拨进攻,至少是两拨。如果我处于托伦星人指挥官的位置,我将怎么办呢?这倒不是什么牵强附会,托伦星人缺少战术想象力,他们不过是模仿人类的战术模式。

第一轮攻击很可能是投石问路,是一次自杀式的攻击,以便削弱我们的力量,同时摸清我们的防线;第二轮攻击则会有条不紊地进行,直到完成任务。或者是第一拨攻击部队准备用二十分钟时间筑好工事就地警戒,第二拨则越过前者,集中力量攻击我们防线的一点,而后突破防线,占领基地。

或许他们分两批来进攻仅仅是因为数字"2"对他们来说是一个神奇的数字。还有一种可能就是他们一次只能派出八艘飞艇。

"三分钟。"我盯着显示出我方雷区各处情况的一系列监视器。如果幸运的话,他们会在那儿着陆,或者是在低空飞过时引爆地雷。

我突然隐隐地感到有些内疚。我安全无忧地待在基地的掩体里胡思乱想,还不时地发出命令,基地上面防御工事里的那七十个牺牲的羔羊对我这指挥官会做何感想呢?

第四部　少校曼德拉

我记起了在我执行第一次任务时是怎么看斯托特上尉的：他自己留在安全的太空轨道上，而我们却要在地面作战。每次回忆起这件事，我还是抑制不住地感到恶心。

"希利波尔，你能自己操作激光发射器吗？"

"当然能，长官。"

我扔下铅笔，站起来，"查利，你留在作战室里协调指挥，我相信你能和我干得一样好。我到上面去看看。"

"我想这样不合适吧，长官。"

"算了，威廉，别那么傻。"

"我不是在接受命令，我是在发布……"

"在上边你连十秒钟也活不了。"查利说道。

"我要和其他人同担风险。"

"你没听见我说什么吗？他们会杀了你。"

"你是说咱们自己的部队？瞎说。我知道他们不是特别喜欢我，可不至于……"

"你可能没有监听过他们的通话频道吧。"当然没有，他们之间谈话时讲的英语和我的英语完全是两码事，"他们认为你派他们出去是对他们胆小怯战的惩罚。难道不是这样吗，长官？"

"惩罚他们？不，当然不是。"这一点我毫无意识，"他们在顶上，是战斗需要……难道布瑞尔中尉没有向他们说清楚吗？"

"据我所知，没有。"查利说道，"她可能忙得忘记向手下交代了吧。"

也可能她和士兵们是一条心。

"我最好上去……"

"瞧啊！"希利波尔喊道。第一艘敌人的飞艇出现在我们的一台雷区监视器上，不一会儿，第二批又出现了。他们从各个方向飞来,不均匀地分布在基地上空。五艘在东北角,其中有一艘在西南角。我把情况通报给了布瑞尔。

我们的预测十分准确,敌人全部降落在了雷区内。有一个托伦星人引爆了一个超光速粒子地雷,剧烈的爆炸击落了一架样子古怪的敌人的飞行器,它一头栽在地上。这时,飞行器上的侧门打开了,托伦星人蜂拥而出,一共有十二个人,可能还有四个留在里面。如果每架托伦星人的飞行器都搭乘十六个人的话,那他们的兵力只比我们略多一点。

第一轮进攻开始了。

另外七艘托伦星人的运输艇顺利着陆了。没错,每一艘上都载有十六名托伦星人。布瑞尔增调了几个班前往敌人比较集中的地方,她自己在原地指挥。

托伦星人很快就穿过了雷区,他们排着整齐的队伍,用他们那弓形腿迈着巨大的步伐前进,像一排排头重脚轻的机器人。他们义无反顾地向我们的阵地冲来,即便是有人被我们的地雷炸成碎片也全然不顾,继续挺进。

在托伦星人向我们的阵地接近时,我们发现他们的兵力部署和分配看上去十分随意,漫无目的。但实际上,他们之所以这样做,原因显而易见。他们事先分析过采用何种战术才能最大限度地利用自然隐蔽物——就是那些被无人驾驶飞艇炸出的砾石,这样,他们就可以在进入我们的射击范围前,靠近到离我们基地几公里的地方。他们的作战服里也有增效装置,和我们所配备的功能相似。这种装置可以使他们在不到一分钟的时间里前进一公里。

布瑞尔命令她的部队立刻开火,与其说是为了击中敌人,倒不如说是为了鼓舞士气壮壮胆而已。他们可能消灭了几个托伦星人，但当时谁也说不清楚。至少他们发射的超光速粒子火箭把周围的巨石都变成了碎片。

托伦星人开始还击了，他们使用的武器和我们使用的超光速粒子火箭极为相似，简直就是一模一样。他们根本找不到目标，我们全都隐蔽在地下，他们的火箭如果击不中目标，就会继续飞下去。他们击中了我们的一个激光发射器，爆炸引起的震动让我们这些躲在地下二十米处的人也感到无法忍受，我真后悔当初没把掩体再挖得深些。

我们那些功率为十亿瓦的激光发射器没能派上什么用场，可能是托伦星人事先已经计算出了我们激光发射器的射击极限，他们利用了光束的死角。对他们而言，这当然是十分有利的，但查利却不得不花工夫在监视器上重新确定他们的位置。

"真是活见鬼！"

"怎么啦，查利？"我的眼睛一刻也没离开过监视器，好像在等待什么事情发生。

"那艘飞船消失了。"我看了一下全息显示器。查利是对的，上面剩下的那些红色的光点代表运输艇。

"它朝哪个方向逃走了？"

"我来回放一下刚才的录像。"他一边说，一边把显示器调回到几分钟前的显示上，这时行星和坍缩星同时出现在屏幕上。这时，托伦星人的飞船出现了，附近还有三个绿色光点。我们的"胆小鬼"正在用仅有的两架无人驾驶飞艇攻击敌人的飞船。

物理学定律帮了"胆小鬼"的忙。

"胆小鬼"没有飞进坍缩星的引力场，而是在引力场边上呈抛物线状飞行，飞行速度达到了光速的十分之九，它以零点九九倍光速的速度直接冲向敌船。我们所处的行星距坍缩星一千光秒的距离,因此托伦星人的飞船只有十秒钟的时间来发现和阻止我们的无人驾驶飞艇。在那样高的速度上,无论是被一颗新星炸弹击中还是被纸团击中,结果都是一样的。

第一架无人驾驶飞艇撞碎了托伦星人的飞船;第二架仅相隔零点零一秒滑了过去,撞到了我们这颗行星上。战斗艇从离我们几百公里远的地方掠了过去,冲入太空,并且以25G的速度减速,尽管如此,它还是要几个月后才能返回。

但是托伦星人不打算等待,他们继续朝我们冲来,已经离我们的防线很近了,两边都进入了激光枪的射程,他们甚至已经进入了我们枪榴弹的杀伤范围。一块大岩石能够使他们免遭激光枪的攻击,但是我们的枪榴弹和火箭却照样能发挥巨大的杀伤作用。

战斗开始时,布瑞尔的部队占有极大的地利优势,有战壕作掩护,他们只是偶尔被托伦星人的手榴弹击中(托伦星人可以把手榴弹掷到几百米远的地方)。布瑞尔一共损失了四个人,但此时,托伦星人的部队似乎已损失过半。

最后,托伦星人用地面上炸出的弹坑为掩护,向我们射击。变成了单个的激光枪之间的交锋,重型武器只是偶尔才能用得上。用超光速粒子火箭对付单个的托伦星人显然是不合算的,特别是考虑到可能还会有大批的敌人援兵赶来增援。

全息显示屏中的一个显示目标始终困扰着我,在战斗间隙,我突然弄清楚它是什么东西了。

当第二架无人驾驶飞艇以近乎光速的速度坠落撞击我们这颗行星时,它将对这颗行星造成多大损害呢?我朝计算机走去,敲了一下键盘,测算了一下在碰撞过程中到底有多少能量释放出来,然后用计算机里储存的地质学信息做了一下比较。

比较显示,碰撞产生的能量超过地球上最强烈地震产生的能量的二十倍,而我们这颗行星的体积仅为地球的四分之三。这意味着一场巨大的地震即将发生。

我接通了所有人的频道。"所有人都到上边去,立刻!"我按了一下从指挥中心通向地面通道的按钮,打开了门。

"见什么鬼了?"

"地震!"

"赶快行动!"

希利波尔和查利紧跟我的身后,那只猫坐在我的桌子上,无忧无虑地舔着自己的身子。我一时间想把它塞进我的作战服里带走,它就是被这样从飞船上带到基地来的;但又一想,它在作战服里连几分钟也待不住。突然,我又想用激光枪把它干掉。就在这时,门关上了,大家都在顺着楼梯向上爬。一路上,那只可怜的动物的影子不时地出现在我的脑海里:它正困在成千上万吨碎石中,随着氧气的耗尽慢慢死去。

"在战壕里安全吗?"查利问道。

"不知道,"我说,"我还没遇到过地震。"战壕也许会倒塌,把我们砸在里面。

地面上出奇的黑暗让我很惊讶,好在德奥达思已经调好了监视器。

敌人的激光枪发射的光束从我们的左侧穿过,火花四溅。我们并没有被发现,我们都一致认为在战壕里会更安全些,所以,我们立即进入了附近的战壕。

战壕里已经有了四男一女,其中一个身受重伤,也可能已经死了。我们从边上爬了过去,我打开了我的图像放大器,想查看一下战壕里的人是谁。他们中有一个是掷弹手,更令我高兴的是,他还拥有一个火箭筒。我能从他们的头盔上辨别出他们的名字。我们恰好到了布瑞尔的战壕里,但她没注意到我们。她当时正在战壕的另一端小心翼翼地监视着周围的情况,指挥两个班向侧翼运动,当他们安全到达位置后,她才匍匐回来,"是你吗,少校?"

"是我。"我小心地说道。

"关于地震,有什么情况吗?"

她已经听说敌船被消灭的消息,但无人驾驶飞艇的事她还一无所知,我尽可能简单地给她解释了几句。

"没有人从真空锁那里出来,"她说,"到目前为止还没有人出来,我想他们大概都进入了静态场。"

也许他们当中一些人还在下面,把我的警告当耳边风。我是用公共频道向所有人发布的命令,可不久之后,一切都失去了控制。

地面突然下陷,接着又被掀了上来,把我们高高地抛向了空中,接着我们又重重地摔落在地。还没落地的时候,我们清楚地看见一团团橘红色、椭圆形的火球,那是在炸弹爆炸后形成的燃烧的弹坑。我落在了地上,但是整个大地都在颤抖,根本站立不稳。

随着一阵低沉的声响,我感到我们基地上的那片空旷的区域顷刻间塌陷了下去。随着地面的崩塌,一部分静态场裸露了出来,高高地耸立在崩塌的大地之上。

我这时只希望其他人有足够的时间和机智躲到静态场的保护罩下面去。

一个影子踉踉跄跄地从战壕里朝我走来,我立刻惊讶地意识到,这不是一个人类,我举起激光枪,直接击穿了它的头盔,它

第四部　少校曼德拉

跌跌撞撞地向前走了两步,仰身摔倒在地。另一个头盔又从战壕边上露了出来,没等它举起武器,我就干掉了它。

我已经无法辨别方向,唯一没有变化的就是静态场的保护罩,但从任何角度看上去它都是一样的。大功率的激光发射器都埋在地下了,但其中一个不知何故处于发射状态,一道强烈的光束像探照灯一样,映照出一团团被熔化了的岩石形成的云团。

很明显,我已经处在了敌人控制的地区。尽管大地在颤抖,我还是急速朝保护罩跑去。我无法与排长们联系,除了布瑞尔以外,他们大概都在保护罩里。我找到了希利波尔和查利,告诉希利波尔去保护罩把其他人叫出来。如果下拨敌人还是一百二十八个人的话,我们所有的人都得上阵。

余震渐渐消失了,我们来到了另外一条战壕,这儿的情况还不错。这里好像是炊事兵的专用坑道,因为那里仅有的两个人是奥尔班和鲁德科斯基。

"看上去你们又要重操旧业了,是吗?"

"没错,长官,是该歇口气了。"

这时我收到了希利波尔的呼叫:"长官,这儿只有十个人,其他的下落不明。"

"他们都被困在下边了吗?他们应该有足够的时间撤离的!"

"我也不清楚,长官。"

"没关系,把现在的人清点一下,给我报个数。"我试着与排长们通话,但还是没有回音。

我们三人观察着敌人激光枪的火力,但是没有动静,他们好像是在等待增援。

希利波尔接通了我的频道,"先生,我这儿一共有五十三个人,其中有好几个好像处于精神错乱状态。"

"好吧,让他们原地待命……"这时,第二轮攻击开始了,运输艇呼啸着向我方奔来。"让这些王八蛋们尝尝火箭的滋味!"希利波尔对每个人呼喊道。可是在地震发生时,大家的火箭筒和枪榴弹发射器都丢失了。敌人又离得太远,激光枪的射程根本够不到。这些运输艇比第一轮进攻时使用的那些大四到五倍。其中一架在我们前方大约一公里处着陆。一会儿工夫,上面的托伦星人就下了飞机,一共有六十四个,照此推算,这次他们的八艘飞艇共运来五百一十二人。我们不可能击退他们。

"全体注意,我是曼德拉少校。"我竭力使我的声音保持镇静,"全体撤回到保护罩下,要有秩序地撤退。我知道现在我们已经被打乱,人员已经分散,听我的命令,二排和四排的人原地不动,在一排和三排撤退时为他们提供火力掩护。

"一排和三排撤到离保护罩一半距离时,为二排和四排提供掩护,然后一排和三排撤到保护罩边沿时再掩护二排和四排撤退。"

我不应该使用"撤退"这个词,因为作战条例里没有这个说法,我应该用"规避行动"这个词。

什么"规避行动",完全是彻头彻尾的溃退。只有八九个士兵在射击,其他人都狂奔着退下去。鲁德科斯基和奥尔班早就不见了踪影。我打了几枪,没有击中,然后跑到战壕里的另一头,爬出来朝保护罩跑去。

托伦星人开始发射火箭,但大多数火箭都射得偏高。我跑到一半的时候看见两个士兵被炸飞了,我急中生智,隐蔽在一块巨石后边。我向外观察了一下,发现只有两三个托伦星人离我较近,我的激光枪勉强能射得着他们,但此时的明智之举是别引起他们的注意。我加快步伐朝保护罩跑去,跑到保护罩边时,我停住脚步开始还击。没打几枪,我就发现自己成了敌人的靶子。当时我看见除我之外,还剩一个人在向保护罩狂奔。

一枚火箭嗖的一声从我身边飞过,近得甚至一伸手就能抓住它。我再也不敢耽搁,一躬身,狼狈不堪地钻进了保护罩。

7

在保护罩里,我看到那枚没有击中我的火箭缓缓地滑过,慢慢升高,穿透保护罩,飞到另一侧去了。它一穿过保护罩,就会变为气体,因为它的速度在锐减到每秒十六点三米的过程中,失去的动能要以热量的形式表现出来。

共有九个人在静态场内死去了,他们全都趴在地上。这是意料之中的事,但这种事对士兵们是要保密的。

他们的战斗服完好无损——要不然他们也不能跑这么远。但他们刚才撤退时不小心弄坏了作战服里的特殊绝缘层,这种绝缘层可以保护他们不受静态场的损伤。所以,他们刚一进静态场,作战服里的电子元件就全都停止了工作,他们因此立时毙命。而且,由于他们体内的分子不可能以超过每秒十六点三米的速度活动,他们在刹那间就被冻僵,体温保持在绝对温度0.426度的水平上。

我不打算查看他们的身体以确定他们的名字,现在还不是时候。我们必须在托伦星人进入保护罩前布置好防御阵地——如果他们决定立即发起进攻的话。

我用各种各样的手势,把所有人都集中到了静态场中央停放的小飞船的机尾下面,那儿堆放着各式各样的武器。

武器倒很充足,因为我们准备了超过人员三倍数量的武器,在发给每人一块盾牌和一把短剑之后,我在雪地上写下一句话:有好的弓箭手吗?举起手来。有五个志愿者举了手。我又另挑选了三个,这样所有的弓箭都能派上用场。每张弓有二十支箭,这是我们所拥有的最有效的远程武器。虽然箭的飞行速度很慢,但重重的箭头上附着一块金刚石般坚硬的致命的晶体片。

我把这些弓箭手安排在小飞船周围(小飞船的起落架会给他们一些保护,防止来自背后的袭击)。每两个弓箭手之间部署四个人:两个掷矛手,另外两个一个用铁矛,一个用战斧和环形镖。这种部署从理论上讲应该能对付任何距离上的敌人,从静态场边缘的射击,到短兵相接的搏斗。

实际上,如果敌人知道现在的兵力对比几乎是六百比四十二的话,他们可能就会每人拿一块石头闯进来,用不着什么特殊武器就能把我们打个屁滚尿流;而且他们的技术原本还是很先进的。

几小时过去了,什么也没有发生。我们四处走动,烦躁透顶,等待死亡的到来。没人可以交谈,所能看见的只有那颜色一成不变的灰色保护罩、灰色的雪、灰色的飞船和几个作战服已变成灰色的士兵,再也看不到别的什么东西。没有什么可听、可尝、可感觉的,只有你自己。

我们当中那些仍对这场战斗抱有兴趣和信心的人,一直在保护罩的底部观察,等待着第一批托伦星人冲进来,当进攻真正开始时,我们过了片刻才意识到到底发生了什么。托伦星人从空中发起了进攻,而不是从地面上。密密麻麻发射而至的箭,穿过保护罩,从离地面约三十米高的地方,射到保护罩的中心。

我们的盾很大，稍稍蜷曲身体就可以保护全身。那些看到箭从远方发射而至的人可以轻松地保护自己，而那些背对着箭射来的方向的人或正在睡梦中的人，就只有靠上天保佑了。没办法发出警告，因为箭从保护罩边缘射到中心只需三秒钟。

我们很幸运，只损失了五个人。其中有一个是弓箭手舒比克。我拿过她的弓，大家在默默地等待着，期待着一场肉搏战立刻到来。

什么也没有发生。半小时后，我沿着防御阵地走了一圈，用手势向大家说明如果发生情况应该首先做什么——我告诉他们首先触一触自己右侧的人，依次类推，以使信息传递下去。

可能正是这种做法才使我大难不死。几小时后，第二批箭从我背后射来时，我察觉出我右边的人用肘推了我一下，我一转身，看到托伦星人的箭铺天盖地直飞过来，我刚用盾牌护住头，盾牌就被击中了。

我调好弓，从盾牌上拔下三支箭，这时，地面进攻开始了。

那情景非常奇特，令人难忘。大约三百个托伦星人同时冲进了保护罩，他们肩并肩，从四面八方向中心挺进。他们每人手中都拿着个盾牌，盾牌很小，几乎遮不住他们宽大的胸膛。他们不断地向我们发射和我们使用的极为相似的箭。

我把盾牌挡在胸前，盾牌的底部有一个装置，可以使盾牌立在地上。我刚射出一支箭，就发觉机会来了。我的箭穿过一个托伦星人盾牌的中央，射进了他的作战服。

这简直是一场单方面的屠杀，对方那些箭除了看起来骇人外没有多大效果——但当一支从背后射来的箭从头顶掠过时，也会令人不寒而栗，浑身起鸡皮疙瘩。

我的二十支箭箭无虚发，消灭了二十个托伦星人。每当一

第四部　少校曼德拉

个托伦星人倒下时,他们马上缩紧阵形。这样一来,你甚至不用瞄准就能随便射中一个目标。在我的箭用完之后,我试着把他们的箭射回去,但他们的盾牌防御这种小箭还是绰绰有余的。

托伦星人还没有冲到可以和我们进行肉搏战的距离就已经损失过半,大部分都是被我们的箭和标枪消灭的。我拔出剑,等待着。他们的人数仍远远超过我们,可以以三对一。

当他们离我们有十米远时,使用环形镖的人们有了用武之地。尽管那旋转的环形镖很容易被发现,而且需要半秒钟才能射中目标,但大多数托伦星人的反应也同样迟钝。他们只会举起盾牌,挡开飞来的利刃。这时,锋利的刀刃就会轻而易举地劈开他们的盾牌,就像嗡嗡响着的锯子切开纸板一样。

和托伦星人开始进行肉搏战的时候,我们首先使用的是铁矛。这是些长约两米的金属棒,上端逐渐变细,两边开刃,成锯齿状。托伦星人简直就是些冷血动物,他们毫不畏惧,视死如归,直接用手抓住铁矛前端锋利的刀刃。在你想把铁矛从已经死去的托伦星人的手中拔出时,另外的托伦星人就会挥舞着一米多长的弯刀把你劈死。

除了弯刀外,托伦星人还使用一种新型的武器,武器一端是一段可以伸缩自如的绳索,另一端是约十厘米长的挂着倒钩的细线。这种武器十分危险,即便它第一次没能命中目标,那些带着倒钩的细线还可以弹回来,令人防不胜防。实际上,这种武器的命中率极高,它可以绕过盾牌,缠住我们的踝关节。

我与列兵艾里克森背靠背站着。靠我们的剑,我们还可以坚持一些时间。当托伦星人减少到不足三十人时,他们转身开始撤退。我们跟在他们的身后向他们投标枪,又消灭了三个。但我们并不想去追赶他们,以免他们被逼急了又返回来和我们拼命。

我们只剩下二十八个人站在那里。差不多十倍于这个数字的托伦星人的尸体横七竖八地躺在地上,但这还是不能让人满意。

他们前来增援的三百人很快就会卷土重来。要是这样,我们就撑不住了。

我们从一具具尸体上把箭和标枪拔出,但没人去收回那些铁矛。我清点了一下人数,查利和黛安娜仍然活着,希利波尔成了铁矛的牺牲品之一。还有两位军官:威尔勃和斯德罗夫斯基,也命丧于此。鲁德科斯基还活着,但奥尔班中了一箭。

我们轮流休息,每次两个,到静态场发生器的顶上睡觉。其他人则坐在小飞船的正下方,那儿最安全。

时不时地,一个托伦星人会在静态场的边上露出头来,显然是想看看我们还剩下多少人。有时候,我们会向他射一箭,只为了练习一下箭法。

几天后他们不再向我们放箭,我想他们的箭可能已经耗尽了,也可能是因为发现我们仅剩下二十几个人了吧。

还有另一种可能。我取来一支铁矛,走到静态场的边缘,把铁矛伸到外边约一厘米。当我把铁矛抽回来时,我发现铁矛的顶尖部分已经熔化。我给查利看了看,他前后摇了摇身体(穿着作战服点头时就是这副模样)。托伦星人是想通过对静态场进行密集的激光火力封锁,使得我们受不了长期的幽闭而发疯,最终无奈之下关闭静态场发生器,然后再伺机动手。他们此时可能正在自己的飞船上玩着托伦星版的皮纳克尔纸牌游戏[1]。

我极力地理清自己的思路。在这种充满敌意的恶劣环境下,

---

[1]纸牌游戏名。

你的思想很难长时间地集中在一件事上,感觉似乎都不存在了。每隔几秒钟你就得抬头观察是否有敌人的箭袭来。查利说过什么来着,就在昨天,我极力想回忆起来。当时他的主意听起来似乎不太有用,可他究竟是怎么说的呢?终于,我记起来了。

我把大家集合起来,在雪地上写道:

把新星炸弹从飞船中卸下,

运到静态场边。

转移静态场。

司德鲁科知道飞船上存放工具的地方。幸运的是,在启动静态场的时候,所有的通道都是开着的。通道都是电子控制的,要是当时关闭了话,就会被锁住。我们在发动机舱找到了一套扳手,然后来到驾驶舱。司德鲁科打开了一条通向弹药舱的通道,我跟着他沿着一条仅有一米粗细的通道爬了进去。

我原本以为那儿一定是漆黑一片,可进去后发现,静态场发出的微光能够穿透机身,照亮通道。弹药舱太小,只能容下一个人,所以我就在通道尽头等候司德鲁科。

弹药舱的门并不难开,司德鲁科转动门上的把手打开了门,我们立即开始工作。可是,把新星炸弹从固定支架上取下来就不那么容易了。司德鲁科返回发动机舱取来一根撬棒,很快卸下了一颗炸弹,我卸下了另一颗,随后,我们把炸弹滚出了弹药舱。

我们刚把炸弹运出来,安吉列夫就开始干了起来。使炸弹进入战斗状态非常简单,只需打开弹头上的引信,然后开启爆炸延时装置,解除保险就行了。

我们立即行动,很快把炸弹搬到了静态场的边缘,六个人抬一颗,把它们并排放在一起。然后我们向站在静态场发生器边上的四个人挥手发出了信号,他们提起发生器,向相反的方向走了十步。炸弹消失在静态场的边缘。

无疑,炸弹爆炸了,爆炸瞬间产生的热量不亚于太空中一颗恒星内部的热量,甚至在静态场里,我们也感到了它们的威力。静态场保护罩约三分之一的部分—时间发出粉红色的光,但随即又恢复了原来的灰色。这时我们觉得有一点加速的感觉,就像你在一个慢速电梯里感觉到的那样,这就是说我们正慢慢滑向弹坑底部。这弹坑底部是坚硬的吗,还是我们会陷入熔岩,就像一只困在琥珀中的苍蝇?想这些已经没用。要是真的发生这种情况,我们可以用小飞船上的十亿瓦激光炮杀开一条血路冲出去。

无论怎样,我们还有十二个人。

有多长时间了?查利在我脚边的雪地上写出这几个字。这真他妈是个绝妙的问题,我所知道的就是两枚新星炸弹所释放出的能量,我不知道它们能产生多大的火球,而这能决定爆炸时温度的高低和弹坑的大小。我不知道周围岩石的耐热力,或它们的熔点。我写道:一个星期?不知道,只有自己去琢磨了。

小飞船上的计算机本该在千分之一秒内将有关信息传递给我,但却没有。我开始在雪上写下方程式,试着算出外面温度降到绝对五百度时所需要时间的最大值和最小值。安吉列夫的物理知识更现代一些,他也在飞船的另一端进行运算。

我的答案是在六小时和六天之间(要是六个小时的话,周围的岩石必须具有铜的导热性能)。而安吉列夫的答案是五小时至四天半。六个人同意我的结论,其他人不发表意见。

我们睡了很长时间,睡醒后,查利和黛安娜在雪上画出各种符号来下棋,我又开始考虑冷却时间的问题。我把运算数据又

第四部 少校曼德拉

反复验算了几遍,得出的结论仍然是六天。我还按安吉列夫的方法算了几遍,发现他的计算结果也有根据,但我还是坚持自己的结论。

把炸弹丢到外面去的那天,我们还剩下十九个人;六天以后,当我把手放在发生器的开关上时,我们还是十九个人。可一旦我关闭静态场,外面等待我们的会是什么呢?可以肯定的是,爆炸把周围所有的托伦星人都消灭了,但很可能在较远的地方,他们的预备队正耐心地等在弹坑边缘呢!至少我们知道,外面的温度已经不能使伸出去的铁棒熔化了。

我把剩下的人均匀地分散开,以免被托伦星人一举全歼,然后做好准备,万一有什么不测时,立即重新开启静态场。一切就绪后,我按下了停止开关。

8

我的无线电仍调在公共频道。在经过一个多星期的寂静之后,耳机里突然传来了各种响亮而又兴奋的嘈杂声。

我们处在一个宽度和深度均为约一公里的弹坑的中央。弹坑四壁是闪闪发光的黑色岩石,上面遍布着红色的裂缝,坑壁依然很热,但已不再有危险。我们停留的半球已经塌落到弹坑底部的四十米之下,岩浆滚滚,热浪翻腾,所以我们就好像待在一个孤零零的基座上。

托伦星人已经无影无踪。我们冲向小飞船,给小飞船加满了冷却空气,并密封好后,解开了作战服。我并没有以长官自居,第一个使用那唯一的淋浴器,而是坐在一个加速时使用的座椅上,大口大口地呼吸着新鲜空气,尽情地享受着摆脱了作战服里那令人难忍的循环气体后的欢娱。

这艘飞船设计的最大载客量是十二人,所以我们不得不轮流在船上休息,始终有七个人需待在外面,以免过分损耗飞船上的生命维护系统。我不断重复地呼叫着另一架战斗艇——它还在六光周之外的地方,告诉他们我们目前情况很好,正等待他们前来营救。我确信他们还有七个空铺位,因为通常执行战斗任务的机组只有三人。

能够四处走动并相互交谈真是好极了。我正式宣布暂停等候救援期间的所有的军事活动。我们当中有些人是布瑞尔手下的幸存者,但他们并未对我表现出敌意。

我们玩了一种思乡怀旧的游戏,把我们在地球上所经历过的不同的时代进行比较,憧憬着七百年后我们返回那儿将是何等景象。但没人提起这样一个事实:我们下次回去,至多只能休几个月的假,然后,又会被派出去参加另一支特遣突击队,投入新一轮的战斗。

一天,查利问我的名字出自哪一个国家的风俗,对他来说,我的名字听起来有点怪。

我费尽九牛二虎之力,用了足有半小时的时间向他解释我名字的出处。从根本上说,我的父母是嬉皮士,他们和其他嬉皮士一起住在一个小的农耕社团里。当我妈妈怀孕时,父母并没有按传统习俗结婚:如果结婚的话,女方就要用男方的姓氏,这就意味着她是他的财产。他们感情稳定,爱恋至深,于是,他们决定一起改掉自己的姓而用同一个姓。他们骑车去了最近的城镇,一路上不断争论着什么姓才能体现他们圣洁的爱情纽带。我差一点儿就能拥有一个更短的姓——但他们最终定名为曼德拉。

"曼德拉"是一个车轮状的、嬉皮士们从别的宗教里借来的图腾,它代表宇宙、宇宙的思想、上帝以及一切需要象征性图腾的东西。我的父母都不知道怎么拼这个词,当地的地方法官根据那词的读音定下了现在的拼法。

他们叫我威廉,以纪念我的一个曾经家财万贯的叔叔。这位叔叔后来很不幸,死的时候一文不名。

这六个星期过得相当愉快,谈天、读书、休息。战斗艇在我们旁边着陆并且有七个空铺位,我们重新编配了机组成员,以便在飞船上预先设定好的坍缩星跃迁程序出现故障时,每艘飞船上都有人能使它脱离危险。我决定随前来救援的战斗艇一同行动,希望在那里能有一些新书,但事与愿违。

我们进入抗荷舱后,立即起飞了。

我们长时间地待在舱里,就是为了避免整天在拥挤的飞船里看相同的脸孔,依现在的速率,我们将在十个月内回到门户星一号,这当然是按飞船上的时间计算的;假定从一个地球观察者的角度说,我们得用接近三百四十年时间才能到达。

在门户星1号的轨道上有成百上千艘敌人的飞船。这真是太糟糕了,有这么多敌人飞船的存在,回地球休假只能是痴心妄想、一厢情愿了。

就我而言,我更有可能被送上军事法庭而非休假。全连损失超过百分之八十八,其中许多人的死是因为他们对我没有足够的信心,因而在地震即将发生时拒不执行我的命令。我们此行可以说是一事无成,又回到了开始的地方。虽说"萨德138号"坍缩星上已经没有了托伦星人,但我们的基地也丧失了。

我们接到着陆指令后就直接降落了,而没有分乘穿梭机分批着陆。着陆时我吃惊地发现了一件从来没有见过的怪事:几十艘飞船整齐地排列在太空港(他们以前从未这样做过,以防门户星1号遭到敌人偷袭);更让人难以置信的是,有两艘缴获的托伦星人飞船也停放在那里。我们从未弄到过一艘完好无损的托伦星人飞船。

七个世纪的时间可能已经使我们处于决定性的优势地位,我们或许就要打赢这场战争。

第四部 少校曼德拉

我们穿过标有"回归者"标志的真空锁。在重新充满空气后,我们解开了作战服,一个漂亮的女人推着一车的军用紧身衣进来,用特别纯正的英语告诉我们穿着完毕后立即到走廊尽头左边的礼堂集合。

紧身衣让人感觉很特别,舒适而又轻快。过去一年多来,我们不是身着作战服就是赤身裸体,这还是头一回穿上舒适的衣服。

礼堂对我们这可怜巴巴的二十二人来说真有些太大了,两千人进去也绰绰有余。先前那个漂亮的女人也在这里,她告诉我们坐到前面去。这真让人不安,我不禁被她裹在衣服里的丰满的臀部深深地迷住了。

我们坐在那儿等候了片刻,一个男人穿着件和我们同样的无装饰的紧身衣,两只胳膊下各夹着一沓厚厚的文件走上演讲台。

那女人跟在他后面,手里拿着些书本。

我向身后看了一眼,让我感到不可思议的是,给我们发服装的女人还站在过道上。原来,台上的那对男女和过道里的那位是同胎兄妹。

那个男人翻弄着手中的书本,清了清嗓子,"这些书是为方便你们准备的,"他操着纯正地道的口音,"这些东西如果你们不想读的话,我们不会强求,你们不必做任何你们不想做的事情。因为……你们已经是自由的男女,战争结束了。"

一阵令人难以置信的沉默。

"就像你们将在书中读到的那样,战争在二百二十一年以前已经结束。依据新的纪年法,现在是220年,当然,用旧式的说法是公元3138年。

"你们是最后一批回来的士兵,你们离开这儿时,我同样也将离开,然后摧毁门户星1号上的军用设施。门户星1号现在只是作为接应回归者飞船的集结地,同时它还是象征人类愚蠢行为的一座纪念碑。这是一个耻辱,你们会在书中读到,摧毁将是一种净化。"

他停了下来。那位女士紧接着开口说道:"我对你们曾经历过的一切深感同情,希望我能说你们所做的一切都是为了正义的事业。但看过书中的记载,你们就会明白根本不是么回事。

"甚至你们所积累的财富、工资和利息也已经是一文不值,因为我们不再使用钱或信用卡,也不再有所谓'经济'这回事。所以,尽管你们腰缠万贯,也派不上用场。"

"现在你们一定猜到了,"那个男人接过话去,"我是——我们是同一个人的克隆后代,大约二百五十年前,我的本体名叫卡恩,现在的这个我名叫克隆人。

"在你们连中有我的一个直系祖先,是兰利·卡恩下士,他没能回来,我感到很难过。"

"我们的数量已逾百亿,但我们的意志是单一的,"那位女士说道,"在你们读了这些书后,我再详细给你们解释。我知道你们对现在的情况很难理解。

"现在已经停止克隆人,因为我们的形态已近完美。只是在有人死去时,才会用新的克隆人替代他们。"

"但是,仍有一些星球,在那里,人类是通过正常的、哺乳动物特有的方式生育。如果你们实在无法理解我们的社会形态,你们可以到任何一颗这样的星球上去。如果你们想生儿育女,我不会干预。许多老兵已让我把他们重新变成了异性恋者,以便能更好地适应这些社会,这对我来说是轻而易举。你们将作

第四部　少校曼德拉

为我的客人在门户星1号停留十天,然后你们将被送到你们想去的地方。"男人说道,"同时请看看这本书,你们可以自由地问任何问题或要求任何服务。"他们俩站起来走下了演讲台。

查利坐在我旁边。"真令人难以置信。"他说,"他们让……他们鼓励男人和女人去做那事？一起？"

我正琢磨着怎么给查利一个合情合理的回答,突然发现刚才站在过道里的那个女人正坐在我们的身后。"这并不是对你们的社会的批判。"她说道,似乎并没看出查利的问题不过是他本人对这种事的看法,"我只是觉得作为一项优生安全措施,它是必要的。我没有证据说明只克隆出一个理想的人种有什么不对,但是如果证明有什么差错,我们将可以使用现有的大规模的遗传数据库,进行及时补救。"

她拍了拍查利的肩膀,"当然,你不必到那些繁殖者的星球,你可以待在我们这样的星球上,我们不会区分什么是同性恋,什么是异性恋。"

她走上演讲台,就我们在门户星1号期间将待在哪儿、在哪儿用餐等,作了一通流利的演说。

这场历经一千一百四十三年之久的战争皆因人为捏造的理由而起,又因交战双方的交流障碍而经年不休。

一旦他们之间能交流了,第一个问题肯定会是:"你们为什么要发动这场战争？"回答是:"我们发动了这场战争？"

在此之前,托伦星人在几千年中根本不知道战争为何物。在地球世界发展到21世纪初期时,当时的体制好像已经无法满足欲望过度膨胀的人类。退役的军人比比皆是,他们中许多人手握大权。他们实际上支配着联合国外星探索和殖民组织,该组织正在利用新发现的坍缩星跃迁技术来探索星际空间。

许多早期的飞船不是失事就是失踪了,前军方人士因此心生疑窦。他们给殖民飞船装备了武器系统,在第一次与托伦星人飞船相遇时,他们就不分青红皂白地将其摧毁了。

但是,也不能把一切责任全推到军方身上。他们就托伦星人要对早期的遇难者承担责任的证据实在是牵强附会,令人哭笑不得。虽说有几个人指出了这一点,但也被忽视了。

事实是,地球的经济需要一场战争,而这样一场太空大战则是再理想不过的了。一方面,你可以肆无忌惮地将大把大把的钞票投入战争,另一方面,你还可以促成人类的联合而不是分裂。

托伦星人重新认识了战争,但他们从来没有真正学会战争。所以,他们最后的失败并不让人感到意外。

书中解释道:托伦星人无法与人类交流是因为他们没有"个体"这个概念。几百万年来,他们一直作为自然的克隆人而存在。最终,只有当地球飞船同样由卡恩氏克隆人操纵时,双方才可能首次实现交流。

书中详细地阐述了这样一个匪夷所思的事实。我为此向一个卡恩氏克隆人求教,请他解释这个事实的含义,尤其是克隆人之间的交流有什么特别之处。他说我不可能明白这一点,还没有恰当的语言用来表示这种交流,就算是有,凭我的思维能力也无法领悟这些玄妙的概念。虽说他的解释让我摸不着头脑,不过我愿意接受。就算是把"上"说成"下"或者把"下"说成"上",我也情愿接受,如果这意味着战争结束的话。

卡恩是一个相当体贴关怀他人的人,虽说我们只有二十二个人,他仍不辞辛苦提供了一个小餐厅,并配备工作人员提供全天候服务(我从未见一个克隆人进餐或者饮水——我猜他们有一种别的方式摄取食物)。一天晚上,我坐在那里一边喝啤酒,一边翻看他们的书,突然,查利走进来坐在我的旁边。

他直截了当地说:"我想试试。"

"试什么?"

"女人,异性爱情。"他有点惊恐,"这并不是想冒犯谁……我的这种想法也不是特别强烈。"他拍着我的手,看上去有些心烦意乱,"但是你……你试过克隆人吗?"

"啊……没有,我没有。"女性克隆人虽然秀色可餐,但给人的感觉就像是一幅画或一尊雕塑,我无法把她们看作同类。

"我也有同感,"他说道,"再说,他们说——他说,她说,它说。真见鬼,真不知该怎样称呼这些人——他们说我可以放弃,如果我不喜欢的话。"

"你会喜欢的,查利。"

"没错,他们也是这样说的。"他叫了一杯酒,"只是感觉有些不自然。无论怎样,既然我想试试,你愿意和我同去一颗星球吗?"

"行,查利,这主意太棒了。"我的确是这样想的,"知道你将到哪里去吗?"

"就是去地狱我也不在乎,只要是离开这里就行。"

"不知道天堂星是否像以前那样好。"

"不一样了。"查利用大拇指指着一位餐馆服务员,"他就住在那儿。"

一个男人进了小餐馆,推着小车,车上堆着一摞一摞的文件,"是曼德拉少校和查利上尉吗?"

"是我们。"查利说。

"这是你们的服役记录,我想这些记录你们会感兴趣的。这些记录表明你们在特遣突击队的卓越战绩。"

即使你没有任何问题时,他们也总能预料到你的问题。我的卷宗足有查利的五倍厚,很可能比其他任何人的都厚,因为我似乎是唯一一个整场战争的参与者。可怜的玛丽。我急速翻动卷宗前面的几页,心里想:我倒想看看老斯托特是怎么评价我的。

第一页纸上订着一块稍小一点的方形字条,其他纸都是白色的,唯独这一张已经变成棕褐色。年深日久,纸的边缘已经折皱。

这笔迹是那么熟悉,太熟悉了,即使相隔这么长时间,也恍如昨日。从上面的日期看,这张纸已经有二百五十多年的历史了。

我禁不住浑身一颤,眼睛渐渐地模糊了。我一直没有理由怀疑她还活着,但是,直到看到这个日期,我才确信她真的死了。

"威廉,怎么了?"

"别管我,查利,让我独自待会儿。"我擦了擦眼睛,合上了卷宗。我甚至不应该读那该死的短信。我应该忘记可怕的过去,开始新的生活。

但是,即使是来自坟墓的信息,也是一种特殊的联系。我重新打开了卷宗。

威廉:

所有这一切都在你的人事档案里。我了解你,知道哪怕是你自己的档案,你肯定也不屑一顾,所以我必须确保你能见到这个字条。

当然,我仍活着,也许你也活着,会来和我团聚。

第四部 少校曼德拉

从记录中我知道你在"萨德138号"坍缩星执行作战任务,要过几个世纪才能回来。没问题,我等你。我将前往一个被人们称作"中指"的星球,它是开阳星系的第五颗行星。我们要进行两次坍缩星跃迁才能到达那里,约需十个月的时间。中指星球是一个异性恋者的社会,人们称它为一个能确保优生最基本要求的社会。

没关系,我花掉了自己的全部积蓄,还用光了五个老朋友的钱,从联合国探测部队那儿购买了一艘飞船。我们把它作为一个时间机器。

我将乘坐这艘飞船进行来回的穿梭飞行,等待着和你重逢。我所要做的就是乘飞船飞行五光年后迅速返回中指星。如此重复。这样,我每十光年成长一个月。如果你还活着并且能按期返回的话,你会发现我刚刚二十八岁。千万抓紧时间。

我从未发现其他让我称心如意的人,也从未这样想过。我不在乎你是九十岁还是三十岁。如果不能成为你的爱人,我情愿做你的仆人。

玛丽　2878年10月11日

"喂,服务员。"

"什么事,少校?"

"听说过一个叫'中指星'的地方吗?这地方还在吗?"

"当然还在,"他答道,"那是个令人向往的地方,是颗花园般的星球。有的人觉得那儿不够刺激。"

"你们在说什么呢?"查利说道。

我把空酒杯递给服务员,对查利说道:"我刚刚发现了一个适合我们的地方。"

尾 声

中指星,《派克思敦新声报》,3143年2月4日报道:

老战士喜得贵子

玛丽·波特·曼德拉(派克思敦博斯特路24号)上星期五顺利产下一个健康男婴,体重三点一公斤。

玛丽生于1977年,是中指星排位第二的居住最久的居民。她参加了永恒之战的大多数战役,然后在时间穿梭机上等待恋人的归来,长达二百六十一年。

在男婴父母的朋友,艾尔萨福·黛安娜·摩尔医生的帮助下,孩子在家中顺利出世,目前尚未命名。